[英] 托马斯·布朗_著
缪哲_译

瓮葬

◆ ◆ ◆ ◆

Urn Burial
&
Religio Medici
&
A Letter to a Friend

书海出版社

托马斯·布朗画像。

线雕版画 罗伯特·怀特 1686年

亚当和夏娃因偷吃禁果,被逐出伊甸园。

木刻版画　阿尔布雷特·丢勒　1510年

灵魂像金属一样被天使、撒旦、维纳斯和死神在熔炉中锤炼。

这幅作品以寓言的方式展示了人类的灵魂（Anima）如何受到人生磨难的考验：灵魂在象征着物质世界（Mundus）的火盆中，被苦难（Tribulations）之火锻造。左边的天使将圣水（spiritus sanctus）洒在灵魂上，使其变得圣洁；魔鬼则向火堆吹送虚荣和诱惑（vanitas, tentationes），维纳斯向火中加了一块燃烧着的欲望（cupiditates）之煤；而死神将用了结（finis）之锤将它砸碎。地上还放着一只沙漏，以表现生命的时长。

蚀刻版画　克里斯托夫·穆雷尔　1611年

卡戎将但丁与维吉尔渡过冥河。
出自但丁《神曲·地狱篇》手稿插图(耶茨·汤普逊手稿)
普里亚莫·德拉·奎尔恰 1442—1450年

埋葬圣科马斯和达米安。

蛋彩画　弗拉·安吉利科　1439年

四使徒。从左向右依次为约翰、彼得、保罗和马可。

油画　阿尔布雷特·丢勒　1526年

演奏乐器的天使。

油画 汉斯·梅姆林 约1490年

死神与守财奴。
讽刺人类聚敛无度,提醒他们死亡之必然。

油画 希罗尼穆斯·波希
1494—1516年

厌世者。

拒绝看世界的蒙面厌世者,被象征虚荣的玻璃球中的小人偷窃。画上的题词为:"因为世界背信弃义,所以我将哀悼。"厌世者不知不觉走向世界为他设置的陷阱,而相比之下,远处的牧羊人更为崇高,他正纯粹而光荣地履行自己的职责。

油画　彼得·勃鲁盖尔　1568年

《瓮葬》

五只葬瓮。右上角的瓮葬上有一段铭文,说明里面是一个名叫埃伦奇奥的八岁女孩的遗骨。葬瓮上的"D. M."是"Diis manibus"(致冥神)的缩写,参见《瓮葬》注173。

蚀刻版画　让·巴尔博特　18世纪60年代

怀抱葬瓮悲伤哭泣的年轻女子。

点刻版画　安杰莉卡·考夫曼　1774年

大理石葬瓮、花瓶和灯。其中,两件古色古香的大理石葬瓮,发现于锡耶纳古墓,雕工精细,绘有阿拉伯风格的图案。

蚀刻版画 G.B. 皮拉内西 约1770年

Inglese amatore delle belle arti nell'anno 1760. in una Tenuta del Collegio Germanico chiamata
Batta Piranesi D.D.D. S. Maria di Galera; dentro il quale si trovò la Lucerna F. la Catena
d'oro, e gl' Aghi da testa d'avorio, con dentro molte delle ossa abbrugia
te. L'altri due Vasi presentemente sono in Inghilterra. Cavalier Piranesi F.

欧洲陶制葬瓮。瓮上展示了俄狄浦斯故事中的一个场景：他的两个儿子波吕尼刻斯和厄忒俄克勒斯正在争斗。

公元前5—公元前1世纪 藏于伦敦科技博物馆

早期盎格鲁—撒克逊陶制葬瓮。

6世纪 藏于大英博物馆

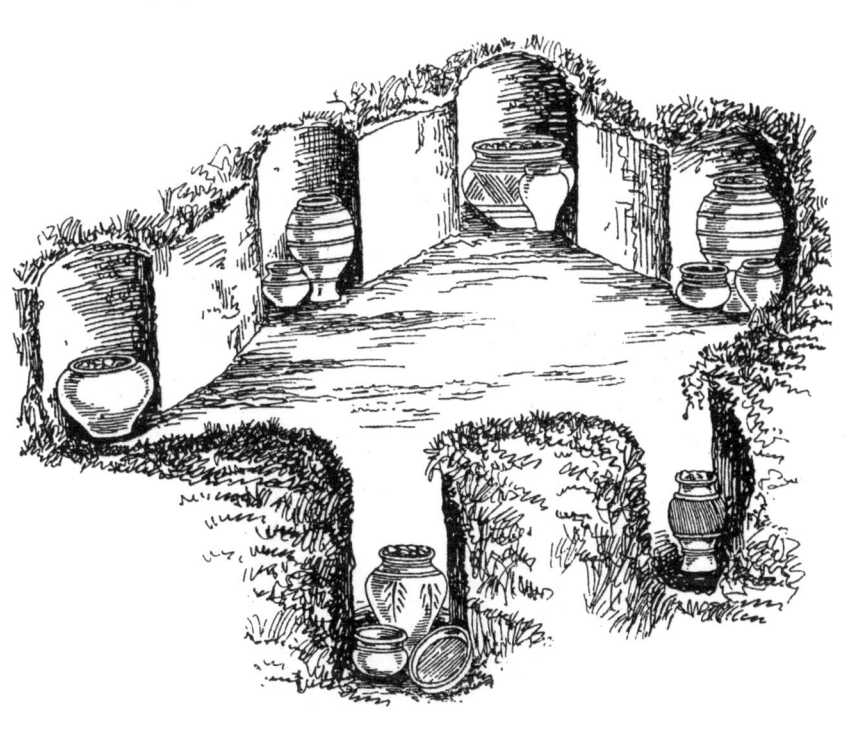

家族墓葬坑内的葬瓮。

发现于英国肯特郡艾尔斯福德

墨西哥葬瓮。呈一尊站立的神像,神像头顶卧有一只豹猫,胸前戴一枚宝石。出土于墨西哥瓦哈卡州萨巴特克人墓葬

中国花瓶状葬瓮。

13—15世纪 藏于伦敦科技博物馆

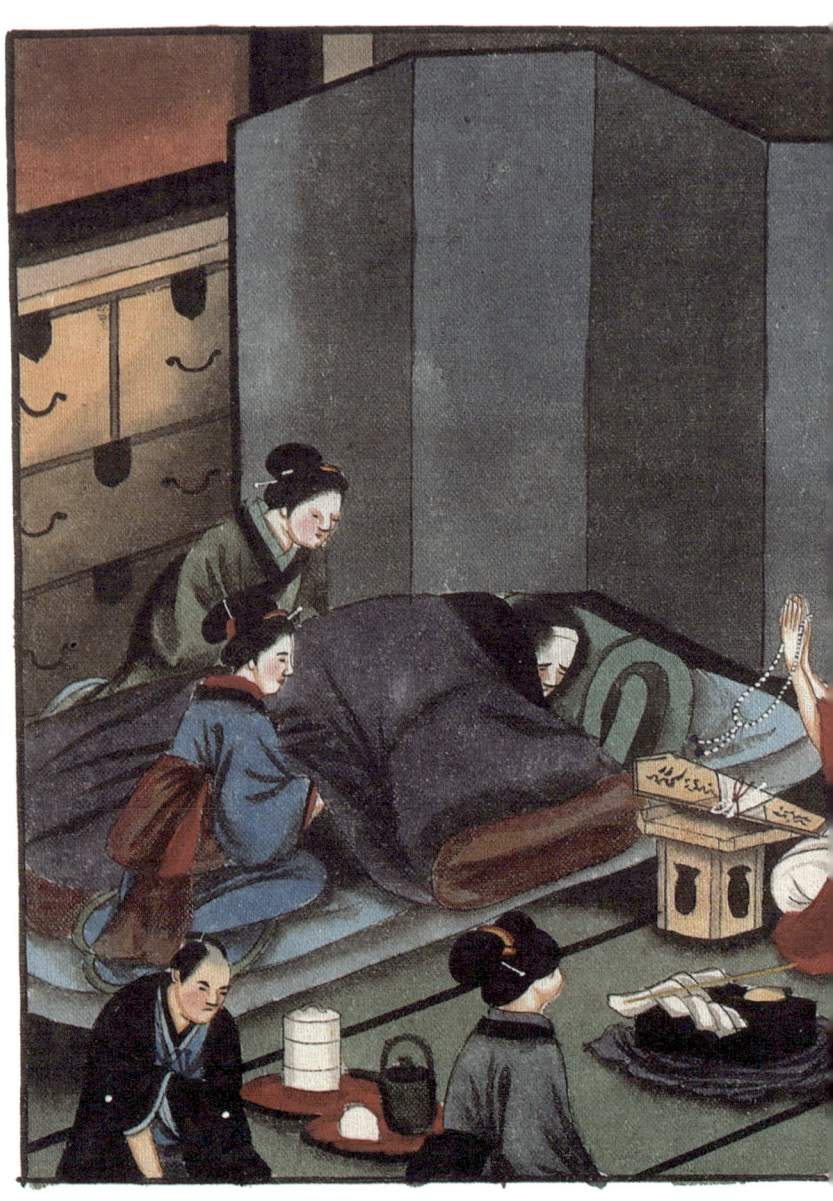

日本殡葬习俗组图。

水彩画 作者未详 约1880年

1. 全家人悲痛地围在逝者床前,红衣僧侣手持念珠,为逝者诵经,旁边放有佛教用品。屋外,一位吊唁者向两名家属献上奠仪袋。

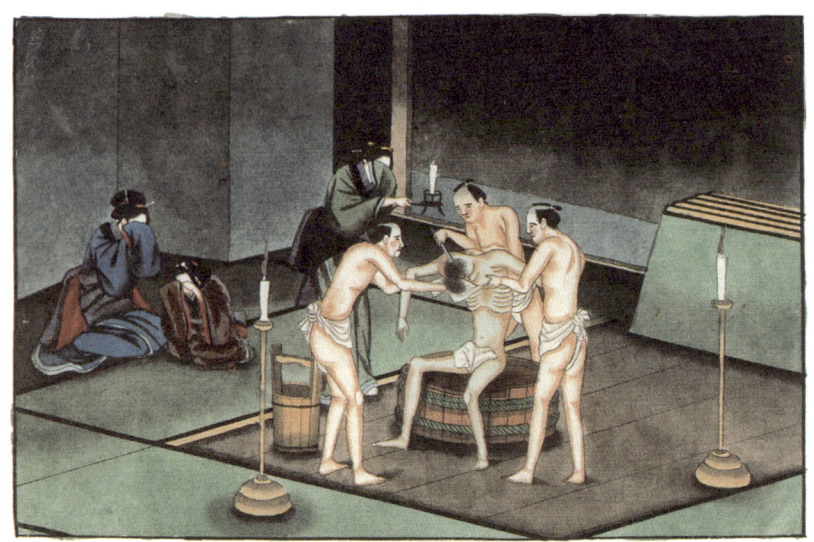

2. 两名身系腰布的侍从扶着逝者的遗体,另一名侍从为逝者剃发。两个妇女和一个孩子在一旁悲泣。榻榻米被靠墙立起,以免清洗遗体时溅上水。室内燃烧着白色蜡烛。

3. 两名侍从将逝者遗体从浴盆中抬起,另一名侍从准备将遗体接入棺椁。屏风后,一名男子在安慰悲痛欲绝的妇女。矮桌上烧着香,陈列着供品,包括一碗竖着筷子的米饭。地上有一把武士刀。

4.一位僧人跪坐在灵柩前,他身后是逝者的家人。隔壁房间里,吊唁者们在用餐。

5.送葬队伍出发。一名僧人撑伞走在最前列,四名侍从抬着灵柩,后面是几名武士打扮的男子。

6. 逝者家半掩的房门上挂了一个牌子,上面的字义为"居丧期间"。门外有人在交谈。门口桌上有一只盛了米饭的深碗,上面竖着筷子,室内能看到一只同样的碗。

7. 红衣僧侣跪坐在逝者祖先的画像前诵经。旁边,一名妇女在安慰另一名悲痛的妇女。

8. 送葬队伍行进在途中。僧侣身后依次是两名高举长杆灯笼的侍从、六名腰间佩剑的男子、八名抬着灵柩的侍从、七名武士打扮的男子和一些携带其他物品的侍从。

9. 灵柩安放在寺庙中,僧侣们击钹诵经。

10. 在寺院的一间木屋里，三名侍从在一名僧侣的注视下，揭开盆形棺木，露出逝者的遗体。另一名侍从提了几只木桶。旁边就是墓地。

11. 吊唁者们在寺院的阳台上用餐。

12. 火葬是在一个露天木棚里进行的,火焰炽烈,浓烟滚滚。僧侣与送葬者分别立于两侧,手持念珠,为逝者祈祷。一名侍从负责烧火。

13. 火化结束，妇女和孩子用长筷子拣出未烧尽的碎骨，放入葬瓮。

14. 一名侍从刚刚挖好坟墓，另一侍从正要将葬瓮放入墓中。他身后的一名侍从展开一块红布（或许是用来盖骨灰瓮的）。另一名侍从提了一桶水走过来。两名送葬者在一旁注视着。

15. 在逝者家中,亲属与僧侣共同进餐。

16. 逝者亲属到祖坟上祭拜。

译序

在这一部小书里,我选译了托马斯·布朗爵士(Sir Thomas Browne)的三篇文字:其中的两篇,是脍炙人口的《医生的宗教》和《瓮葬》;另一篇是写给朋友的一封书信,是在布朗身后由他的儿子出版的,虽然不怎么有名,却也值得一读,尤其是它的后半部文字与布朗的另一篇作品《基督教伦理》中的部分篇章大体一致,而后者颇以警句体的语言为人们所称道。此外,我还翻译了约翰逊(Samuel Johnson)博士的《布朗传》,权作导言放在这三篇文字之前。这篇传记详细叙述了布朗的生平,并介绍、评价了布朗的所有作品,对于了解布朗这位我国读书界里的"陌生人",这篇传记远比一篇译者导言要好得多。鲍斯威尔(James Boswell)在他那著名的《约翰逊传》中,对于约翰逊撰写传记的本领不胜倾倒[1],并认为这篇传记是约翰逊博士最好的传记之一[2]。因此,除了作为阅读布朗的辅助文字外,这篇传记本身也是颇有阅读价值的;它使我们看到了一位新大师在评价一位老大师时的"不卑不亢",也使我们理解到了曹植所谓的"有南威之容,乃可以论于淑媛,有龙渊之利,乃可以议于断割"[3]一语的真确。

在我国,布朗不是一个有名的作家,但在英美,却非无名之辈;他是人们所说的那种"小作家里的大作家",从他发表作品以来,一直不乏热心的读者;他生活在17世纪,以他那时而怪癖、时而平达的性情,理解着那个时代的宗教纠纷和思想的谜团,并以一种有力却疙疙瘩瘩的文风,表述自己的见解与感情。他的作品在他去世不久便有了详注本,足以表明他的同代人对他的热情。在敷展他那些新奇的想象时,总是掺入逻辑的因素,借此来"鞭辟入里",像玄学派的诗人们所做的那样。这样的风格,无疑与18世纪所标榜的"机智"相投契;而他的标榜"理性",说理的平达,也正中18世纪那个"理性时代"的心怀,因此他的名声在18世纪没有受到损失,作为当时的文坛巨子,约翰逊博士对他的态度是很有代表性的。到了19世纪,随着浪漫派的兴起,布朗因他的怪癖又得到了大量的热心读者,如德昆西(Thomas De Quincey)、柯勒律治、兰姆等;洛威尔(James Rusell Lowell)更称他为"莎士比亚以来最具想象力的心灵"[4]。浪漫派的表达喜恶,自然有夸大其词的作风,而他们喜爱布朗却是真心的。柯勒律治在读书时有随手评注的习惯,即使在借来的书中也是如此[5],他对布朗的态度,可以从这些评注中略见一斑(部分评注我已加进了本书的注释中)。此外,他称布朗为"一个平和而高贵的热心者,大有狂想家的气味;一个幽默家,又总是混杂着或闪现着哲学家的精神,似乎是发亮的丝绸之主色上幻现出的杂彩。总之,他是一个有头脑的人,而更加有趣的是,他的头脑又总是曲里拐弯的"。这最后一句,可以说是对布朗作品最准确的描述,即使在布朗的最平达、最深刻的见解中,也总是杂有一些怪诞不经的成分,有的是属于表达风格的,有的却是属于思想上的。所以说他是"幽默家",我想不能照幽默一词的现代含义来理解,带着这种期望读布朗的作品,大概会感到失望的。布朗的作品中,自然也偶尔迸出一些合乎现代幽默含义的话来(比如他说:基督徒为入殓的死人如何摆放而大伤脑筋,聚讼不休,而烧成骨灰放进瓮里,就可免了这些争论),但布朗作为"幽默家",并不是仅仅就他的表达而言的。在英语中,"幽默"一词本有"心绪""性情"的意思,在布朗时代,这个词还有"体液"的意思,而"体液"则有四种,即"血液,司激情,包括勇敢、情欲;黏液,主麻痹、冷淡、淡泊;黑胆汁,主忧郁、愁闷;黄胆汁,主暴烈、易怒。这四种体液在每个人身上的不同程度的配合就形成了这个人的性格"[6]。所以说这里的"幽默家",我以为也包括这一层意思在:普通人的"四种体液"是搭配均匀的,而在布朗这样的人身上,却是"黑胆汁"或"黏液"多了一些,因此在思考问题时,自然会显得怪癖,所以此处的"幽默家"就兼具了"性情中人"的意思。所谓布朗的"幽默",也就不能从一词一句中去寻求,需要透过作品的整个气氛才可以体会。现代的幽默,并不意味着幽默者在性情上不同于常人,他是绷着脸说趣话的,而且他是有意为之;布朗一派的幽默,却以性格的"缺陷"为前提,而且他本人也不见得觉察出自己的话有什么有趣之处。这一派的"幽默家",在英国文学中还可以举出两个著名的例子，即17世纪的另一位作家皮普斯（Samuel Peppys）和《约翰逊传》的作者鲍斯威尔。比如皮普斯在他那著名的《日记》中，往往由于"性格的不匀称"，总是将自己置于可笑的境地，且看他在1666年的年终记下的一笔。他先是用很大篇幅抱怨国家的凋敝，说"法国、荷兰强大——而且由于我国的贫困而益见强大。议会怕花钱，迟迟不肯筹款；伦敦城的重建更没有希望了（此前伦敦遭到了大火焚烧），人们都移居别处，贸易得不到鼓励"，国内一片凋敝萧条。因此他感慨道：好心的上帝，救救我们吧！然而，在此之后，他笔锋转都不转，顺手又记下了这一笔："我的景况却颇有值得一提之处：我有大量上好的盘子，以后宴客可以全用银盘子了，因为我有两打半多呢！"[7]不自觉地把自己置于可笑的境地，这就是"性情中人"的幽默。如果不是性格的"不匀称"，以至于分不出什么是得体、什么是不得体，那是绝不会在抱怨过国家凋敝之后，紧接着就庆幸自己有一堆银盘子的。布朗的幽默也属于这一种，比如他在《医生的宗教》中，曾痛击骄傲这一种罪恶，但转口就夸起自己是如何不骄傲，又如何资质秀拔，如何有骄傲的资本。这种做法是和皮普斯没有二致的。都可以说是"本色的幽默"，"性情中人的幽默"，以性格为代价的幽默。

19世纪另一位受到了布朗重要影响的作家是麦尔维尔，即小说《白鲸》的作者。这一点已为《白鲸》的读者所熟知。到了20世纪，布朗渐渐由一个"活作家"变成了"死经典"，峨冠博带，进入了学者们搭建的殿堂；关于他的研究著作令人有汗牛充栋之感。但他还是拥有许多普通的读者的，从他的作品总有平装本出版即可以得知。

《医生的宗教》是布朗的第一部作品，是布朗声誉之堂的两根支柱之一。布朗生活的时代，是在宗教改革的后期，而在英国，由于政治的掺入（我们应该记住，布朗的时代是英国大革命的时代），宗教问题尤其显得复杂、混乱。从大的方面说，有新教与旧教之争，从小的方面说，又有新教间的内部纷争，最主要的是清教与国教之争。与混乱俱来的，必然是信仰上的自由，在这样一个时代，人心自然就各有不同了。因此布朗才以一个医生的身份，提出了自己的宗教观点。但如果说布朗在宗教问题上有什么创见，也是不合实情的，所以现代的许多学者把布朗作为一个思想家看待，不免令人好笑。布朗的特色，不在于他的宗教思想，而在于他对宗教问题的理解与感受。他有中世纪经院学派较真、讲逻辑的习惯，即使是不该用逻辑的地方，也是如此；作为一名医生，他经受了实验科学以及当时其他新兴科学的洗礼；但在信仰上，他又偏于保守；还如柯勒律治说的，他有头脑，但头脑又有些曲里拐弯；这种种因素加起来，使得他作品中平达与怪癖俱下，绿叶与树瘿齐生。他很喜欢用罗马神话中的双面神雅努斯（Janus）来做比喻，其实，布朗正是一个"雅努斯式"的人物，他一面脸朝着过去，有中世纪的狂信、古怪和迷信，另一面脸对着将来，有17世纪正在发展起来的情理态度和科学精神，而且两者又往往是杂糅在一起，比如以科学的态度分析巫术，或以信仰的规矩来理解科学。更为重要的是，信仰或者说宗教不仅经过了布朗的脑子，还经过了他的心,他使那些常人嘴里的枯燥神学带上了血肉,这血肉就是他的感受,他那诗意化的理解。所以说,《医生的宗教》中的思想本不足述,只是这些经过了布朗之感受的思想说得更加好听,人听起来也更能动情。这部书一直被作为文学作品阅读,原因就在这里。

最能使布朗脸上有光的,恐怕是在这部作品出版之后,出现了大量仿照布朗风格的作品,如《斯多葛信徒的宗教》《法官的宗教》,甚至还有《书商的宗教》,正如乔伊斯的《一个青年艺术家的画像》所引起的嗣响。但这部作品,却遭到了天主教徒的猛烈抨击,此书刚出版三年之后,即列入了天主教的《禁毁书目》。

布朗声誉之堂的另一根支柱,是《瓮葬》一书。这是一部典型的怪书;纯粹是一个好奇心盛者的不周世务之作;一打开这部书,布朗的"黑胆汁"就会朝你迎面泼来。它从头到尾给人一种阴森森的感觉,使人觉得遍地鬼火。爱默生说在这本书里,"每个词都散发着坟墓的气味"。[8]这种效果,是李贺"西陵下,风吹雨"(《苏小小墓》)的鬼气所不及的。它是一部即兴之作,即被一次古葬瓮的出土而搞得情不可遏的结果。照约翰·阿丁顿·西蒙兹(John Addington Symonds)的说法,"在当时我们那笨重的、学究气的、花哨的语言之风琴上,布朗即兴奏出了一曲庄严的教堂音乐"。他谈论的主题是古人的丧葬之道,以及他对于死亡的看法。布朗在行文的过程中,经常流入神秘的一路,使读者的神思也恍惚起来,如第五章里所谓"与婴儿合成一摊墨渍",就让人觉得这不是人话,或者说,他不是在和人讲话。以至于有人怀疑这一章是布朗在出神的状态里

写下的，或是吸食了鸦片酊的结果。⁹

这部小书的前四章，主要是探讨古人的丧葬之道，在这四章里，布朗大掉书袋，文气沉闷，但也时有精彩的片段错出其间；所以应该耐住性子来读。查尔斯·兰姆说："当我看到这些晦暗却华丽的文字时……我似乎是在俯瞰一潭深渊，在深渊的底部埋藏着无数珠宝；也可以说它是一座由怀疑与苦想构成的宏伟的迷宫，我愿意唤醒作者的魂灵，引导我穿过它。"待我们穿过了这些晦暗的道路之后，便来到那令人目眩的第五章了。且看德昆西对它的评论：

> 从辉煌的泥土、从神圣的坟墓中唱出的这首饱含激情的安魂曲，其前奏的乐音由低转高，何等悦耳！这一番言辞，真是美轮美奂！时间的注脚，并非一代代人或数个世纪，而是时间漫长的征服与朝代；是法老们、托勒密们、安东尼们和阿尔撒西德们的此盛彼衰！那漫漫的时间之更迭，其标志，是登基大典上回旋出的喧闹声；是被人遗忘的死人的墓庐上掠过的战鼓声、杂沓的脚步声——是时间与受难的人类之战栗，是尘缘暂了，是坟墓中漫长的安息日。¹⁰

《瓮葬》从最初出版之日起，就是一直与布朗的另一部作品《居鲁士的花园》合作一册的。这一部作品最需要读者的耐心，人们对它也褒贬不一，贬低它的人如佩特（Walter Pater），说布朗是在漫无目的地浪费智力，"他那古怪的幻想走得太远了,竟流于轻浮、琐屑"[11],赞扬它的人如约翰逊博士,称之为"从一个贫瘠的话题上……为世人开创一则奇迹","是幻想的不朽功勋"。[12]这也是一本不折不扣的怪书,它可以说是对古人数术迷信的发挥(关于此书的内容,可以看约翰逊博士的《布朗传》),杨周翰先生根据一般文学史家的意见,说这本书的"基调是神秘主义,炫耀学问,怪僻幽默"[13],这种概括是很确当的。用布朗自己的话说,"知识的田野已被踩得过实,难以萌生新的事物","在这撰述纷纭的时代,贫瘠的主题是最适宜于想象的;一个话题讨论过多,便限制了幻想,使人的所思所想,难出前人的囚笼"[14]。

这部书是作者先有成竹在胸而后触目所见无往而非竹的结果:他认定天地万物的形式(柏拉图所谓的"形式")是数字5或五边形或十字形;他先是从居鲁士的花园谈起;"居鲁士是公元前6世纪的波斯皇帝,征服巴比伦后把巴比伦的空中花园装点一番,树木都栽成骰子'梅花五'的布局,正梅花五即方形,扁的即成菱形或网眼形。由此类推到古建筑,如砌石也是上二、中一、下二;房屋分成房基、隔墙、门窗、房间、屋顶五部分;房柱也有五种格式,家具如床,古人的床屉是绳网;古人的五石戏,棋盘以至罗马军阵。自然界许多现象,星辰、花卉都与五有关,即使六角形的蜂巢也可分割成三个菱形,甚至人的皮肤也呈网状"[15]。在对人工与天工的作品做了竭泽而渔式的征引之后,布朗仍然觉得意犹未尽,于是这样一步三回头地结束了全书:

可否有人来探索一下这一巫术的根由,即瑟拉皮斯[16]

之治愈盲人，必要他先将五根手指放在他的祭坛上，而后将手放在眼睛上？为什么喜剧要有四出[17]，而古人在一场戏中，不让多人开口讲话，整部戏剧却又不多不少，恰有五幕呢[18]？为何在如海的星空里，造化乐用五点呢？为什么发现的星座，有的不少于十二角，有的是七角和九角，而六角或八角则很少或全没有看到？可否有人探究芸香花何以多有四瓣，而第一朵和第三朵却有五瓣？许多花只有一瓣，或如斯卡利哥说的，算不得有瓣，还有一些则有三瓣，而大多数花朵则从蒂部分出五瓣来；另一些，却少得只有两瓣；为什么自然之催生花朵，总是以根部相对的两瓣开始，却很少以两片花瓣结束呢？究心于此的人，是绝不会虚度光阴的。

可否有人用心深求，探讨一下磁学为什么排斥十字交叉，交叉摆放的磁针，其顶端总是拗向北方？为什么撒土做占卜[19]的人，在他们那些预示损失的母数中，要大体依照瓢虫身上的花纹，来描画五的倍数？看手相的人，每在掌肉隆起之处看到十字纹，就要叹为凶相，这样做根据何在？那枚铸有亚历山大大帝头像的钱币，上面的十字形有何用意？在古人的描述中，女神们的坐姿为何总是双腿交叉，其中所描绘的朱诺，在阻挠赫拉克勒斯的出生时，为什么也是这种恶意的姿态？[20]为什么在古代，孩子出生五日之后，在命名的宴席上，友人们要送来水螅和乌贼？在卡德摩斯的手下所进行的那场象征性的叛乱中，为什么非留下五个人不可？[21]为什么在荷马的诗歌、寓言的至品中，普劳特斯在海怪群里歇息之前,要将它们五五一排,逐个清点呢?[22]为什么朱庇特所接受的牺牲,须是五岁的公牛?[23]为什么高贵的安东尼称灵魂为菱形呢?[24]探究这些问题的人,当不致有断烂琐屑之嫌的。

我标举这些话题,是供上智者探讨的,因为对老生常谈和那些探求过多次的问题,他们心里是厌恶的。俗常的道理,每一柄锤子都敲去敲来,已是又平又硬,但伏尔甘和他的铁匠们则汗流浃背,为阿喀琉斯锻造盔甲。[25]对于独具天眼的人,尚留有一大片园地,可供他们敷展这一形式,搜寻那些以四为宗[26]的事物,描绘自然的画像,并以此参介到物名的探讨和植物的命名法之中;以确立通则,揭物性未发之覆,不仅是植物一门的,还有大自然的整部书卷;由此之中,也将产生快乐的真理,既可由理性,也可由实验证实,在我看来,这二者似乎是穿过真理之迷宫的最佳路径。因为,尽管上下求索,以理性格物,会给人留下遍体伤痕,但假如不两者并用,则无望给谬误以致命的一击。

但天上的五星[27]已经西沉,该来关上知识的五道门[28]了;我们不愿把清醒的思绪,延伸于睡眠中的幻影,因为它总是延续前思,变游丝为缆绳,使园林成野莽。希波克拉底对梦谈得很少[29],而占梦的大师们对植物的解释,则又索然寡味,故我们心灰气懒,不指望在睡眠中梦到天堂。在睡眠中,花园再美,也引不起我们的乐趣,迟钝的感官与芳香握手言别,即使睡在克丽奥佩特拉的床上[30],也唤不起玫瑰花魂。

异教的神学,将黑夜当作混沌的女儿[31],对于描述混沌,这是丝毫不见其益的;尽管在混沌之外,我们无法将它的谱系挖掘得更深。万物的开端都是有秩序的,结束亦应如此;而后,又将这样重新开始;按照秩序的规定者,和天国之城的神秘数学行事。

在荷马的诗歌里,尽管萨姆努斯曾被派去唤醒阿伽门侬[32],但在昏昏欲睡时,我从未见过它有这样的效果。眼睛睁得过久,不过是想扮演我们的对跖者而已[33]。在美洲,猎人们已经起床了,而在波斯,他们却刚睡过了第一觉[34]。然而,当那一声使我们解脱于永久之睡眠的怒喝传来之时,有谁会昏昏欲睡?或者说,当睡眠彻底了结的时候,当某些猜想又一次醒来的时候,谁的脑子里,还会有睡梦之思呢?

可以说,《居鲁士的花园》一书,是"万物皆有秩序"这一西方思想之树上结出的一颗怪果,是新兴的实验(观察)精神、古老的数术迷信和布朗的神秘思想与旺盛想象数者的杂交种。这其中既有布朗本人性情的因素,也有时代的因素,如当时的诗人马维尔(Andrew Marvell)以严密的三段论格式,来论证他所爱的女郎不该娇羞,而应该早一些嫁给他;逻辑或格物精神与想象的结合,是那个时期文学的特点,所以17世纪的文学中,就屡屡出现用马匹拉汽车,或在马车上装发动机的怪现象,而且作者们很有机心,将这马与汽车,或发动机与马车联结得浑然一体，让人乍看之下，简直看不出问题出在了哪里。布朗认为数字五是万物的常宗，邓约翰（John Donne）则在一首诗中写道：

> 俯下首来，你将在小动物身上看到十字架；
> 仰上头去，又将见到鸟儿撑开交叉的翅膀；
> 整个大地与天空不是别的，
> 只是子午线与纬线的交叉。[35]

布朗看到了万物的秩序和模式，却堕入了数字命理法的极端一途；这是古代的数术迷信和新兴的实验精神杂交而生的怪胎[36]。

布朗将《瓮葬》与《居鲁士的花园》并作一册出版，是否有什么深意呢？在《居鲁士的花园》一书的"献词"中，布朗为此提供了线索："继死亡而来的，是快乐的世界，继坟墓而来的，是天国的花园。"这就是布朗的用意。照一位现代学者的说法，这两部书是通体相对的；前一部书中对死亡的苦想，由后一部书中对生命的礼赞做了调剂。这两部书之间，偶然对着设计，肉体对着灵魂，时间对着空间，无知对着知识，物质对着形式，黑暗对着光明，变易对着恒定。[37]

但我担心读者对于布朗在《居鲁士的花园》中掉书袋的做法缺乏耐心，因此棒打鸳鸯，只译出了《瓮葬》，而省略了《居鲁士的花园》。

关于布朗的作品，就谈到这里。上面的内容只是我在翻译过程中拉杂想到的，不足以作为一篇导言来读，再说有约翰逊博士的《布朗传》在，谁又有胆子再作一篇导言呢？所谓"眼前有景道不得，崔颢题诗在上头"。

为了使读者更好地理解布朗和他生活的时代，我还编译了一篇布朗年谱，附在全书之后。

我应该感谢罗亚奇与秦颖两位先生，是他们鼓励我完成了此书的翻译；还应该感谢我的同学刘皓明先生，多年来他一直鼓励我根据自己的兴趣，来阅读西方的典籍，并在十年前他去国的时候，将他的外文藏书赠给了我，使我窥见了17世纪英国文学这个新的世界。在此书翻译的过程中，他还为我解释了某些希腊与拉丁引文的大致含义，并从美国给我寄来了马丁（L.C.Martin）教授为《医生的宗教》一书所作的详注［书中的译注，便是参照这份详注与佩特里迪斯（C.A.Petrides）的注释做出的］。但译本中的所有错误，均应由我负责。

对于中文和英文，我都是一知半解，而且布朗文字艰涩，所以译本中的错误一定不少，望明眼的读者指正，或干脆用新的译本取代这个译本。

译者
1999年1月

注释：

1　Boswell: *Life of Samuel Johnson*, ed, G.B. Hill, Oxford, 1934, p7.

2 同上，vol. I, p308.

3 曹植:《与杨德祖书》。

4 James Russel Lowell: *Among My Books*（Boston，1870），pp152-153.

5 可以参看兰姆的《伊利亚随笔》。

6 杨周翰:《十七世纪英国文学》,北京大学出版社,1985,第51页。

7 *Dairy of Samuel Peppys*, vol. II, Everyman's Library, 1930, p157.

8 Emerson: *The Journals and Miscellaneous Notebooks*, ed. W. H. Gilman and A. R. Ferguson, III, Cambridge, Mass., 1963, p219.

9 Peter Green: *Sir Thomas Browne*（Writers and Their Works, 1959），这种怀疑是没有根据的，神思用在死亡这种主题上，难免会有这样的效果。死亡的话题催起人的幻觉，恐怕不下于鸦片酊。德昆西是一个靠吸食鸦片来写作的人，他异常喜欢布朗，看来他从布朗的文字里，看到了这种鸦片所带来的出神的效果。

10 De Quincey, Thomas: *Collected Writings*, ed. David Musson, pp104-105.

11 Walter Pater: Sir Thomas Brown, in his *Appreciations*, 1889, pp127-166.

12 见本书收入的《布朗传》。

13 杨周翰:《十七世纪英国文学》，第140页。

14 Sir Thomas Browne: *The Garden of Cyrus*.

15 杨周翰:《十七世纪英国文学》，第139—140页。

16 一位冥神。

17 布朗原注:指的是戏剧诗中的四出。

18 贺拉斯《诗艺》:"如果你希望你的戏叫座，观众看了还要求再演，那么你的戏最好是分五幕，不多也不少。"（杨周翰译）

19 是16世纪的一种占卜方法；将土撒向空中，使之落在一块平地上，然后根据土的图案推断凶吉。

20 见奥维德的《变形记》第九章。

21 见奥维德的《变形记》第三章。

22 普劳特斯是一个有多种变化的海神,在希腊英雄们征服特洛伊之后,曾经阻拦他们,不让他们返乡;见《奥德修纪》第四卷;在杨宪益译本中,普劳特斯被称为海中老人;所谓海怪是指海豹。

23 见《伊利亚特》第二卷和第三卷。

24 马可·奥勒留《沉思录》第十一卷。

25 见《伊利亚特》第十八卷。

26 指毕达哥拉斯的四组数(1+2+3+4=10),暗指万物的统一,和它们内在的结构。

27 布朗原注:"此时,即三月初,毕宿临近地平线。"毕宿是位于昴宿附近的五颗星。

28 指五种感官。

29 布朗原注:见他的《论梦》。

30 布朗原注:撒满玫瑰。

31 见赫西俄德《神谱》。

32 见《伊利亚特》第二卷,宙斯所派去的不是睡神而是一场梦(萨姆努斯)。

33 柯勒律治的评注:"竟有人在午夜上床睡觉之前,拿出这种理由来:如果你不上床,你就将扮演我们的对跖者!这事你想想看!"这种古怪的幻想,后来在博尔赫斯的小说里得到了回应;他的故事里也常常有两个相隔万里的人做同一个梦的事情,不知是不是受了布朗的影响。

34 柯勒律治的评注:这是什么样的生命!这是什么样的幻想!这位古怪的骑士(指布朗),是在给我们一道浓浓的绿茶,还是鸦片呢?

35 John Donne: The Cross, II, 21-24.

36 关于古代的数术迷信,有兴趣的读者可以参看美国人丹齐克

(Tobias Dantzig)撰写的《数:科学的语言》中的有关章节,有商务印书馆译本;关于自然物之数学模式的现代探讨,可参看斯图尔特(Ian Stewart)的科普著作《自然之数》,有上海科学技术出版社出版译本。

37 Frank. L. Huntley: Sir Thomas Browne: The Relationship of the Urn Burial and The Garden of Cyrus.

目录

布朗传 ……………………………… 001

医生的宗教 ……………………………… 041
托马斯·布朗致读者 ……………………………… 045
第一部 ……………………………… 047
第二部 ……………………………… 116

瓮葬 ……………………………… 177
简论诺福克郡新近出土之葬瓮 ……………………………… 179
第一章 ……………………………… 182
第二章 ……………………………… 190
第三章 ……………………………… 199
第四章 ……………………………… 212
第五章 ……………………………… 221

致友人书 ……………………………… 251

布朗年谱 ……………………………… 283

布朗传[1]

他的生活,是一场奇迹,一首诗,一则寓言。

下面一组随笔的作者,其人生遭遇似乎是文人所常见的,他的个人生活引不起人们的好奇心,因此也就很少有关于其幸福与灾难的记载传留下来,但鉴于一部身后之作[2]的鲁鱼亥豕,并为人所遗忘,且书中没有谈及作者本人,因此稍做铺排,以满足人们的好奇,当是必不可少的。因为人们自然要问到:一个人凌跨常伦,要靠哪一种非凡的资质,以及怎样的命运;而得自后天的,又该怎样异乎常等;学问对饱学之人、品德对品德之楷模有怎样的影响?

托马斯·布朗爵士于1605年10月19日，生于伦敦齐普塞（Cheapside）大街的圣迈克（St.Michael）教区。他的父亲是一位商人，出自柴郡乌普顿（Upton, in Cheshire）的一个古老家族。他母亲的家族与姓氏，我则未见记载³。

关于他的童年与青年时代，人们所知甚少；只知他幼年失怙，孤儿一族的常见命运，也未能得免：他被监护人之一骗取了钱财⁴，并被送到温彻斯特中学接受教育。

他的母亲，拿走了亡父财产的三成，即三千英镑，因此她留给儿子的，就是六千英镑了。对于一个志学者来说，这是一笔巨款，因为当时商业稀落，国内还没有布满有名无实的富家翁们。但发生在许多人身上的事情，也落到了布朗头上：即因富裕而致穷了。因为不久以后，他母亲嫁给了托马斯·杜顿（Thomas Dutton）爵士，而杜顿之所以娶这个未亡人，大概是觊觎她的财产，于是布朗在父母俱失之后，变得孤立无援，只好任由监护人鲸吞掠夺。

1623年年初，他从温彻斯特中学转入牛津大学，成为宽门讲堂（Broadgate hall）的一名自费生。此后不久，该讲堂便由于本校校长彭布罗克（Pembroke）伯爵的一笔捐款，更名为彭布罗克学院。1626和1627年之交，布朗获得文学学士学位，照伍德的说法⁵，他是这个新建学院毕业生中的第一位秀拔之士，那些深爱这所学院的人，出于热忱和感激，惟愿它能以最初的模样长久地延续下去。

在获得了文学硕士学位之后，布朗转攻医学，并在牛津郡里行医。然而稍后不久，或是出于好奇，或是别人以前程相诱，他放弃了安居生活，陪伴他的继父去爱尔兰经办事务，巡查要塞与城堡，由于爱尔兰当日的局势，这些工事是必不可少的⁶。

人一旦狠下心来，割舍亲友之爱，开始漫游生涯，那往往是一发而不可收的。对一个文人来说，当时的爱尔兰还不大能提供什么东西可以开其耳目。于是他转去法国和意大利，并在蒙彼利埃和帕多瓦⁷稍作逗留，在当时，这里有两所驰名遐迩的医学院，而后途经荷兰，转回故乡，并被授予莱顿大学医学博士学位。

关于他是何时出游并在何时结束游程的，并无明确的记载。访经这些国家时记录下的见闻，也没有保存下来。而一个如此好奇、如此勤勉的人所发的议论，会给人怎样的快乐和教益，一念及此，我们就禁不住满腹忧思，并以明知是无谓的期盼，来劳烦自己的想象。但可悲的是，那些最有力量来改善人类的人，却往往疏于播散自己的知识，或由于求道比传道更快乐，或由于他们天生伟智，在他们眼里，很少有什么东西是如此重要，竟值得引起世人之关注的。

他回到伦敦，当在1634年前后。到了转年，便写出了那本题为《医生的宗教》的著名作品。据他自己说，他从没想过要出版这部作品，不过是试笔和遣兴之作而已。书中有许多段落，确是只关他一己之身，与读者是关系不大的。在写完之后，他对自己的手笔甚为得意，但也许觉得别人不能有此同感（这种事往往也出现于其他作家的身上），于是便交给朋友们传阅。但凡是有幸批阅他人手稿的人，都少不了一派谀辞，我想布朗从朋友处得到的，也是如此。既然如此，他便没有劳神去追回手稿，以免壅塞了自己的得意之情，而是任由它辗转相传，直到1642年，这部手稿在未经他本人同意的情况下，落到一位出版商手里。

别人有时候遭遇这等事情，倒是不无可能，而我也情愿相信这确是布朗的遭遇，而他屡屡抱怨自己的书被人偷偷出版，其真情如何，却也不乏使人怀疑的理由。出版一首歌曲或一段警句，作者大可以被蒙在鼓里，因为在辗转相传中，人们就熟记于心了，抄写下来，也不费什么周折，但仅仅出于好奇或热情，来誊抄一部长篇的作品，却是事不多有的；往往是没等誊抄散布开来，就由于手手相传而破弊不堪了，一个人大可以躲在背后，把一本未臻完美的书传给密友，以求伪本流传，作为出版真本的口实，或订正人们从中发现的缺陷与乖谬，并把错误推诿于传抄者的舛伪。

这是一种手腕。一个渴求声望却又担心得不到声望的作者，采用这一套手法，是可进可退，游刃有余的，既可以满足虚荣，又能保住一副谦逊之态。在旷达者看来，这套伎俩倘不被识破，倒是一种无害的欺蒙；只是没有哪种欺蒙是无害的，因为社会的福乐，正在于信任，而任何一个言行不符的人，多少都会损伤这种信任感的。

《医生的宗教》甫经出版,就由于怪论之新奇、情操之高尚、形象之联翩、引文之博泛,以及出语精微、文风有力,博得了公众的青眼。

广被阅读,就免不了广受批评。多塞特(Dorset)伯爵[8]将此书推荐给了凯内尔姆·迪格比爵士[9],他的回复意见是一本书[10],而不是一封信;书中虽杂有无根之谈,却也有尖锐的见解、公正的指责以及卓远之思,然而令人叹服之处还主要在于:它是在二十四小时里挥笔立就的,其中一部分时间,还花在了去找布朗的书,又一部分时间则花在了阅读上。

这些指摘还没有全部出版,布朗博士就得知了其中的好心或恶意。于是他致书凯内尔姆,软言好语地表白说:陋作百无一是,何堪青眼相加,撰写此书的本意,不过供自己把玩,不意有人付之剞劂,以至颠倒错落,舛伪丛出。凯内尔姆倒也礼尚往来,报之以温言美辞;在信中,他对此书大加揄扬,痛申景仰之怀,并且以顽劣自谦,说前一番出言过甚,真是抱惭无地。

人间闹剧中最可笑的一幕,是文人之间的投桃报李。这两颗当时的巨星假如相互遮掩,就难以大展光彩——这一点私心,谁又能避免呢?然而,对于在传抄之中受到如此伤害的这一部书所加的如此轻描淡写、如此突如其来的指摘,还是很快停止了出版。修正版的《医生的宗教》之前,附有一则忠告,是针对那些"读过或行将去读此书之讹本的人"而发的;其中有一段诋呵之言,自然不是针对迪格比,而是针对那些盗用其名义的评论家,对迪格比,自要极尽礼貌之能事。而这段诋呵之词,也不是出自布朗博士之手，因为对手的道歉，据信已让他满足了，倒是某一位多事的朋友[11]，热心于他的荣誉，而私自为之的。

布朗在自己的序言中，也是煞费苦心，以免遭苛察。他声称："有好多话说得夸张一些，许多说法只是比喻，应做宽泛而灵活的理解，不当以理性苛察之。"[12]诚然，从他的书中，人们一眼就可以看到不羁之思和放诞之言。"假如末日来临时，我可以享有我的救世主，则我甘愿在永生之前成为虚无。"[13]又比如说，任何一件事物，都可以"近乎永恒"，或又如他说的，任何有始有终的时间，绝不逊于无尽之绵延。以为布朗此言当真的人，是不知道布朗惯唱高调的。

在这本书里，有许多地方是说他自己的，而且照迪格比的看法，他谈自己还谈得过多了，然而都是泛泛之言，且过于简略，所以为他作传的人，从中是获益不大的。他声称，除了六省的方言以外[14]，他还通晓六种语言，对天文也不是外行，并且游历过许多国家，但最令我们好奇的，是他这句郑重其事的夫子自道：他的生活，是一场三十年的奇迹，讲述起来，不像是历史，倒像是一首诗，一则寓言。

当然，从某种意义上说，任何生命都称得上是奇迹，因为它是我们看不出关联之所在的力量之结合，是运动的接续，而运动的初因，又必是超乎自然的。但生命被这样解释，则不论其中有何等奇迹，都难以称得上寓言，所以说，作者一定是别有所指，因此才自以为不同于别人。

然而如今我们检点布朗之生平，却不见奇迹的征象。他的求学生涯，是与他人无别的，即难有什么大灾大难。学者生涯是一潭止水,其中的安宁,要多于快乐。一位旅行者,固然有许多冒险的机会,但布朗所行经的,并非未知的海洋,或阿拉伯沙漠。人固然可以访问法国、意大利,也可以在蒙彼利埃和帕多瓦小驻一程,临到终了,还可以去莱顿取得学位,但算不上奇迹。然而"讲述起来像一首诗歌或一则寓言的",到底是什么东西?我们只好猜测了。我相信他的说法,但不希望能猜准。奇迹也许是发生在他心里的:自怜之情,倘与布朗那种旺盛而丰富的想象合起手来,自然会在每个人的生活中,找到(或虚构出)惊心动魄的事件。人但凡有闲情逸致,去追寻前思往行,那么纵然是陆沉入海,不得同类的注意,也会咬定自己的一生是某种奇迹,而且会虚张想象,自以为天性和命途异乎常等,故能出类拔萃于他人之上。

这一次牛刀小试,就获得如此的成功,作者自然是大受鼓舞,于是开始了新的计划。牛津大学的一位名叫梅里韦瑟(Merryweather)的先生,将此书译成了不失雅驯的拉丁文;通过这一译本,又转译为意大利文、德文、荷兰文和法文。带有详注的拉丁文译本,则由仑努司·尼克劳斯·莫尔特法里乌斯(Levinus Nicolaus Moltkenius)出版于斯特拉斯堡。而从1644年开始,此书的英文本在出版时便有了注释,注释者的名字,则不为人所知。[15]

布朗声誉鹊起,得多归功于梅里韦瑟的热情,而关于这位先生,我却一无所知,只知道他出版过一部短论,是指导年轻人如何掌握拉丁文风格的。他的拉丁文译本在荷兰出版,却是略费了周折。他先是将这个译本送给一位印刷商,该人则交给萨尔马修斯[16]审阅，在"他摆起大人架子，将此书束之高阁三个月后"（据梅氏称），他为该书的出版浇下一盆冷水。在此之后，又有两位印刷商拒绝了此书，最终接受出版的，是一位名叫哈克犹斯（Hackius）的人。

该书的独特之处，自然给作者招来了赞美，也导致了仇怨，这也是常有的事情。但我们如今所知道的，只是一篇署有作者姓名的答复之作，题为Medicus Medicatus[17]，作者是亚历山大·罗斯（Alexander Ross），如今却已经被世人完全遗忘了。

此书出版之际，布朗博士在诺里奇定居下来。他是在接受了勒欣顿（Lushington）博士的劝告之后而卜居于此的，时当1636年；勒氏曾是布朗的导师，此时则是韦斯特盖特教区的长官。照伍德的记载，他行医的范围很广，有许多病人来就治于他。1637年，他被牛津大学授予医学博士。

1641年，他同本地的一位良家少女弥尔罕（Mileham）小姐结为夫妻。照怀特福（Whitefoot）[18]的说法，"这位小姐是有德有貌，不忝乃夫之才俊，两人结秦晋之好，端的是天作之合"。

一个人刚在自己出版的书里，表明他愿意"像树那样，无须交合即可以生育"，随即又宣称"整个世界是为男人创造的，而男人的十二分之一则是为了女人"，"男人是整个世界"，"女人是男人的一根肋骨，是男人身上的斜枝旁杈"[19]，但话音甫落，却掉头结婚了，恐怕是难免当时才子们的恶谑。

这些狂肆之言，不论这位小姐是否久有耳闻，或是否乐于制服一位如此可怕的叛逆，并以为倾倒才俊、战胜其顽梗的偏见是双重的胜利，也不论她是否像多数人那样，即之所以结婚，是出于权宜和爱慕间杂的动机，她都没有理由后悔，因为她与丈夫幸福地生活了四十一年，并为他生下了十个孩子[20]，其中有一子三女活到了父母身后。她晚于丈夫两年去世，孀居生活虽不豪奢，却也富足。

此时已以作家身份鸣世的布朗，既尝到了赞扬的甜头，又尝到了指摘的苦处，对公众之眼的惧怕之情，慢慢减杀下来，于是时隔不久，他又一次把自己的名字送交给批评家们审断了。1646年，他出版了《流行的谬误》一书，这不是一本奇想联翩之作，而是一本得自观察和书本的杂俎。书中没有一贯之思，前后之间没有转承，而是胪列了许多不相关联的话题。这本书一定是经多年纂辑而成的，即早立计划、长期研求的结果，他不断地前补后缀，日积月累，渐渐演成为如今的部头。但我们还是希望他能晚一些出版作品，以便在余生之中，继有所得，再加补订：此后三十六年的研究与经验，一定能为《流行的谬误探源》之类的书增加大量的篇幅。1672年，他在略做补订之后，出版了此书的第六版，但照我看，也只是阐扬旧文，未添新论[21]。

然而，作者不能继有补缀，不论是急于功利，还是不耐烦劳，但这一部作者认为适宜面世的书，理应使我们满足了；我们要记住，尘世里总得有逗人希望却又使人空抱希望的事情。

像他的前一部书那样，此书博得了一片喝彩，由亚历山大·罗斯做出了回应，且译成了荷兰文与德文，几年过后，又译成了法文。假如在当时，此书所受的好评未能使国内家藏一册，那么现在重版此书并加以注释，做部分补充、修订，且把后一个世纪里人们的苦心发现填充进去,并改正那些由于缺少牛顿或波义耳的哲学,而非由于作者疏忽或懒惰所导致的错误,那么对今人来说,这本书还是一场及时之雨。

看起来,他确实愿意为真理付出辛劳。当时有一则风行的谣传,说磁针可以产生共鸣,只要把它们悬垂在一副环形的字母表上方,那么远在他方的朋友或情人,就可以暗通款曲。布朗叫人制作了两套这样的字母表,在同一块磁铁上磨好了两枚磁针,然后安放在各自的转轴上面。结果是,当他移动其中一根磁针时,另一根磁针并未出于共鸣而转往同一方向,而是像"海格力斯之柱一样,屹立不动"。针不会转动,人们是容易相信的,但多数人只会满足于相信而已,不去做这种劳而无功的事。其实,布朗若想证实这一想法,本不必这样煞费周章的,他只需把针穿进软木,然后把它们漂在两只水盆中就可以了。

摘寻老的谬误,他固然不乏热情,但要他接受新说,却是诚然不易。比如,每当他提到地动学说时,他总是以不屑的口吻加以嘲笑[22],尽管这一学说当时已经日见风行,不待后人的观察印证,也是大可一信的。

有一位拙劣的作者,被布朗的大名煽惑得蠢蠢欲动,于是僭用布朗的名字,出版了一本书,题为《打开的自然之秘橱》,据伍德称,它是由马吉鲁斯(Magirus)的医书转译而成的。布朗只得劳神来洗清自己。他刊出一式调门颇低的广告说,"假如有谁得惠于此书,则鄙人不敢越分冒功,因为在这部书里,鄙人未措其手"。

1658年,诺福克地方发现了一些古人的葬瓮,布朗借题发挥,撰写了《瓮葬》一书。在这部书中,他以自己超长的博学,论述了古代民族的丧葬礼俗;铺叙他们处理死人的不同方法,并对诺福克灰瓮中的物品细加考探。在他的所有作品里,能见其博闻强记的,当无过于此书。一部趁景之作,事先必无资料的积累,而布朗上下钩沉,一时间碎金灿然,盈书满纸,真可谓匪夷所思的事。像其他那些论述古董的书一样,这也是一本不周世务之作,只在满足人的好奇而已。因为,这些事情知道与否,是无关宏旨的:哪些民族埋死人于地下,哪些抛进海洋,又有哪些扔给鸟兽;火葬的风习起于何时,废止于何时;一只瓮里,是否杂有数人的骨灰;投进葬火堆的,又是怎样的祭品;人的骨灰,又怎样从别的物品中分离出来。所有这些考证之无益,布朗似乎知之甚悉,因此,他以一段纵然是引用千遍也不嫌其多的评论,结束了这些考证:

> 然而,关于来生的某些臆想,其中的全部或大部分见解,人们曾经盲目地、漫不经心地加以信服,并由此产生了那些邪曲的观念、仪式和说法,对此,基督徒们是抱以怜悯或轻嘲的。那些其生也早、不受后代之拘牵的人有福了,在那时,人们对来生还很少有什么成说,只是根据理性加以论断。因此那些最高贵的心灵,往往到了临终才想起那人无定见的死亡,和使人忧郁多思的形神消解;苏格拉底正是以这样的希望,温暖着他那结局未知的灵魂[23],以抵御那一杯冰冷的毒酒;而加图在横下心来,做出那致命

的一击之前，则花了半夜时间翻阅柏拉图对于永生的论述，这坚定了他那颤抖的手，使他做出了那桩豪侠之举[24]。

忧郁多思砸给人的最重的石头，是对他说：他形神将尽了，或者说，来生是没有的，好像是通往来世的今生，其实只是一场空忙；但如果不能转进来世，那么人本性中的对于来生的期盼，就只是天性之缺误，那些未得到满足的沉思者，会置难于自己的本性正义安在，即使亚当堕落得更深，他们也会恬不为意，因为这样一来，他们就不会知道自己是另有所种的了，并对自己的本性更加无知，进而享受到低等造物的幸福；也就是说，恬然地保有自己的身质，无心为自己的本性吁长叹短，由于禀承于上帝的，是在来生的希望之外，或者说，想不到还有更好的来生，因此上帝的智慧，必要使他们知足常乐。但是我们自身之中的精纯元素和那暗昧的部分[25]，却由于无法满足于今生的快乐，因此在临终的时候，便往往对我们说，我们不仅是今生之我；并把我们今生的希望，疏散到它们所结出的累累果实之间。

附在《瓮葬》一书之后的，是《居鲁士的花园——古人园林中的五点、菱形、网眼形，从艺术、自然、神秘角度加以考虑》。这部作品以初祖居住的上帝之花园开篇，然后追溯园艺的起源，由古代最早的记载开始，直到波斯人居鲁士时代。据我们所知，第一个按照梅花状来植树的人，确实是居鲁士，但布朗却成心将这种做法的起源推溯得更古，他不仅在对巴比伦空中花园的描述中，找到了其影子，而且还满心相信（并说服读者相信）早在洪水之前，人们就以这种方式来播种植物了。

在无关轻重的话题上施展学问与才气，有时也会产生绝妙好辞；而每个时代，总有些高自期许的才子，为了露己扬才，而抬高卑者，张大微者。一件本来就伟大的事情，若想恰如其分地加以讨论，则不仅困难，而且难惬人意；因为面对自己的话题，作者总有自惭形秽之感；话题之大，已不容他的想象有所增益了。然而从一个贫瘠的话题上，蔓引波连，从暗昧的事物中，摭取闪光之念，在自然无所措手之处，为世人开创一则奇迹，却是幻想的不朽功勋。应归之于此类的，有荷马笔下的青蛙[26]，维吉尔的蚊子和蜜蜂[27]，斯宾塞的蝴蝶[28]，翰韦卢斯（Wowerus）的影子[29]，以及布朗的梅花形。

在轻快地敷展幻想时，每一件天工或人工之物，凡可以从中发现十字或近乎梅花形的，布朗都一一加以考察。人要是成竹在胸，那不用多久，就无往而非竹了。所以布朗几乎在每件事物中，都发现了他所钟爱的图样，不论是自然的还是人工的，古代的还是现代的，粗朴的或经雕琢的，宗教的或世俗的。读者倘漫然无心，不提防他那套移花接木的手段，就会以为十字状是天下的正业；自然与艺术的旨归，也只在于体现或模仿梅花形而已。

为了揭示这一图形的佳妙，布朗一一列举了它的所有品类，并发现每一种周乎世务或赏心悦目的东西里，几乎都有这一形状。纵然没有，他也会得来全不费工夫，关于他这一套本领，我们且尝一脔，以见全鼎："其中固然不见有直角，但每个菱形中,都包含着与两个直角相等的四个角,所以说,每个菱形中,其实是包含着两个直角的。"[30]

高明之士纵其想象,即使以玩物为心,也绝不会无益于知识的。错见于书中的,有对于植物形态以及规律的奇妙观察,而对于萌芽的类型,布朗似乎也是一位老到的观察家,对于植物由胚胎而到枝叶的演化,他也做了精细的观察。

而后,布朗自然是笔锋一转,开始讨论起"五"这个数字来;他发现,这个数字囊括了许多事物,比如植物有五类,锥体有五面,建筑有五种,戏剧分五出等。在指明五是古人的婚嫁数字之后,布朗坠入了一派玄思之中,此处还是引用他的原话为上:"古代数术家们以二三相加,得出了这个婚嫁之数,这是第一个奇、偶之数,能动与被动之数,是生育圈里的质料与形式之原。"

这便是他生前出版的所有文字了。然而在他的柜橱里,后人还发现了许多文稿,据怀特福说,那些准备出版的,则"依照大作家们的惯有做法,由他本人做了多次誊抄与改订"。

这些文稿,曾经两次结集出版。一次是由特尼森博士[31]纂辑的,另一次,则出版于1722年,纂辑者未具名姓。两位纂辑者选取的文字,是否合于作者之所好呢,如今是不得而知的。但把这些不容暗投的明珠彰诸世人,却是功不可没。假如没有这两人的插手,那么无数博学者一生劳绩却片纸无存的命运,也许会落到这些文稿作者的头上,其作品或像佩雷斯克[32]的文稿那样,在缺薪少柴的年头,被投进火炉子里面。

在这些身后之作的第一部分里,有一篇《论圣经提到的数种植物》,其中的言谈,虽不能立竿见影地纠正读者的信仰,或使道德归于纯粹,却也绝不能斥之为吹毛求疵,或不周世务的玄谈。因为它们大多是勾玄提微,以见经文下笔之准确或引喻之精雅,对于不通东方博物的读者来说,这些事物是断乎难知的;而更重要的功用,则多在于它们释除了经文叙述中的一些难点,或格言中的隐晦之处。

然后,是一篇《论花环或花冠状与花环状植物》的文字。这纯粹是一篇炫学耀奇之作,只在于钩沉古代的风俗,和勤学者们在试图钩沉这些风俗时所付出的心力。

此后是一封信札,《论基督复活之后与其门徒所食之鱼》。但他们所食用的,到底是哪些鱼呢?信中却没有一定之解,因为这是无法断定的。即便学富五车、焚膏继晷如布朗,也仅仅是胪列了约旦河中出产的鱼而已。

紧接其后的,是《鱼鸟虫答问》《论古今鹰隼与鹰术书》两篇文字。某些动物的古名,是人们常常误解的,布朗在第一篇文字中,对此有达诂;在另一篇文字里,则时有一些关于鹰术的妙论,而且照他看来,鹰术一道,是不为古人所知的。我相信,我们所有的田猎活动,都是源出于哥特人;古人狩猎不靠气味,也很少把马术作为运动;在他们的作品中,虽也提到过 aucupium(鹰术)和 piscatio(垂钓),但好像在他们看来,这既不是消遣,也不算是农业或其他的手工劳动。

在其他两封信中,他谈到了"希伯来人的铙钹",却没有做出满意的断言;还谈到了一种"增韵诗"或"渐进诗",即起首词为单音节、后继词之音节依次递增的诗体，比如：

O Deus, aeternae stationis conciliator ——奥索尼乌斯[33]

然后，他按自己的方式，开始抽端引绪，继而提到了许多自限格律的作诗方法；在这一点上，那些刻苦有余而天分不足的人，往往是心甘情愿地自束手脚。

他的另一篇试笔之作，是《论语言，特论撒克逊语》。对于语言的起源和变化，他的论述是极为博学并大体公允的；但也有一些成说，他却未加审断便接受下来，这也是学问博泛者的通病。比如说，他依照流俗之见，认为西班牙文中保存了大量的拉丁语成分，所以西班牙人可以写下在语法上既合于拉丁文，也合于卡斯蒂利亚[34]语的句子。而一旦考虑到西班牙文的词尾，这个说法就是大谬不然了。精通三省方言的霍威尔[35]也断言说，他做过那么多尝试，却从未见过这一说法的效果。

但此文的主旨，还在于揭示现代英语与古撒克逊语的亲缘关系。"尽管我们从法文中，转借了大量的名词、形容词和一些动词，然而大部分数词、助动词、冠词、代名词、副词、连词以及介词，即语言中最具特色、最经久的部分，却是撒克逊语的遗产。"这么说是诚然不诬的。

为了更明确地证实这一说法，他用撒克逊语和英语草拟了六个段落，并做了简单的讨论。在这两种语言中，除词尾和缀字法之外，每个词都是相同的。词语是撒克逊人的，这固然不假，但语法可是英文的，而且在我看来，不管作者如何自信，比德[36]和埃尔弗里克[37]是读不懂这些段落的。然而，就英语酷似其母源之语而非现代欧洲的方言而论，作者的论述倒也圆满。

在这一本文集里，还有五篇未曾提及的文字。一篇是《论英国的假山与地穴》，这是一篇回答E.D.之询问的书信。据《不列颠人物传》的作者[38]考求，E.D.若系手民之误，则E.D.当作W.D.，即威廉·达格代尔爵士（Sir William Dugdale），他是布朗的一位通信者。据布朗称，那些假山与地穴大多是一些陵墓，其他的古物学家们，我想也会同意这一说法的。他在文中证明，丹麦人和撒克逊人埋葬他们的显贵，都要攒起一堆土来，而"无取饰物、墓碑，或铭文，假如它们能免于地震之灾，那么比起纪念碑，是更能传之久远的；方尖碑有尽期，金字塔会倒颓，而这些山陵土丘，却屹然不动，似乎与大地同一尽期"。

随后的两篇文字，则是回答两个地理问题。一是关于保罗行传和保罗书信[39]中提到的特洛伊[40]，布朗断定，这是一座位于伊利昂[41]附近的城市。另一个问题是关于死海的，布朗的回答与他人无异。

另一通书札所讨论的，是"阿波罗在德尔菲神庙对吕底亚王克洛伊索斯所做的神谕"，布朗认为，这一通神谕，是明明白白超乎自然的，他的所有论点，都是出自这一假定的。除此以外，这篇文章就无足注意之处了。他还问道，既然有这么好的教谕，古代的生理学家们为何不借以探究自然的奥秘？但他的结论倒也明智：这些问题或许是无谓的，"因为在我们的心智可及之处，勤勉必是我们的神谕，理性必是我们的阿波罗"。

其余的文字还有：《对几个民族之未来的预言》，他的预言与不久前贝克莱博士[42]的如出一辙，只是语气不如后者斩钉截铁："美洲将是第五帝国的王畿。"还有："Museum clausum, sive Bibliotheca abscondita"（博物馆、综合图书馆）；也就说，作者是以这样的幻想来自我陶醉的：那些从未有过的或失而不可复得的书籍与稀见之物，人们可以在美洲找见。

我是按照特尼森辑本的排列次序，来列举这些文字的，因为原编者并没有举出每一篇作品的写作年代。其中的某些作品，固然可以使人想见这位以学问为乐事的伟大学者，或者说，这些作品展示出同一具头脑，竟可以细大不捐，自由出入于百家之门；然而在此之外，就鲜有价值了。

布朗身后之作的另一个辑本，则以八开本的形式，出版于1722年的伦敦。其中有一篇《论诺里奇教堂中的坟茔与墓碑》，对于一位精于古物之学的人来说，文中所谈论的话题过于琐碎，正如特尼森所言，是杀鸡动用了宰牛刀。

另一些作品是：《答威廉·达格代尔爵士沼泽问》；一封关于爱尔兰的书札，另一封则讨论的是新出土的葬瓮；一些短篇的、针对不同的问题所撰写的驳议和一封因密友去世而撰写的《致友人书》。最后一通书札，则由作者的公子于1690年出版过单行本。

《不列颠人物传》里，还附有作者的另一封书信，是指点人如何学医的，所有这些文字，连同此处奉献给读者的一组随笔[43]，便构成了布朗博士作品的全部。

关于这位博学者的一生，可以添附的材料已所剩无几。唯需指出的是，在1665年，由于Virtute et literis onatissimus（道德与文章俱佳），布朗当选为"医生学会"的会员；在1671年，国王查理二世巡经诺里奇镇，授予布朗骑士荣号。这位君主虽多有过失和罪恶，却不乏识鉴才俊的眼力和奖励才俊的懿德，而且以虚誉加人，也不费他一丝一毫，但荣誉来自一位睿智而受人爱戴的君主，自为布朗带来了新的光环和更大的荣誉。

就这样，布朗以泰山北斗之尊，活到了七十七岁高年；然后，便因疝痛病倒了，在受疾病折磨一个礼拜之后，他在诺里奇结束了自己的一生，这一天是1682年10月19日，适逢他的诞辰。在临终之前，他表达了自己任命由天、不怕死亡的冲淡之怀。

他被葬在诺里奇一带的圣彼得教堂，一面刻有如下铭文的墓碑，置放在祭台的南墩上：

M.S

Hic situs est THOMAS BROWN, M. D.

Et Miles.

A 1605. Londini natus

Generosa Familia apud Upton

In agro Cestriensi oriundus.

Schola primum Wintoniensi, postea

In Coll. Pembr.

Apud Oxonienses bonis literis

Haud leviter imbutus

> In urbe hac Nordovicensi medicinam
> Arte egregia, & faelici sussessu prosessus,
> Scriptis quibus tituli, RELIGIO MEDICI
> Et PSEUDODOXIA EPIDEMICA aliisque
> Per Orbem notissinus
> Vir Prudentissims Integerrimus Doctissimus
> Obiit October. 19, 1682.
> Pie posuit maestissima conjux
> D. Doroth. Br.

> (在这座台墩之下,
> 埋葬着医学博士、
> 《医生的宗教》及其他博学之作的作者
> 托马斯·布朗爵士
> 他在本城行医四十六年。
> 死于一六八二年十月,享年七十七岁。
> 他的发妻多萝西·布朗夫人
> 敬立此碑,以志永念。)

除他的夫人之外(她病逝于1685年),他身后尚遗有一子三女。关于这些女儿,并无可资一提的事,但他儿子爱德华·布朗(Edward Browne),却是需要一表的。

爱德华大约生于1642年,在本城受完教育之后,转去牛津大学就读,并获医学学士学位。而后就读于牛津大学默顿学院,在此被授予同等学位，稍后又被授予博士学位。1668年，他游历德国，第二年又纵其游轨，访经奥地利、匈牙利和色萨利，当时土耳其苏丹正在此地的拉里萨坐朝。稍后不久，他又游经了意大利。爱德华精通自然史，因此特别究心于矿藏和冶金技术。在归国之后，他出版了一本书，记述了他游踪所到的国家。我曾听到一位博学的游客盛赞这一本书（这位游客后来曾去过爱德华游历过的许多地区），说它严谨而准确，在同类书中确是难得的佳构。但是，无论它给予自然学家们以怎样的教益，却很难说它会给普通的读者带来乐趣。不管是由于天下之一律，使得一心坚持真理的人难以述异道奇，还是由于布朗博士限于学业之训练，只惯于探究与多数人无关的话题，但总之，此书的大部分内容，只是他由一地转往一地的流水账目，并无更多的闻见。

归国之后，他在伦敦城里行医；旋被任命为查理二世的御医，1682年，又被任命为圣巴塞罗谬医院的医官。大约正是在这段时间里，由于翻译普鲁塔克的《名人传》，他的名字附列于当日的名士之中。他先是担任医学会的监察官，继而担任推选官(the elect)和司库一职。1705年，他被推选为该会的主席，直到1708年，这位广有建树、功成名就的人去世为止。查理二世不惜辞费，对他大加称赞说：学识渊博，不愧学院中人；彬彬儒雅，信是廊庙之器。

一位伟大而杰出的人物，其性格暴露于众人眼前的，只是一部分而已，另一部分，则是一己之私，不出于家门之外。在广为人知并垂之永久的业绩中，一个人所展现出的品质，不管历时多久，人们都可以蹑迹以求，并加以评判；然而未加表露的美质，则很快就被人遗忘了。人各有别的小癖好和特点，倘不是与之有私交的人观察并记载下来，那么就一去而不可得了。假如布朗的朋友怀特福先生，不认为"与布朗大半生结交是上天之嘉惠"，进而把他的性格描述下来，那么许多人未能得免的性格之残毁，一定也会落到布朗头上。所以，我将他的部分描述照录如下：[44]

> 说及他的长相，则他的肤色与头发，倒也与他的名字相符[45]。他身材适中，不胖不瘦，恰好称得上"骨肉停匀"[46]。
>
> 在衣着上，他厌恶鲜衣美服，而喜欢朴素，不论是样式还是缀饰之物，都是如此。他总是穿一件斗篷，或一双靴子，即使到了很少有人再穿的节令。他总是穿得暖暖和和，觉得这样最安全，却从不床上施床，用一堆外套来累赘自己，像苏维托尼乌斯所说的奥古斯都那样[47]，身上的衣服足够一家子人穿。
>
> 他的理解力甚为广博，为天地所不能包容。他通晓天上可见的所有星辰，在这方面，天下人很少有比他了解更多的。他能说出视野之内的星辰数目，假如有名字的话，还能叫出它们的名字。关于地球，他的地理知识是详赡而准确的，简直像是承天之命，来总督整个地球、地上物产、矿物、植物和动物的。他还是一位好奇心切的植物学家，除了那些杰作之外，他还记述了一些美妙而优雅的观

察,既补世用,又给人以乐趣。

他的记忆虽不及塞涅卡和斯卡利哥[48],却也称得上博闻而强记,他所读过的书,凡是醒人耳目之处,他都记得起来;以前见过的人,即使契阔多年,他不仅记得上名字,还记得起该人的容貌以及当初与他交谈的内容。

拉丁诗歌中的所有警策之言,布朗都可以背诵;他还阅读了大部分古今历史著作;而且着眼之处不同于凡响,是一般读者不曾留心的。在闲居时,布朗堪称一位佳侣,他舌端生华,而非舌响春雷。

调服激情,布朗不以暴政(这曾是根性圆满者的特权,却由于疏于使用而丧失了),而主要靠权谋,正如斯多葛派的门徒那样;在这一点上,布朗屡试身手,功夫老到,所以,人们很少见他有屈服于感情的事。即使在他身上,我们看到了那种人性所引起的难以遏制的激情,他也总是以理性加以节度。比如激赏之情,就是激情的一种,这或是出于少见多怪,或是由于知识过人;在这一点上,他有时赏誉过人,有时却不像别人那样拍案叫绝,只是略作嘉许;总之,一依自己较他人对这问题的了解多寡为准,所以,尽管他遇到过许多珍奇之物,但赞赏之情,总是"聊复尔尔",不像别人那样大惊小叹。

乐而失于淫,哀而流于伤,在他是从没有过的事;虽有一副乐天之性,却很少乐不可支,而总是以理性为度。人们也很少见他笑谑浪浪,纵然是有,他也会自觉轻浮而赧颜变色。对他来说,举止稳重是天性,而非矫情。

他生性羞涩,赧愧之情常见于脸上,而稍有因由,他便抱惭无地,即使我们看不出缘由,他也往往如此。

假如人们对他的了解,仅止于他的轻快笔风,那么一旦亲接咳唾,目见他言谈举止的稳重与谨饬,就会有"大谬不然"之感了。他绝没有喋喋不休、好说好道的习气,所以和他交谈,有时候反是一件难事,而一旦他滔滔不绝起来,那总是不同凡响的,绝没有陈腐庸俗之气。他所吝啬的,只是自己的光阴;对此他总是巧加利用,很少浪费;即使从繁重的医务中脱身出来,他也是以读书遣日,很少游玩;对于游手好闲的做法,他是深不以为然的,因为他总是说,他不能无所事事。

托马斯爵士通晓欧洲的大部分语言,也就是说,胡特尔本《圣经》里的所有语言[49],他都能运用自如。对拉丁文和希腊文的理解,已到了登堂入室的地步。那些从未在欧洲通行过的东方语言,在布朗看来由于用途不大,所以学习它们所费的时间与辛苦是不得其值的;但对希伯来语,这东方语言的鼻祖,他则异常敬重,因为这曾是传达神谕的神圣语言,对此一无所知,他是不能心安理得的,尽管他的科学知识,很少能见于这语言的鼻祖之中。据说有许多著作,是用这种语言的派生语——阿拉伯语写成的,但他仅仅满足于阅读译本,而且发现其中并非没有令人叹为观止之物。

在而立之年,他便写出了自己的第一部作品,《医生的宗教》,其中宣明了自己的信仰,尽完全赞同于国教,像博学的格劳秀斯[50]那样，把它推许为世间最好的教义。在余生之中，他一仍旧贯，不改信仰之初心。若不是医务缠身，他总要参加公众的礼拜。如果他未出本城，也绝不错过圣餐礼。他不乐于闲谈，而是经常阅读自己所听说过的最好的布道文，并不吝赞赏之词。在临终的那场持续一周的疾病中，他以罕见的坚韧，忍受着胆酸的巨大痛苦和持续的高烧，而不像斯多葛派那样是在强充硬汉，或是虚荣作祟，故做处变不惊之态，视痛苦为无物。Nihil agis, dolor（噢，痛苦，你是无能为也）[51]。

他的坚韧，是基于基督教的哲学、对神恩的牢固信仰和任运由天的冲虚之性，这一点，他曾用寥寥几句话加以表达。在他去世的前几日，我曾去拜访他，这时他已经气息奄微，既不能多说也不能多听了，除了一些表示友爱的话外，他的临终之言是这样的：他甘心屈从于上帝的意志，而无所畏惧，在别人身上，他曾屡屡大败恐怖之王[52]，为保护病人，他曾经多次挫败他；而今轮到自己了，他愿以谦和、理性和宗教的勇气屈服于他。

假如他生活在富庶之地，他本会应验 Dat Galenus Opes[53] 这句古谚的。而他对子女的溺爱与慷慨，却使他所费不赀，特别是旅行上的花销；他的两个儿子曾周游欧洲列国，两个女儿也去过法兰西。他还常常在家里大宴宾朋，并慷慨地捐助慈善事业。他一生勤勉所得的产业，留给了自己的遗孀和子女，虽然数目不大，却也足使他们丰衣足食。

据最了解他的人说，布朗为人精明，精通古今历史，对于前言往行，多有深知卓见，倘若职业和卜居的地点相宜，那么以他的才干，定会成为一名出色的枢密官，绝不会逊于大名鼎鼎的神父保罗[54]——这位晚近以来威尼斯城邦的圣人。

尽管他不是预言家，也不是预言家的儿子，然而在溯往知来这一点上（这是近乎预言之才所具有的），他却是超乎常伦，对于公众和私人之未来的预测，鲜有失手之处；但也不是动辄预言，更不装神弄鬼。

这位早年遍读了贬斥宗教之书籍的人，在后半生中，一直是厌恶争论的；调弄重要的真理，而扰乱既定教义的安宁，游谈无根，歧中生歧，往往是年轻人出于虚荣而耍弄的把戏，一旦更事既多，就要自悔前非了。自设难题，为了解决它而搞得身心俱倦，每个聪明人到了一定的年纪，都会不耐其烦的，而只愿享用不费辛苦、不冒争端之险的真理。假如怀疑之情，闹遭遭地半路杀出，对于性好求索却又不胜怀疑之苦的人来说，则对付它的良策，莫过于布朗采用的办法：

> 倘若我心有疑滞，我便弃之脑后，或是悬而不决，留待我意断神通之日；人人自有俄狄浦斯的理性，只是易染易熏，故落于曲学的樊笼，倘能戢兵止戈于众口嚣腾之地，自能奏刀砉然，顿解縲绁。[55]

上文中所描述的布朗的性格，可由《医生的宗教》的许多段落加以印证并丰满。布朗在书中虽不吝辞费，对自己的造诣和可见的优点大加揄扬，但从怀特福的证据来看，布朗的自褒，通体说来算不得言过其实。

有时候，人确实有一些不为人知的内在品德，但由于不知他人，就轻率地认为这些品德是自己一家独擅的。在如数家珍一般详列了自己的才德以后，布朗却声称自己未蹈于罪恶之首——骄傲；这一点，曾被瓦兹博士[56]拈将出来，作为骄狂的例证来指责布朗。若要人相信布朗之免于首恶，阅读《医生的宗教》怕是于事无补。骄傲之为恶，正在于它使人看到了别人的骄傲，而忽视了自己的骄傲。

人的勇气亦如谦卑，是容易自己高估的。所以，当布朗说"即使失去一条胳膊，我也不会流下一滴眼泪，被大卸八块，也不会呻吟"，而且还认以为真时，依我看，他未见得是在自己身上感受到了一种超乎常人的刚强意志，至多是在心志游移、不由自主时而突发的狂想，他自己却误以为是坚定的决心了。

"像我这样能面对死神之脸孔而少有畏惧者，并世之人中是不多有的"，他相信这话，倒也不费吹灰之力，因为此时死亡还是件遥远的事。而每一个人，都会有时辰既到的日子，到了那天，人能不能忍受死亡，就要昭然大白了。看起来，布朗的坚韧情怀，临到生死之际倒也没有抛弃他。

照某些人对《医生的宗教》的评论，"作者仍然是游移不定的，他可以变得更坏，也可能变得更好"。而所幸的是，照布朗临终前他人所做的证言，他在余生之中，一直是恪守德行，直到死亡使他免去了变坏的危险，使称赞他的人得免谄媚的恶道；而上面的疑虑，也就不攻自破了。

但布朗的身后之名，并不依赖别人的赞扬，而端赖自己的作品；只要世人尚有一丝敬学之心，他的名声就不易被剥夺。因为，没有哪一学问，他不是略有长技的，很少有哪类知识，他未能有所耕获，无论世俗的还是宗教的，深奥的还是雅致的。

他的学识如扶疏之茂林，见解如满目之琳琅，有时竟也壅塞他的理路，翳障他结论的澄明；无论他措意于怎样的话题，总是有众多的形象，在他眼前联翩而来，以至于捕捉其一，便失却其他。他博闻强记，每有想法，总有众多的例证与之并辔而出，或附其骥尾而来，因此他的思路总是四处枝蔓，但他在循迹以求时，却是文思健旺，颇令人有爽心之感。因此，读者便毫不勉强地跟随他的脚步，穿过他那繁花似锦、爽心悦目的迷宫，直达起步时即已在望的终点。

"大瑕大瑜"，我们的作者说，"是诗中的极品"。这话恰也适用于布朗的文风。它强劲有力，却疙疙瘩瘩；它学问赡富，却不免掉书袋；它深刻，却晦涩；它震撼人心，却不柔美；它颐指气使，却不循循善诱；它比喻生硬，有生拉硬扯之嫌。布朗生也晚，我们的语言在伊丽莎白时代所获得的稳健之风，到他的时代已开始丧失，每一位作者都师心自用，都想在它的身上一试身手，并按照自己的狂想塑造它。弥尔顿步这一侵略狂潮的后尘，开始引进拉丁语风，布朗之扰乱我们的语言结构和用法，固然还不至于此，却也灌入了大量外来的词语。许多是有用的，意有所指的，假如拒之门外，则需要以冗长的词语替代它们，比如commensality，就需要更换为"许多人同桌共餐",但也有许多是多余的,比如以paralogical替代"无端的怀疑";另一些则异常隐晦,与其说是阐明,毋宁说是掩盖了他的本意,比如用arthritical analogies来表示"服务于动物关节的器官"。

布朗的风格,确是由许多语言编织而成的:词语的异类,从殊方远域被鸠合到一处;原本供一种学科驱遣的术语,却被强掠过来,以服侍另一学科[57];结果是造成了一种混杂的风格。然而,我们还得承认他扩大了我们的哲学词汇;若为他的生僻用语和表达做辩护,我们还须考虑到:他有不同寻常的见解,假如有一种语言,可以单辞片语地表达他的看法,他也不会乐于使用纷繁之词。

而有时候,他的革新却也大可人意,他的轻率也可喜可贺,许多有力的表达,若非他肆其蛮勇,冲到得体的边缘,他是绝不会得到的;人若怕摔得重而丢人现眼,则绝不会飞得高。

对布朗的作品还有一种反对意见,比起这些苛酷的批评来更为可怕。有人借他的一些段落发难,把他归入自然神论者的行列,另有一些人,则称他为无神论者。假如我们不是从经验里得知,总有那么两类人,是急欲扩大渎神者的名册的,那么这种结论是怎么得来的,我们一定会百思莫解。

许久以来我们就注意到,无神论者,虽没有正当的理由劝人改宗,而一旦遇上可以施加影响的人,则他们在劝人接受其观点时的死乞白赖,是无出其右的。他们对自家教义之真实性的怀疑和欲求他人赞同的热望,在一定程度上是旗鼓相当的。他们费尽心机,以求赢得改宗者,并急于抓住最小的口实,挟名人以自重[58]。

而另一些人,由于对渎神之举的敌意不甚巧妙,便无形中成了渎神论者的朋友:如教条刻板,与人谈话时杯弓蛇影,或信仰上过于严格。往往由于他们的狂热,与他们相处的人,便趑避到了无神论或泛神论的檐下;这种结果,即使它们[59]的铁杆门徒也是不敢想象的。在这些人看来,一句轻浮之言,一段随口而出的怪论,一句有失体面的玩笑和一则不通情理的反对意见,都足以从基督徒的名单上抹掉一个人的名字,并把一个人的灵魂,驱逐于永生之外。这些人过于苛察,而无心为那些幽渺之言,去寻找满意的解释,或为生活定下博泛的音域,以淹灭一两道啁哳之声;也不知道一时失足,还可以很快地经过悔罪而改正。人们偶有过犯,或是偶有孟浪之态,他们就大声呵责,即使人们没有犯罪或犯过以后立即改悔了,他们也是如此,全不讲恕道,也不讲策略。

不信教者的所作所为,他们自己心里有数;他们是在竭力依傍权威,以补其论据的不足,并炫耀自己的一方人多势众,以减轻其事业的污名。所以说,他如不改弦更张自己的原则,就不会改变自己的做法。但宗教狂们应该想到,他们辛辛苦苦,动辄把人驱逐于教门,实际是在反对自己的事业,成心壮大真理敌人的声威。以为智不及人,因此在拒绝或接受信条时,唯他人之马首是瞻,这是多数人的通病。所以,只要背教者的阵营里增加一位名人,这一民众宗教所赖以成立的论据,就要失效三分。

在许多宗教观念上,人们可以各相悖异,但基督教的本质,却是所有人都可以保留下来的。人们有时候激于口辩,但相互之间,却没有多大的分歧。所以那些挞伐谬误的人,应该以知识启悟热情,以恕道调和正信;若不讲恕道,正信就成了虚的,而仁恕之道,正在于"不计算人的恶","凡事盼望","凡事忍耐"[60]。

无论宗教的朋友出于愤怒或宗教的敌人出于诡计,是否把布朗记入蔑视宗教者的行列,若想为布朗正名,还他以最狂热的基督徒的名声,却绝非什么难事。在大张想象时,他也许时出危言,那些吹毛求疵的人,如果断章取义,自要把它们解释成异端之论的。然而只言片语,总不能抵消洋洋万言;很少有哪位不以神学为业的作家,(能像布朗这样)屡屡申明自己对《圣经》的信仰,毕恭毕敬地诉诸《圣经》的权威,每提到经文,总是这么满腔敬意的。

假如一个人宣称,他"把基督徒的荣号冠诸自己",并非由于这是"本国的宗教",而是因为在他"年且长成,心智已定的年纪,遍观一切,详察一切,发现迫于神恩原则和自己的理性律令,舍此之外,无法接受其他的称号"[61];为了对自己的信仰更加坚定,此人又告诉我们,他"属于脱胎换骨的改革教派","其信仰,同为我们的救世主所教诲,为使徒所传扬,为列祖列宗所裁可,亦为殉道者所固护"。[62]尽管"在哲学上",此人"此也一是非,彼也一是非",但"在神学上",却"爱恪守大道",并以"不给异端、党见或谬戾留下可乘之隙"而自得[63];此人宣称,"《圣经》沉默之处,教会是我的经文,《圣经》有言之处,教会只是诠释",仅仅在二者都沉默之处,他才"节度以自己的理性"[64],他为"深幸自己未生活于奇迹的时代",因为在那时,信仰只是"耳目所加",而他则愿意领受那"更大的福祉",即基督许给那些"不曾目见便加相信的人"的;把这样一个人拒斥于基督教的门外,确实是不可思议的。假如一个人相信我们的救世主"曾经死去、被掩埋并复活于世",并希望"在他的荣光里瞻礼他",而且又申言"在这件事上,我们的信仰是无法敷展的,因为究之以理性,这信仰当归之于历史之功",又说"若论信仰的果敢与高贵,则占尽天时者,只有基督的前人,他们借助于隐微的语谶和羚羊挂角之迹,便起了信心"[65],那么此人确实不能被指责为有信仰上的瑕疵。假如一个人,对于好人是否应该拒绝有毒的圣餐心有疑虑,并"宁可违拗自己的手臂,也不违拗一座教堂"[66],那么蔑视宗教仪规的恶名,就绝不该落在这个人头上。

每一个人的观点,都只能从他自己的身上得知,至于他的行为,则最好相信旁人的证据。假如二者不相抵触,则我们所获的信史就以此为极了。就布朗来说,这二者所提供的证据是同声一气的:他是基督宗教的狂热信徒,活着的时候,恪守基督的大法,死的时候,则坚信基督的慈悲。

注释:

1 约翰逊博士的《布朗传》出版于 1756 年,是附在布朗的《基督教伦理》一书之前的。据鲍斯威尔的《约翰逊传》称,这是约翰逊博士最好的作品之一，这一点也大致为世人所承认。据19世纪的著名评论家佩特说，约翰逊的文风也许是深受布朗影响的。译者既喜欢布朗，也喜欢约翰逊，故将此传记一并译出。只是约翰逊的传记中有一些史实错误，译者将在注中说明。

2 指《基督教伦理》一书。

3 布朗的母亲闺名安妮，是中塞克斯郡阿克顿地方的保罗·加罗威的女儿。

4 这种说法始于布朗的第一个传记作者怀特福，并为约翰逊博士所夸大，其实事实并非如此。

5 安东尼·伍德（Anthony Wood，1632—1695），英国掌故学家，曾经撰写过《牛津大学的历史与古物》和《牛津学人录》；在后一部书中，他曾简单地描述了布朗的生活。

6 英国在17世纪初吞并了爱尔兰，并在此驻扎了军队，爱尔兰人的反抗当时还很剧烈。

7 在中世纪和文艺复兴时期，这两地的医学院驰名欧洲。

8 大概是指第二代多塞特伯爵。

9 凯内尔姆·迪格比爵士（Sir Kenelm Digby，1603—1665），英国作家，外交家。

10 题为《论〈医生的宗教〉》，出版于1642年；自1659年以来，经常附在《医生的宗教》一书的后面出版。

11 这一段"诋呵之辞"署名A.B.，它指责迪格比"误解或污蔑作者的本意，凭着一点蛛丝马迹，而无理推断作者的观点，这只不过是说自家的话，自弹自唱罢了"。

12 见《医生的宗教》序言。

13 见《医生的宗教》第一部。

14 指当时欧洲列国的语言，所谓"方言"，是针对普世语言拉丁语说的。

15 梅里韦瑟的拉丁文译本出版于1644年，荷兰文译本出版于

1665 年，法文译本出版于 1668 年，德文译本则出版于 1746 年，意大利文译本现今无存，英文本的注释者是托马斯·凯克（Thomas Keck）。

16　萨尔马修斯（Salmasius），当时法国的著名学者，弥尔顿的《为英国人民声辩》一书就是因他的维护英国王权而发的。弥尔顿的书有商务印书馆译本。

17　此书的全名很有趣："治愈医生之宗教的一付轻缓的药剂，并对迪格比的《论〈医生的宗教〉》小加责备"。

18　关于怀特福，见约翰逊《布朗传》的后半部。

19　见《医生的宗教》第二部第 9 节。

20　其实是十二个。

21　这么说是不对的，因为后几版《流行的谬误》，无论是内容还是形式，都有较大的变动、补充。

22　约翰逊博士总有言过其实的毛病，此处正是如此。

23　事出柏拉图《斐多篇》。

24　指的是小加图，他因反对恺撒独裁而遭追杀，最后用剑自裁；事见普鲁塔克的《希腊罗马名人传》中的"小加图传"。

25　指灵魂。

26　所谓"荷马的青蛙"，是指古希腊的一首讽刺诗《青蛙与老鼠之战》，此诗是误归于荷马名下的；它套用荷马《伊利亚特》的英雄诗体，记述了老鼠和青蛙之间的一场小打闹。

27　指维吉尔的《家蚊》，但这篇作品是否真是维吉尔的作品尚有争论。

28　指斯宾塞的《蝴蝶的命运》（Muiopotmos）一诗。

29　指杨·凡·德·翰韦卢斯的 *Dies Aestiva, sive de unbra paegnionn* 一书。

30　怀疑有误，菱形的四个角应该等于四个直角才是。

31　托马斯·特尼森（Thomas Tenison，1636—1715），当日文人，曾任坎特伯雷大主教。

32　佩雷斯克（Nicolas de Peiresc, 1580—1637），法国学者，自然学家。

33　奥索尼乌斯（Ausonius, 310？—395），古罗马诗人，修辞学家。

34　古代西班牙中部及北部的一个王国。其方言曾是西班牙境内最有影响的方言，现代西班牙语就是由此而来的。近代以前的西班牙文学，其实也是卡斯蒂利亚文学。

35　霍威尔（James Howell, 1594—1666），英国作家。此说见于他的《境外旅游指南》一书，他在这本书中的看法，实际是倾向于布朗的论点而非约翰逊的说法。尽管约翰逊的说法更近于实情。

36　比德（Bede, 672—735），英国中世纪教士，学者，历史学家，有"英吉利学问之父"的称号。最著名的作品是《英吉利教会史》，此书是用撒克逊语写成的，有商务印书馆的汉译本。

37　埃尔弗里克（Aefric, 955？—1020？），10世纪撒克逊人统治时期的英国僧侣，也是盎格鲁—撒克逊文学中的主要作家，主要著作有《天主教布道文》、《圣徒传》。

38　《不列颠人物传》（*Biographia Britannica*）是英国18世纪作家安德鲁·吉普斯撰写的一部书。

39　"保罗行传"当指《圣经·使徒行传》（第十六章），"保罗书信"指的当是《圣经·哥林多后书》（第二章）和《提摩太后书》（第四章）。

40　特洛伊是古希腊小亚细亚的一座港口城市。

41　伊利昂（Ilium），即荷马《伊利亚特》中的特洛伊城的拉丁文名字。

42　即哲学家贝克莱主教（George Berkeley, 1685—1753），此说见于他《在美洲种植艺术与学问的展望》一诗："帝国之路向西延伸。"

43　指《基督教伦理》。

44　下面的引文出自怀特福的《托马斯·布朗爵士小传》，曾附在1712年出版的《布朗遗集》。关于约翰·怀特福，按布朗的说法，"是我博学而忠诚的老友，黑翰姆地方的教区长，诺福克主教会议的秘书"。

45　布朗（Browne）的姓氏在英文中有"棕黄色"的意思。

46　原文系希腊文。

47　苏维托尼乌斯（Suetonius，69—122），古罗马史学家；关于奥古斯都的记述，大概是见于他《罗马十二帝王传》中的"神圣的奥古斯都传"第LXXXI节。

48　塞涅卡（Seneca，4BC—65）是古罗马哲学家，斯卡利哥（Scaliger，1540—1609）是文艺复兴时期的最著名的学者之一，被称为"历史批评之父"。二人均以博闻强记出名。

49　指埃利亚斯·胡特尔（Elias Hutter，1553—1605）于1599年出版于纽伦堡的多文本《圣经》，其中包含了希伯来文、迦勒底文、希腊文、拉丁文、德文和法文的《圣经》版本。

50　格劳秀斯（Hugo Grotius，1583—1645），荷兰政治家、法学家。

51　当日流行的一句谚语。

52　指死神。

53　"盖伦钟鸣鼎食"，一句关于医生的谚语，形容医生生活的富庶。盖伦（Galen，129—201），古希腊解剖学家、内科医生、作家。

54　即保罗·萨尔皮（Paolo Sarpi，1552—1623），威尼斯历史学家、神学家，曾任威尼斯城邦的枢密官，在1606年威尼斯与教皇保罗五世的冲突中，他坚决捍卫威尼斯控制教会财产的权利。

55　见《医生的宗教》第一部第6节。

56　瓦兹（Isaac Watts，1674—1748），英国牧师，赞美诗作者。

57　约翰逊博士的这一种说法，也见于他对玄学派诗人的评论。在他的《诗人传·考利传》中，他批评邓约翰的传人们"靠了蛮力，把互不相干的思想强行扭在一根缰绳上"。

58　在此处，约翰逊博士在脚注中引用了约翰·戴维斯爵士的一段诗：

　　Therefore no hereticks desire to spread

Their wild opinions like these epicures.

For so their stagg'ring thoughts are (comforted),

And other men's assent their doubt assures.

（异端者之急欲播散自己的野语，

无人敌得过伊壁鸠鲁，

借此可以安抚他们的浮浪之思，

他们的疑虑，可因别人的赞同而消除）

59　指无神论和泛神论。
60　出自《圣经·哥林多前书》13.5 和 13.7。
61　《医生的宗教》第一卷第 1 节。
62　《医生的宗教》第一卷第 2 节。
63　《医生的宗教》第一卷第 6 节。
64　《医生的宗教》第一卷第 5 节。
65　《医生的宗教》第一卷第 9 节。
66　《医生的宗教》第一卷第 3 节。

医生的宗教

我们的身上肯定有一丝神性,它先于物质,并不臣服于太阳。

《医生的宗教》第一版的扉页版画（1643年），下面的文字大意是：《医生的宗教》之足本，真本。图内的拉丁文意为：天堂的拯救。

版画作者：威廉·马歇尔（William Marshall，1617—1650），曾为邓约翰、莎士比亚、弥尔顿的诗集做过插图，还曾为培根的《学术的进展》做插图。

托马斯·布朗致读者

当一世之人临近末日，自己却想独活的人，定然是贪生之人；当万物忍受死亡之厄运，自己却嗟怨死亡者，必是浮躁之辈。假如出版业不是为害多方，它的暴虐不是无处不在，那我就不需要抱怨的理由。然而我生活的时代，却目睹这一优秀的发明被肆加滥用[1]：陛下的名字受毁谤，议会的尊严遭污损，他们的诏书文告被抢先出版，并舛伪丛出，鲁鱼亥豕。个人遭此厄运而做不平之鸣，似乎要惹人生笑的，而且以我的位卑言轻，更无力挺身相抗，也无望为自己正名。倘非友人的央请，使我难拂情面，以及我本人对真理的忠诚，令我难安缄默，那么以我怠惰的性情，对这种厄运一定会听之任之，只会满足于在刮垢磨光的时间中遗忘来补救。然而坊间所出版的，不仅有伪论丛生的书籍，更有许多真知灼见，在付梓之后，变得面目全非。而遭遇后一种厄运的，我想并不仅我一人。革除前者，固然是我们力所不及；而补救后者，却是我们力能从心的。因此之故，我把以前被人偷偷出版的这篇鲁鱼亥豕的作品，加以订正补完，在此呈献给世人。

就实情而论，这部作品（以及其他一些相近的作品）[2]是约在七年之前，我在闲暇中的试笔和遣兴之作。在给某人看过之后，此书便手手相传了起来，而且在辗转誊抄的过程中，舛伪日滋,最终付梓时,已经是面目全非了。行将披阅此书的读者,注意到其中多有一己之私,一定会看出我写作此书的本意,并不是要公诸世人,而是以试笔自娱的。其中的所道所言,宁可供我一己备忘之用,而不作他人的则范。因此,即便书中有些特殊的说法,能合乎他人的私见,此书也无益于他们,倘与其私见相背,则也无伤于他们。撰写此书的地点[3]多有不便之处,因此当年我搦管于纸上的时候,竟没有可靠的书籍来拨擢我的想象,或济助我的记忆。因此,书中一定多有疏漏之处,而我所担心的疏漏,恐怕又比别人指出的为多。此书撰写于多年之前,是我当日的观点,而不是一成不变的律令,用来约束我日新月异的心智。所以,许多在我当初的理解看来是圆通之论的,如今是我并不赞同的。许多话说得夸张一些,许多说法只是比喻,旨在阐明我的本心,还有许多话,应做宽泛而灵活的理解,不当以理性苛察之。最后,书中的所有内容,均要就正于方家大雅,正如我所说过的[4],倘得不到博学高智之士的赞可,我将弃如敝屣。正是抱着这一想法,我把自己的私见公诸世人,并将其中的真理,送交每一位读者的睿断。

第一部

1.关于我的宗教,固然有几样事情让世人觉得我全无信仰,比如我的职业口碑甚劣[5]、我这一门学问采用的自然方法、在事关宗教时我的淡言淡止(既不激烈捍卫一方,也不以常人的热情和辩口反对一方),但我仍敢把基督徒的荣号冠诸自己,却无僭妄之愧。这荣号,我不仅归于受洗台、我受的教育以及我落身的国土,即我之长大成人,不只是尊奉父母在我少不更事时灌输给我的信条,或是人云亦云、趁逐本国的宗教信仰;而是在我年且长成,心智已定的年纪,遍观一切,详察一切,发现迫于神恩原则和自己的理性律令,舍此之外,无法领受其他的称号。对此称号,我固然是一腔热忱,却不至于忘记对人类要兼怀恕道。所以,我宁可怜悯土耳其人、异教徒或等而下之的犹太人[6],而不仇恨他们;宁可恬然自处,以此称号为美,而不是詈语申申,斥骂拒绝这一荣号的人。

2.然而,基督徒的称号,如今过于宽泛,已无法表达我们的信仰;宗教之有方舆,亦如国家之有地理,列国之间,不仅因法律和疆域有别,也为宗教信条和教规所界定;细加说来,我属于脱胎换骨的改革教派,除去它的名字[7],对此我别无嫌恶;其信仰,同为我们的救世主所教诲,为使徒所传扬,为列祖列宗[8]所裁可，亦为殉道者所固护；只因君主的邪恶目的，朱衣僧侣的野心与贪婪，加以世风陵夷，才隳颓破弊，陨其初美，故需当今之圣手，精加调护，以复其厥初的尊贵。而如此一桩胜业之启轫，竟事出偶然，所凭赖者，仅是一丝微力和一介卑贱之人[9]，这固然引起我们对手的蔑视与轻嘲，却令我叹奇不已，而当年悖慢的异教徒之轻辱基督及其门徒，与此是同出一辙的[10]。

3. 不过，我虽厌弃那帮亡命之徒[11]（他们宁可坐在朽败的船里妄逞一搏，而不拖回船坞加以修葺；宁可不辨青红，玉石俱留，而不存良去莠；宁可洇淖于现状，而不归返其本初之道），却不至于拔剑相向。我们是由他们改革而来的，并非反对他们；我们之间的芥蒂和丑诋之辞，仅离间了我们的感情，而非我们的胜业，倘略此不计，则彼此之间，尚有共同的名号、同一种信仰和同一套必要的信纲；所以，我不忌与他们交谈、与他们同住，在没有我们教堂的地方，不忌踏进他们的教堂，与他们一同祈祷，或为他们祈祷。以色列的子孙之受外邦人神庙的污玷，自为许多经文所严禁，但揆之以情理，则今昔之间，却未见波连蔓引之迹；我们都是基督徒，虽隔有藩篱，却不断以玷污我们祈祷的渎神之举，或我们祈祷于其中的地方；这些经文并非说，德坚道笃之人，不可以随处敬拜其造物主，尤其是礼奉上帝的圣堂；在这里，他们的祈祷倘能触犯上帝，我的会使他愉悦；他们的祈祷倘玷污圣所，我的会使之圣洁。圣水和十字架，对庸民来说，诚然是危险的，却不致蒙蔽我的判断，或滥施我的祈祷。被偏狂者们目为"迷信"之物，平心而论，我却生性好之。我平素自是言不妄发，行不苟且，有时还未免乖戾之嫌，但在祈祷中，我却恂恂翼翼，不吝屈膝、脱帽和拊手之礼，以及所有那些明明可见的外部举态，以表达并增深我隐晦心底的虔诚。我宁可违拗自己的手臂，也不违拗一座教堂，或涂毁圣徒、殉道者的纪念碑[12]。看到一个十字架或基督受难图，我自能脱帽示敬，却难得想到或忆及我的救世主。朝圣者的无益之旅，托钵僧的猪生狗活，我宁可怜悯，而非嘲笑或轻藐；因为，这虽然是本末倒置，却不乏虔诚之心。每有"万福玛丽亚"的钟声敲响[13]，我未尝不心超神越；或以为这足可以作为我得救的保证，因为他们只是错在一处，而倘若我无动于衷或报之以轻蔑，我则错错皆是了。所以，他们在祈祷圣母，我则祈祷上帝，我将自己的祈祷置于正处，以纠其祈祷的偏失。在一次仪式游行中，我曾泪下如雨，而我的同伴们，却惑于敌意和偏见，极尽轻嘲之能事。希腊、罗马和非洲教会里，自有隆典盛仪，既诚且智的基督徒本可取为有用之资，我们之所以拉杂摧烧之，并非它们本身是淫僻之典，只因世间的愚氓，乜斜真理的脸孔，心志浮游之辈，不能定着于德行狭小的中心，总要踉踉跄跄，滑向边缘，而这些隆典盛仪，往往是迷信的诱饵。[14]

4.改革者有许多，改革亦复如是。每一个国家，均依自己的民族利益以及政体和风土之所趋，来从事于改革。或暴烈偏执；或平静而中和，没有因门户之见而国裂民分，虽然互有畛域，却未断和解之望，冲和之人，尽可以企予望之，或以为时移世易，并赖有神的恩典，和解自可以实现，而独断之人，虽念及当前，目见两端仇雠相对，立场、感情和观点互不相能，也会以同样的希望，遥见歧道的两端，交会于天堂的极顶。

5. 不过，且由我细做分别，对自己更加限定：举凡天下的教会，能够如此投契于我的天良，其教规、制度和习惯之合于理性，有似专为我的虔诚而设者，除去我信仰的英国国教，则更无其他；对于她的信仰，我是矢忠之臣，所以，出于双重义务，我赞许她的教规，而且竭尽愚诚，恪守其大法。无人能将我的信仰，推及于其他的信条，或摆布我的愚忱，滥施给另一套教规：大法之外，倘有分歧，我听命自家的理性，或自家信仰的气质与风格，不因路德之同而同，或加尔文之异而异。特兰托会议的法令，我并不一概谴责，多特会议的信纲，亦非全部纳受[15]。总之，《圣经》沉默之处，教会是我的经文；《圣经》有言之处，教会只是诠释；倘二者都默然无语，我则节度以自己的理性，不从罗马或日内瓦[16]移借信仰的规程。将我们宗教的诞生，断自亨利八世[17]，在我们的对手，是肆口谰言，在我们自己，是大谬不当，亨利固然摈斥了教皇，却未拒绝罗马的信仰，他之所成，不过是先代圣贤们孜孜以求并屡试不中者，他所蓄的计划，只是威尼斯城邦在今天所尝试者[18]。庸民们众口谣诼，罗马的主教[19]大肆嘲骂，倘我们报以恶口，则将伤于仁恕之道；他作为一名尘世之君，待之以善言，当是我们的职分。原心而论，在我们之间，自有缘由可以导致意气之争：由于他的判决，我和我的后代被逐出了教门；"异教徒"是他给我的最好称呼，但我从没有以"伪基督""罪人"或"巴比伦的娼妓"[20]之类的恶号予以回敬，这一点天下有耳，人可共鉴。仁者之道，在于蒙羞遭辱而无怨怼。委巷间的丑诋，教坛上的诟詈，或可收良效于愚氓，他们的耳朵顺于巧辞，忤于义理，而对信众中的上智者来说，却难收坚固信仰之功，因为他们心知一种善业，是不需要激情给予赞护的，只能以温和的论辩加以维系。

6.一言不投，而与人分乖，人不我与，则顿生怒气（时过数日，我本人或许也有"今是昨非"之感），在我是从没有过的事情。在宗教上，我没有好辩的性情，而且我总以为，凡是遇到争讼，尤其是当我力寡于人时，敬谢不敏是明智之举，以免因我的暗弱而使真理蒙遭耻辱。若想广开耳目，自当和胜于己者往复辩难，但若想坚固信念，则上上之策，是施辩口于不如己者，以便屈之以舌，胜之以理，进而博人敬重，自固心志。独肩道统，或为真理而奉甲兴兵，是每个人都力不能胜的。有许多人却昧然于此，或是诚心卫道，而理过其当，于是奋其蛮勇，冲向谬误之军，做了真理敌人的战利品。守道如守城，纵然正义在我，但时穷势迫也得受降于人，故危之以兵戈，远不如缉睦修好，安享太平。因此，倘若我心有疑滞，我便弃之脑后，或是悬而不决，留待我意断神通之日；人人自有俄狄浦斯的理性[21]，只是易染易熏，故落于曲学的樊笼，倘能戢兵止戈于众口嚣腾之地，自能奏刀砉然，顿解缧绁。在哲学上，真理似乎有两张脸孔，此也一是非，彼也一是非，没有人比我更不黏不附了，但在神学上我爱恪守大道，虽不盲从，却也以谦卑之心，追随教会的巨轮，动静由之，不为心之轮转而另设毂轴，自为自动。凭借于此，我不给异端、党见或谬戾留下可乘之隙，假如说，如今我没有受它们的沾染，但愿我说的是实情。但我得承认，我年轻时的学业，曾为两三种异端所玷污，但都是废响绝绪，非晚近所出，倘不是我这般佻怢无恒的头脑，则不会有复活之望的。异端邪说如阿莱图萨河（Arethusa）[22]，失流于此，又复起于彼，不随作俑者之身而俱灭。哪怕只一股异端，若加剪除，一普遍的宗教会议也无能为也，虽能殄除一时，但时间流转，日换星移，它又将重见天光，并丛滋旁蔓，直到再次被人委弃。人世间像是有轮回，人的灵魂，似能转胎于他人之身。某些观念，在岁月更迭之后，往往又得其徒众，而他们的头脑，恰如始作俑者一般。若想重见我们自己，不需追寻柏拉图的千年轮回[23]。人不仅是自己；古来自有许多第欧根尼，许多提蒙[24]，只是冠此名者寥寥而已。人是再世之人，今日之世界，亦昨日之世界，身虽长往，但总有后来者如影随形，好像他的转世之身。

7. 人的灵魂将与身俱灭，而到了末日，又将复起于人世，这学说俑始于阿拉伯人，也是我当年所持的第一种谬见。并不是说我抱定灵魂有死，即便如此（彻底否定这一说法的，是信仰，而非哲学），即便二者同归于土穴，对于灵魂之复起，我仍是私心好之，正如我们基督徒之看待肉体那样。假如说我们沉睡于钟鸣漏尽之夜，直到末日的五更鼓角，这也只是我们那毫无价值的本性中的良能[25]所致。我材朽质秽，每念及此，未尝不心存疑惧，不敢怀疑自己灵魂的这一特权。所以，假如末日来临时，我可以得见我的救世主，那么在永生之前，我甘愿成为虚无[26]。

我当年所持的第二种谬见，则俑始于奥利金，即上帝的报复，不会久久不消，一时盛怒之后，自当宽释受天罚的灵魂。我之落于这一谬误之手，是在我以虔诚之心，默想过上帝的伟大神性，即他的仁慈之后；而且按诸我的本心，也可见一丝仁厚之性，因为我心里没有恶念，且有一颗便当的砝码，以供我脱离另一个极端，即绝望，而忧郁多思的人之趋于此极，往往如水之就下。[27]

第三种谬见，虽然我持之不坚，行之不笃，却总希望它合于大道，并无伤于我的信仰，这就是为死者祈祷；我之倾心于此，是受一片慈肠的煽惑，当友朋故去，丧钟鸣响，我总是慈心作祟，禁不住祈祷，或者说，目见他的尸体，未尝不祝祷他的灵魂。依我看，为后人所追念，自是一种好的小法，论以尊荣，也远胜过一部行状。[28]

这些观念，我从不曾顽固坚持，或试图将他人之诚信，纳于自家的门庭，也不曾念念于兹，将此剖露给我的密友们，或同他们辩难往还。因此，我既没有播秽于他人，也没有固树自己的谬念；只任它们自燃自焚，不做添柴之举，它们也就慢慢熄灭了。所以说，这些观念虽为合法的宗教会议所严谴，在我却不称其为异端，不过是一时愚妄，心志跋躓而已，并未波连我的意志，将之败坏。不但败坏他人之心智，还要播病于他人的感情，不立异端，便不足表其特异，不树一义，就无法辟一教门。这是最初的叛教者撒旦的劣性，他不甘于自入歧途，还要树立朋党，招聚许多天使于叛旗之下，而后又施其故伎，虽只诱骗了夏娃一人，却深知罪恶之性是易染易播的，只需愚惑一个人，就会蔓引波连，潜移暗化之中，将两人一起蒙骗。

8.异端之起，自有基督的语谶[29]；而老的异端被废弃，却未见于预言。异端固然是无处不在，不独我们的教会，凡有教会之处亦皆如此。即便是异教中人，也是歧中有歧；阿里乌斯[30]的信徒们，不但乖离自己的教会，而且还各相背谲。因为好异标新之徒，都没有合群之性，也不甘于一统教义的拘检，所以，在与他人乖离之后，即便是共诵一义之人，彼此之间，也是若离若合，仍不甘于共同的裂教之举，还是要驰骛分张，更相离叛，直到析为芥子之微。而资性秀拔之士，难免会流连于往昔的要言妙道，在自己的教会或其他教会的教义（甚至在某一家之言）以外，还是要有所信持，倘有稳健的判断，则背教或异端之累，也庶几可免。因为在教令和经师的微言大义[31]之外，尚有许多落珠遗贝，心志端诚的人，尽可以肆情把玩，游心其间，而不致落入异端的樊笼。

9.[32]至于神学中的奥义，宗教上的虚玄，虽然使大部分人迷惑，却从没有搅乱我的头脑；对于精进的信徒来说，理不当有之事，在宗教里是微乎其微的，我们宗教里的灵迹玄道，既得证于演绎法以及理性的原则，也为它们所持护。潜心幽玄，以殚思虑之极[33]，是我平素的好尚；以难解之谜、三位一体、肉身成道和基督再生的玄义，来置难自己的心智，是我孤寂中的自娱之道。而以刚毅为心，来回斥撒旦的辩驳和我的背拗之心所持的异义，则有德尔图良的遗规在：

Certum est, quia impossible est.
唯其不可能，因此事当必有。[34]

我情愿把我的信仰，施于秘奥之区，因为，相信常眼可见之物并非信仰，只是耳目的导劝。有人在看到耶稣墓后，才信仰转笃，在目睹红海以后，方不再怀疑那奇迹[35]；我则异乎此，我深幸自己未生于奇迹的时代，或亲礼基督和他的门徒。忝列以色列人之伍而穿经红海，或厕身于病人之列[36]，以亲试基督的奇迹，是我心所不愿的；不曾目见基督便加相信的人，基督许以更大的福祉，倘若我的信仰为耳目所加，则我便无缘领受这一福祉了[37]。耳闻目接以后，方予相信，不过是信仰之所必趋，是道中的小筌。我相信他曾经死去、被掩埋并复活于世；我愿在他的荣光里瞻礼他，而不去他的墓穴里思忖他。在这件事上，我们的信仰是无法敷展的，因为究之以理性，这信仰[38]当归于历史之功。若论信仰的果敢与高贵，则占尽天时者，只有基督的前人，他们借助于隐微的语谶和羚羊挂角之迹[39]，便起了信心，并预见到了在常眼看来是理不当有之事。

10. 但凡坚笃的信仰，诚然都有一面利刃，若巧加比喻的话，可称之为信仰之剑，但在道术纷纭隐微之地，我（套用使徒之辞）却把信仰作为藤牌[40]：我看到一名警醒的斗士，刀枪不入，伏在这坚盾之下。由于我自知我们一无所知，故我的理性，更是草偃于信仰之风；不以柏拉图为法[41]、用刻板浅近的定义来敷畅幽玄，如今是我矜以为得的事情。以惬我心怀论，则神学家们所用的形而上的定义，远不如赫尔墨斯巧设的比喻[42]；在理性无法满足之处，我便敷展自己的幻想；我愿人以鲜辞丽藻对我说：anima est angelus hominis, est Corpus Dei（灵魂是人的天使，上帝之尊身）[43]，而厌闻于Entelechia（灵魂是实体之本）[44]，或Lux est umbra Dei（光是上帝的影子）[45]，而厌闻actus perspicui（真实的透明）[46]。在道心深微、理性不及之处，明智的做法，是图状影写，托意于婉辞。因为，即便是自然之外表，虽为众目所见，但若加显扬，理性也是无能为也，倘明乎此，则对于信仰的微旨，理性更将加恭顺，所以，我时时督导我那桀骜未驯的理性，在信仰的甘旨之前，一定要低眉折腰。我相信那棵树是固已有之的，我们那可怜的父母，也曾尝过其果实，尽管在同一章中，即上帝禁止品尝的一章里，已有明言，地上尚未有植物，因为上帝还没有降雨水于大地之上[47]。我相信在诅咒之前，那蛇（倘不作别解的话）便因自己的形体，而用肚子行走了[48]。我发现，犹太人按照上帝的命令，去试验女人的贞操或处女与否，是容易出错的[49]。我由阅历和史册中得知，避过那神咒从而免受怀胎分娩之苦的[50]，不仅有许多女人，甚至整个种族，而这咒语，似是降给所有女人的。但凡此种种，我仍然信以为真，虽然我的理性斥以为假。世间自有玄迹，不仅高于理性，且与之相水火，并悖于常人的耳目之见，施信于此，依我看来，是难可目之以信仰的俗流的。

11. 独处一室之内，而心游八表之外：

> neque enim cum porticus aut me
> lectulus accepit, desum mihi
> （每当我退食自公，或隐伏于几榻，
> 我绝不遗落我真正的兴趣。[51]）

这时我常常记起，我并不是孤自一人，因此我不忘默念那与我同在者，以及他的禀性，举其大者则有两端：他的智慧和永恒。我以前者自娱，以后者沮挫我的理智，因为谈及永恒，谁不是讷然于口，而念及永恒，谁又不快然于心呢？谈到时间，我们自可以理解，比起我们来，它不过有五日之长[52]，并和天地处在同一幅天宫图里，但说到冥搜远绍，以溯无限之始，或为无始启源，进而溯流直下，以尽无极之终，那么我的理性，就要托庇于保罗了[53]。我的哲学不敢说：天使能做到这一点。上帝不曾造出哪种能理解他的造物，独断天机，是他的特权，"我是自有永有的"[54]，是他对摩西的自道之语；这一要妙之言，足以沮挫胆敢置难于上帝或问上帝为何物的凡人；诚然，唯有他是永在的，其余的所有人只是曾在或将在的，只知晦朔而已，不知春秋者，独有永恒；所以说，命运（predestination）——这个下愚所艰于了悟、上智又穷于表诠的可怕术语——之于上帝，并非为我们预设的前程，而是他那即令即行、故已实现的神意在末日的爆发。因为，在他那浑一未判的永恒中，末日的号角早已吹响，恶人已在火焰里，而有福的人，则已在亚伯拉罕的怀里[55]。圣彼得有言：在他说话时，主看千年如一日[56]。因为照哲人的说法，光阴点滴，汇聚千载，在他眼里，却恍如一瞬[57]。在我们是未来的，以他的永恒看，则是现在。他湛然长存于一个定点之内，无先后，无分别，不流不荡，浑元若一。

12. 三位一体，秘奥难明，而增之以重关复阃、使人难以洞达者，又莫过于这一禀性[58]；拟以伦常，自可以曰子曰父[59]，但妄加尊卑，就非我们所许的事了。亚里士多德何以会想到世界之永恒，并证明有两个永恒的，常使我叹奇不止[60]。以纳于方形中的三角设喻，他约略摹状出我们的三重灵魂之圆融和上帝的三位一体；因为在我们身上，并非有三个灵魂，而是三者的浑沦，因为，倘非有三种不同的灵魂，则我们身上也有三种不同的官能[61]，虽然托栖之境，各有分别，但在我们心中，却统摄为一，合成一个灵魂和本体。设有一种灵魂是圆通无碍的，可以使导三种不同之物，它便是三位一体的具体而微者；又如三之为数，是不同于寻常之数的，它难可以智分，涵泳于自身的浑沦之中，故是一个完美的三位一体。毕达哥拉斯的玄义，以及神秘的数术[62]，是我时加叹赏的。人不该拘于一曲，而墨守"当心哲学"的箴言[63]，因为在自然的乱莽中，自有秀出者，虽没有提格顶写[64]，却也以朱笔而揭橥圣道于万一，明哲之士，当借以为灯盏,以穿经知识的冥地,精审的信徒,则据为梯阶而达圣道之巅。我从没有因为刻峻学派的嘲笑,而舍离赫耳墨斯的哲学,即有形的世界,是无形之道的影像[65],万物在道体中,亦如在肖像中那样,不过是朦胧的轮廓,并非实有,它们在无形的画布上,摹写着实相的真身。

13. 上帝的另一禀性,即他的智慧,则是我娱心乐道的资粮,因为只有我游心于此,才无愧于我少小时的勤学苦读;我之凌越俗常,并因此而自得自乐,是我汲汲于百家之学的厚报。智慧是上帝的至美之性,人是无法企及的,而所罗门之向心智慧,则又为上帝所喜[66]。他之所以智慧,是因为他洞悉万有,而他之洞悉万有,则因他创造了万有。而他的绝识之处,却在于他了悟到他并未创造自己。人的知识,也是以此为极的。因此我才以自己的职业为荣,甚而采纳魔鬼[67]的建议:人在天堂里,倘能读到德尔菲神庙中的训谕[68],则会更好地了解自己,且不惧于去认识上帝的。上帝胸罗万有,在人的智识可及之处,他神妙万端,不可思议,而在我们的心智不及之处,他则更加如此,因为我们拙眼𥉂斜,只能见其吉光片羽;比起摩西的眼睛[69],我们的目力更加昏暗,我们懵然于他那神性的奥秘之区,所以说,妄探神意的迷宫,在人是愚蠢的,即便是天使,也是越分之举。和我们一样,他们是上帝的仆人,而非策士,上帝宸纲独断,在三位一体那神秘的会议之外,他是无取咨谋的;其中虽有三者之身,灵魂却是唯一的,所以布策判令,从未有纷端之累。上帝是不需要集思广益的,他的一举一动,无关于思虑，睿智天行，固知至善之所在，在他心里，无时不充满着至高至纯的善念；谋与断，在我们是两个行为，在他却合二为一；一念甫起，便生神力，行动也因之而来。而凡此种种，自是清思玄念，我的鄙陋之心，却别有所趋，我甘于访求上帝留在造物身上的指痕和自然的形迹，在这里探隐索微，是无伤于正信的，因为哲学里面，并没有"圣之圣者"。天地之设，为的是野兽有栖身之所，人有用心之处，这是人的理性欠负于上帝的债务和为有别于禽兽而尽的款忠。倘没有理性，则天地形同无设，或如第六天之前一样，没有一种造物能够想到并说出：天地在此。而愚氓们叹赏于上帝的作品，则但知愕然瞠目，朴野为心，在他们那里，上帝的智慧是难见光彩的；明学慎思，搜讨神迹，于上帝的造物潜心研求，以虔诚之心、广综博达之学而礼赞上帝，并借此来尽造物的忠节：只有这样，才可以敷畅上帝的智慧。因此：

> 要上下求索，寻找真理
> 哪怕是钻天觅地
> 也要将散乱的本因收聚，
> 自然扭曲的线定将平直如砥。
> 这是上帝的本意
> 他只对理性展露自己。
> 魔鬼们深知上帝，但这些可恶的灾星
> 只欺蒙你的造物，不建造你的光荣
> 教我如何将你的作品读懂，

懂了它们，我便接近了上帝之城。
请教导我的理性如何高飞，
它那疲惫的翅膀，也许仍在你手上鼓动。
请教我如何上薄九天，当临近了太阳，
又如何垂低我的翅膀[70]。
以便我那卑微的羽毛安全翱翔，
尽管是临近大地
见闻却胜于天上。
最后，当我飞回家里，
蜂巢中布满自然的战利，
我端坐蜂房，像一只勤劳的蜜蜂
鼓起双翼，祈祷上帝
直到被死亡打断，无声无息
而后来的光荣，则使我进入永恒之地。

身居造物之卑，而得以竭尽驽疲，以报造物主之洪恩于万一的，则庶几在此了。因为被拯救者，倘不是称呼他"主啊，主啊"的人[71]，而是遵行天父旨意的人，则我们心之所愿，必得实行，一念之思，须见诸行迹，倘非如此，则我们一生奉神于尘寰里，百年之后，会难安于地下的，我们抛尽心力，怕只落得对复活的恐惧，而不是切望。

14.举凡天下的万物，本原有一，次因则有四[72]。或自为自动，如上帝，或脱弃质料，如天使，或是没有形式，如本初之混沌,但每一种实相,不管是造物还是未造之物,却都是有为而设的,其体与用,均有确然的目的,我在形器中所汲汲以求的,正是这一目的之因,因为在造物的身上,悬有神的本意。营造一座像天地这样完美的建筑,并以造物散布其中,固然是神的艺术,而天地万品之运行及其既定的目的,却是源于神那智慧的宝库。在日食与月食原因、性质和影响中,我们尽可以驰骋心智,而更相深求,用心于上帝之经纬日月何以会驱之周行于广天之中,以相合相掩的,则更称得上理性之乐事和哲学的圣功。所以有时对我而言,盖伦 De Usu Partium 中蕴涵的神学[73],并不亚于苏亚雷斯的形上之学。亚里士多德倘以探求其他本因的心力,来亟亟于此,则他留给后人的,便不是一门粗疏的哲学,而是定于一尊的神学了[74]。

15. Natura nihil agit frustra(道无虚行)[75];在哲学中,只有这一箴言是无可置辩的。自然界里,本没有诡怪之物,天生万品,绝没有虚占大地和浪费天空者,有些造物,固然是粗陋不堪,未能保存在方舟里,而它们的种籽与本质,却孕于自然的子宫中,一经阳光的煦照,则会蓬然自生,在在皆是,[76]由此之中,仍可见上帝的手眼。正是从这一类造物里,所罗门粗加抉择而施其叹赏的[77]。诚然,谁的头脑,不应该取法蜜蜂、蚂蚁和蜘蛛的智慧?是谁那智慧的手,来教给它们如此行事的?我们整日受教于理性,尚不及于此呢。而朴鄙之徒,却目眩神移于自然界中的庞然巨物,如鲸鱼、大象和骆驼。这些,固然是天生奇伟,而在质小形微的造物中,畴学广算,是更加精微的；这些小小的公民，兴邦立国，以礼为先，对于显扬造物主的智慧，则更有拨云见日之功。谁不是叹赏雷齐奥蒙坦纳斯的蚊蠓而非他的飞鹰呢？[78]比起一根木干中单个的灵魂，谁不是更加叹奇于那些微器中的两个灵魂之运行呢？[79]究心于习见的异象、海水的消涨、尼罗河的潮升[80]和磁针的向北，我从未有过惬志之感，我深加研求，用它们比附那些更常见、被视为蔑如的自然之物，因此我无须远驰他乡，在自己的宇宙志里，便能做到这一点。我们的身体里，自有我们求之于身外的奇迹，我们的体内自有整个非洲，和她的灵秀之器[81]；敏学覃思、提挈纲目的人，在天地之间，是勇猛精进者，而其他的人，却劳心苦志于支离之学，以及汗漫的书卷[82]。

16. 因此我从两部书里，来撷取自己的神学：上帝的经文之外，尚有一部普世共享的稿本，披展于万人之前，即上帝的仆人大自然。[83]未从前一部书里瞻礼上帝的，则从另一部书中发现他。这曾经是异邦人的经书和神学：太阳悖其常性，止于天空，以色列的子孙们[84]，为此而叹服上帝的伟力，而太阳行其常道，周流于天，曾更使得异邦人礼赞上帝，以博大敬拜而言，则自然之常对于他们，远胜过上帝的奇迹之于我们。连缀天地之点划，讽诵造化之秘符，我们基督徒固是不敌异邦人的，这些习见的象形文字[85]，我们漫然应目，从自然的花朵中汲取神学[86]，我们耻于为之。但我却未因礼拜自然，而忘怀上帝，也未去附和亚氏的门徒，以自然为动静的本因[87]。依鄙人之见，自然只是上帝划出的规整直线和万类的常经，神命造物，各从其类，循之以行。日躔周天，是太阳的本性，因为上帝规之以不易的常道，倘非受命于最初令之周转的丝纶之音，是不得妄自背离常经的。自然的常道，上帝少有颠倒损益之处，好比艺术圣手之于自己的呕心沥血之作，仅需同一套工具，而无须改弦更张，便可见意度之深微。所以，上帝投木于水，即变苦水为醴泉[88]，吹嘘之间，固可以再造品类，却保存造物于方舟里。因为上帝像一位灵巧的几何学家[89]，虽然圆规轻移，即可划出或分割一段直线，却依照自己艺术的本经大法，而迂曲为之。而为让世人晓喻神权，上帝于自己的规程，还时作颠倒，以免我们师心自用，问难于他的威力所在，并断言他对此是无能为也。所以，我称自然物态为神的作品，只是上帝的假手之具，倘把造化之功，归诸自然，则是减损道体，滥赏形器。这样做若合于义理的话，则请锤子自起，而夸口为我们筑房建屋，且请笔管领受书写的美名吧。在我看来，神造万物，是美质同均的，所以举凡天下的品类，绝无形丑貌陋之态。称蟾蜍、狗熊和大象为丑秽之物，则未见义理所安；它们赋形于造化，适足以表达其内禀之性，而且通过了上帝的按察，因为他看自己所造的一切是好的，就是说，合乎他的本意，而上帝的本意，便是灭弃丑秽，此是秩序与美的法则。恶丑之态，仅可见于怪物的身上，而即使怪物，也是有美可言的，物之骈拇枝手者，大自然也巧加设计，所以自然的底质上面，时有黼黻之章。细细说来，从没有过什么怪丑之物，唯有混沌而已；而混沌之为物，无形无貌，且未受孕于上帝的纶音，所以是难可目之以貌丑形陋的；在如今，自然与艺术，并没有背谲之处，艺术与自然，亦复如此，它们均是上帝的仆人。艺术是自然的极致。假如天地形如第六日那天，则仍是一片混沌而已。大自然造了一方天地，艺术则另造了一方。简而言之，天下万物，均是神匠的作品；因为大自然是上帝的艺术[90]。

17. 自然作为神意的筌蹄，是平易可见的，施以巧智和勤勉，即约略可睹，无须天启，我们便可以逆料自然之行，而这种先见，只是因影见形而已，难可以神谶拟之。神意的显露，也有迂曲难晓如迷宫者，便是魔鬼与天使，对此也茫然无术[91]；虽同是神意的筌蹄，却更加离乎常道，更加幽晦，并且将人与物播弄于掌上，这就是我们所称的命运；靠了这根弯曲的线，他以更加隐微难明的方式，来牵动那些为他的智慧所欲为的行动。这一神意的筌蹄，幽秘而隐晦，是我素所钦心的；谈及我的身世，我生活中的事件，我的脱险，以及那些时来际会，我不会去亲吻命运之手的[92]，或一味地庆幸自己吉星高照。小树林里的公羊来到身旁，也许在亚伯拉罕看来，是事出偶然[93]；人类的理性或许会说，纯粹是意外的变故，才将船里的摩西送入法老女儿的眼底[94]；约瑟的故事里异迹迭出，恍惚难测，是足以使一位斯多葛信徒改变信仰的[95]。每个人的生活里，总有山重水复和不虞之灾，乍见之下，会以为是变出非常，而近觑详察以后，我们终会看出：那不过是上帝的手笔而已。火药阴谋在一封信中败露，并不是懵腾无心的命运所致[96]。八八年的胜利[97]，我宁可归之于此，而我们的敌人，却以为我们胜之不武，将此归诸命运的偏袒，即暴雨和逆风。尽管菲利普国王说：我派自己的无敌舰队,是为与人作战,而非与风暴相搏。此时,他并未贬损自己的国家。两军对垒,实力悬隔如天壤,度理揆情,我们自当寄胜利之望于强大的一方;而一当变出不测,或意外的事情间入其中,这一定是来自某种悖乎常理的力量。此处正如墙上笔迹[98],我们可以看到斑斑墨痕,却见不到墨出之源。荷兰省以蕞尔之地,却能大建武功[99](关于这一点,土耳其苏丹曾傲慢地说:如果他们像搅扰西班牙人那样,来搅扰于他,他将命令自己人拿铁锨和镐,把它扔进海里去[100]),我不能一味归于荷兰人的巧智与勤勉,还要归于上帝的仁慈,因为他们有这样的良材美质,正是上帝的安排,而且神意还按照列国的既定季节而普降泽惠。天下没有皆大欢喜的事情,一国的荣耀,须赖有他国的败落,国有盛衰,邦有兴亡,均随转于那不因人力而是靠上帝之手转动的毂轮,因此列国才在自己既定的时辰里,升到国势的巅顶。无法在螺旋线上攀升不止的,不独有人的生命,还有邦国以及天下的命脉。它们在圆圈里周流,在如日中天之后,又沉回到地平线的下面。

18.因此,我们不能将这些事称为命运的手笔,除非是相对而言,好比我们说"自然的作品"时那样。由于人类理性的无知,才产生出这样的名字,并使人以刺谬之辞冠诸神意;在斜途左道上东奔西突,本因并无这样的自由;无论什么样的结果,都得获许于天地的常道和更高一级的本因。桌面上的游戏开始前做祈祷,并非可笑的虔诚,即便是骰子占验和那些最悠忽难凭的事情,其中仍有前因所定的结果。若论盲目,得说我们自己,而非命运[101];因为她何以有这样的容色,我们拙眼昏花,难见玄旨,而我们却愚蠢地将她画成一个盲人,并且掩蔽了上帝的神机。只有傻瓜才是幸运的[102],这种鄙陋的格言,智者难得命运的垂顾[103],这种悖慢之论,是我心所不许的,而诗人们所加诸的恶名[104],如娼妓、老鸨、吹鼓手等,更是难可以理较。资质秀拔的人,固然难得命运的垂顾,但这却无法沮挫智者的心,因为他们深知这是渊源有自、合于公道的,于天有厚秉,于尘世的荣华,自然会漫不经眼。心有珠玉,却不以为足,身无福禄,反亟亟于上天的泽惠,贪心害理,是莫此为甚的。谬误之甚于异端者,是将身外的浮华,奉如神明,而逼肖上帝的至乐,反弃若瓦砾。智者的欲望,是有所底止的;才高行洁,理当命运的泽惠,便可以熙然自乐了,至于真正蒙福与否,是无关于怀的。且让傻瓜们领老天的厚养吧!这并不是心有偏宠,却是恩有同均,因为上帝待人如我们的生身父母,有余者损之,不足者益之,才高行能的人,仅仅授以常产,而智寡体孱的人,却所得愈常。所以说,大化生人,虽然没有覆之以毛皮,我们却不与他争较,或嫉妒其他生灵的有毛有皮、亦蹄亦角。因为秉有了理性,便秉有了一切。[105]我们不需要劳费唇舌,去排击那断人吉凶的占星术,因为其中倘有真实而言的话,也是无伤于神道的。假如生在水星的下面,便有智慧,生于木星之下,可饶资财,我也不将膝盖屈倒于它们,而要拜倒在上帝之前,因为是他那仁慈的手,才使我孤云无依、可南可北的生命,落在这吉星的底下。以为万事都由命定的人,假如不泥留于此,则也未见大错。为命运树庙的罗马人,早已看出命运之中是有神意的，虽然他们的悟道方式未免盲目——因为在明乎天道的人来看，万事万物，莫不是以全能者为终始的。与荷马的链条相比[106]，有更近的路通往天堂；平实易晓的逻辑，在单辞片义之内，便可以连缀天堂与尘世了，而谈言微中，即可以将万物化解于上帝的尊身。我们为万象命名，固然是依据它们那些最浅近易晓的本因，而万物之本，就真确而言，则是上帝。他是万物辐辏的轮轴，是一木之本，却又枝派条达于每一件事物的运动里面，是每一种实相赖于存在并运行的灵魂。

19.对这两个次因（上帝的一双明明可见的手[107]）所做的曲解妄断，已使得许多人的信仰，误入于无神论的歧途；他们忘记了信仰的忠告，而听任激情与理性的反叛。所以，我一向是竭尽驽疲，来消弭感情、信仰和理性间的仇怨不和。因为人的灵魂中，有着某种三头政体，或者说，三个对手，三重政权，它之扰乱这一共和国的安宁，并不减于它只搅扰罗马的国制[108]。

激情之为理性的叛民，正如理性之于信仰。信仰的建议，在理性看来，是难免妄诞之嫌的，理性的命题之于激情以及二者之于信仰，亦复如是。而虑事深远、平和中庸的人，他们治国理事，却不偏不颇，因此这三者都有王者之身，却构成同一个王权，每一个国王，都依照时地之宜以及分限所在，来行使君权与特权。在神学里，亦如哲学中那样，人总是肆其顽梗，疑而不信，或放言滕口，妄持异议；从我们不幸的知识里，我们对此是深有领教的。对于它们，没有人比我更知之甚悉了；

我征服它们，靠的并不是孔武之姿，而是我的双膝。因为我们劳心劳志，不仅要与怀疑搏杀，还往往和魔鬼辩驳。这个邪恶的魔鬼，总是从我们的研究中，得到我们背神疑神的蛛丝马迹，于是向我们证明说，某事赋性如此，自然无奇，从而使我们不再相信其他的奇迹。所以，在我熟读了《大外科学》[109]并知悉万物之间有神秘的感应以后，他便劝阻我不要相信那铜蛇的奇迹[110]，并使我妄以为那形象原是感应所致，不过是埃及人治病的小技，断无奇迹可言。还有，在我目睹了某些沥青的实验并饱读过关于石油的文字之后[111]，他对我的好奇心密语道，祭坛上的火，也许是合于自然的，并叫我不要相信以利亚的奇迹[112]（当他用水环绕祭坛的时候）——因为那种燃质，是不易屈服于水的，而是燃烧于相克者[113]的怀抱。所以，他施诈术于我的信仰，使我以为所多玛城的燃烧，是自然如此，是平平无奇的，而且在蛾摩拉大火之前，那湖里便有了一种沥青燃质[114]。我知道在卡拉布利亚，今天可以捡到大量的吗哪[115]，而我从约瑟福斯的书中得知[116]，在他那时代，阿拉伯半岛也是广有吗哪的。于是魔鬼问道：既如此，那么在摩西时代，又何尝有奇迹呢？以色列人当年所见，不过是土著们如今的所见而已。所以，魔鬼曾和我对弈，利用我的不期不诈，舍一头小卒，却意在我的王后；当我孜孜以求，要建起我的理性之厦时，他则机关算尽，来掘毁我信仰殿堂的基础。

20. 在我的一生中，虽曾如此这般地为魔鬼所乘，却没有倾心于渎神之论或那些无神论的言谈。因为我多年以来，一直持有这样的看法：世间本没有无神论的。以为人兽之别在于宗教的人，其立言行事所据的原则，与他人的原则是出自同一根源的。伊壁鸠鲁否认神意的存在，其教义却不是无神论的，不过是张大上帝的尊严而已，因为在他眼里，上帝至高至大，劣等生物的细行琐举，是难动天心的[117]。斯多葛派所称的"天数"，只是上帝意志的常律而已。否认圣灵之神性的人，也只是被判为异端罢了，在如今，又有人否认救世主的存在[118]，其悖谬之处，固然是甚于异端了，但他们之于无神论者，却也不仅仅是五十步与百步之遥。因为，他们虽否认三位一体中有两个人，而对其中只有一个上帝，却是和我们心同一理的。

那位魔鬼的臣仆、来自地狱中的恶棍，肆其妖心，写下了《三个骗子》一书[119]；他虽离弃了所有的宗教，也不是犹太人、土耳其人，或基督的信徒，却也称不上彻头彻尾的无神论者。每个国家，都有它的马基雅维利，每个时代，都有自己的琉善[120]，中才之人，绝不应听其妖言，而即便上智者，也是不该妄开衅端的。因为那是魔鬼的巧言，信仰浮草的人，会因此而落于歧途的。

21.所有这些作品，我曾细细地爬梳，但从未发现有什么东西可以耸动贞信之士，而有的人，却心如飞蓬，随着妖言之风飘流沉转。我记得意大利的一位医学博士，他对于灵魂的不朽，是没有深信的，因为盖伦似曾怀疑过这一点[121]。我在法国有个熟人，是一位神甫，可以称得瑰璋秀发的，但在这一点上，却溺于塞涅卡的三句话[122]，需要罄尽《圣经》和哲学里所有解药，才能除去他那谬误的顽毒。天下自有一号人,能相信海客谈瀛,却置难于保罗的证词,抱残守缺于普林尼和阿里安的拘虚之言[123],而对《圣经》中的史实,却问难不休,人文作家没有连类而及的,他们概不相信。在《圣经》里,固然有一些史实,若论玄异,则有过于诗人的寓言,在吹毛求疵的读者听来,无异于高康大[124]的故事、比维斯[125]的传说。遍寻往代的传说和当今的虚无恍惚之言,也很难找到力敌参孙[126]的人,但假如我们能想到:全能的上帝只消竖起一根小手指,就会有不尽的神力,则所有这一切,就在不言之中了。无论凡人的作品,还是上帝的纶音,对我们暗弱的心智来说,难免会有一些言说,像是龃龉难通的不经之谈;不才如我,也可以罗列一些疑点[127],就我所知,都是前人所未发。这些问难和辩驳,虽算不上怪乱不根之谈,但乍听之下,却也使人茫然莫解,因为我无法听到神学中的原子。我尽可以阅读那只鸽子的故事,它被放出了方舟,再也没有返回[128];却不问它如何找见身后的配偶。或是阅读拉撒路死后复生的故事[129],却不想知道在幽明路隔的那段时间里,他那灵魂守候在何处;或像老胥决狱那样,关心他死时传下的家业,能否为继承人合法地保有;或在复活以后,对从前的财产,他是否有主人的名分。夏娃的身体,是否出自亚当的左侧,对这一点,我从不加置辩。因为就人的身体来说,何为左右?自然中是否有此分别[130]?是我本人也无法断言的。我只相信她出自亚当的肋骨,却不问复活时带着那肋骨复起于世的,是亚当还是夏娃。也不问亚当是否为一个阴阳合性的人[131],像拉比们[132]因经文而起的争讼那样;因为,如果在有女人以前,便有雌雄双性的人，或是未有阴性，便有阴阳之合体，这样的说法是悖乎情理的。同样，我也不问天造地设，究竟是在秋天、夏天还是春天；因为上帝是在四时之混沌里，来创造天地的；因为，不管太阳驻于哪一处天宫，四季是固已有之的。为一年定四时，是太阳的本性；地球上的四季，是同时产生的，而后才有次序代兴的四时之行。不仅哲学里，神学之中，也总有一些自诩甚高的所谓才子，他们立异造奇，做惊人之论；我们取此寓目，以消暇日，尚且有瓦釜之叹，遑论认真研读了；这些谲诡之言，只合放进庞大固埃的藏书楼里[133]，或与 Tartaretus de modo cacandi（塔尔塔莱图斯的《大便法》）[134]装进同一本书册。

22.这些吹毛求疵之徒，与那些勾玄索微的人是难以同日而语的。还有些说法，也往往被唤为公堂，加以鞫审，而依鄙人之见，却都是平达之言，可征的事实。

用丢卡利翁的一地潢潦[135]，来淹没诺亚的普世大水，是令人发噱的。若论奇迹，则曾有过一场洪水，与后来之少见洪水，对我来说，是在此不在彼的。各种生灵，且不论数目之多，单就维生所需的足量食物来说，如何能装进三百肘尺的方舟里？[136]这在以理性穷究的人看来，是有妄诞之嫌。另一桩玄秘的事情，《圣经》不曾提过，却也难以索解，那位诚实的教父[137]，面对这一难题，也只能顾左右而言奇迹：也就是说，在世界上的各个地区，风土不同、岛屿悬隔，且不说人了，就是虎豹熊罴，当初是如何栖居在那里的？在美洲，何以有大量的猛兽蛇虺，而那种维生所需的生灵，即马，如何就一匹也没有？这诚然是件奇怪的事情。不仅鸟类，那些凶险而讨厌的野兽，是经由什么样的通道，越洋渡海到达美洲的；有些生灵，可在美洲看到，而在三体相连的大陆[138]上，如何就没有呢？所有这一切，在我们看来，定然是玄而又玄，因为我们认为只有一个方舟，而造物之广布尘寰，又始于亚拉腊山顶[139]。解决这一疑点的人，总是把那洪水视为某地特有的，并根据我所不许的原则来立言立论；这原则不仅乖于《圣经》，也悖乎我的理性，而照我的理性看来，世界各处之有人众，诺亚时代怕是无异于当今的；人之乃场乃疆，散布于尘寰，一千五百年的时间，对他们已足用，好比此后的四千年对于我们[140]。

还有些结论和教义，是从《圣经》推得来的，人们通常也奉若金科，但以此枭换我理性的自由，则非我所愿。在亚当的子孙里，玛士撒拉之为最长寿者[141]，在我看，不过是设言之辞，是难可求证的，而爬梳经文，我却能得其反证。犹大之上吊自裁，《圣经》里并无的据；在一处行文中，似曾肯定过，由于辞有两歧，这种翻译也不为失据，但在另一处经文中，则有更准确的描述，似乎一反前说，使人有未谛之憾。[142]洪水过后，我们的祖先建起巴别塔，以便再有洪水时可自我保全，这是常人的所信与所见，而先祖的本意，在《圣经》中却另有表述。此外，按诸当地的环境，这说法也是理有未惬的，因为那里是西奈地上的一马平川。[143]但这些言说，无关于信仰，人是尽可以逞其私智的。

还有些说法和一些推得于《圣经》里的论断，照我看，无非是凿空之谈。罗马教会以彼得叩门时所得的回答（"不是他，而是他的天使"[144]），来自信地证明"护卫天使"之说，但也有人会说，天使一词，是指他的使者，或他派来的人。因为较诸原文，可能有教会钦定的暧昧含义，却也有"使者"的意思在。这一诘训，我曾暗示给一位曾经回答过这个问题的年轻神甫，我记得这位方济各派对手的回答，可谓要言不烦：这解释固然新奇，却不确凿。

23.这些言谈，只是人根据上帝之言所做的结论，或容有不当的探讨，在这些事上，我以《圣经》为圭臬，而假如《圣经》一书是凡人的手笔，那我也会说：创世以来所存的硕果是唯此为大的。倘若我是外邦人，我会情不自禁地受教于它；托勒密[145]以为，舍却此书，他的图书馆便非完璧，对这种见识，除去叹赏我更无其他了。土耳其人（我说这话是不带偏见的）的经典之作，不过是抄贩之作，错见于书中的，是虚妄可笑的哲学错误、无稽之谈、向壁之构和令人发噱之不足的浮言妄语，并以公然的诡辩、无知之刁滑、大学里的废言绝绪、学界罢黜的伪说，来加以维护，并靠了武力与凶蛮，才落下了脚跟；而《圣经》之传遍天下，却没费一兵一卒。摩西的律法，历两千年而不易[146]，而我们看到在另一些国度里，律令却朝出夕改，与时推迁；即使以神裔自命的，也早已消失得了无点痕。我相信摩西之前，执笔定律的人自有许多，并不只索罗亚斯德[147]一人，但如今都已蒙受了时间之劫。名山事业和人一样，都是有命限的，虽能流传于身后，却总还有大限之期。对于时间的牙齿，独有这部经文[148]是过于坚硬的，只有在那万物化为劫灰的普世大火里，它才会寂灭。

24.我听到有人长吁短叹，却为西塞罗的几行佚文；或是哀惋连连，只因亚历山大里亚图书馆的焚毁[149]。对我来说，世上的书太多了，纵使梵蒂冈沦为邱墟，目见之下，我也会无动于衷，只要能与二三子一道，从火烬之余，捃摭出所罗门的几页湮灭之文。假如以诺的铭文里辑录的作家[150]，比起约瑟福斯是更近于古的，或是无取于寓言，则以诺的铭文，也不该漏过。有人笔之于书的，多过他人出之于口；皮内达[151]在一篇作品中穷征博引，繁而寡要。德国的三大发明[152]，有两种是未见其利的，是否用过其当或是利已成弊呢，是颇可一辩的。召集一次普世的宗教会议，是高明者之所期，不才如我，也常为此空发浩叹：此举并不是想弥缝那些龃龉难协的宗教歧见，只为了学术之益，删其枝辞，返其朴本，归之于两三家至实之言，并将那些汗牛充栋的诡言狂论，付之一炬，因为它们之产生，只为摇惑那些下智的学者，维持印刷商们的生意和神秘感。

25.撒玛利亚人居然把自己的信仰，限于《摩西五书》，真可谓咄咄怪事，对此我只有惊诧而已。而拉比们根据《旧约》对犹太人做的解释，以及犹太人之背离《新约》，则令我感到羞耻。雅各的这些可鄙而堕落的子孙，曾一度敬奉外邦人的迷信，并轻易为邻人的偶像所迷惑，如今却以顽梗为心，固守自己的教义，期盼那无望的事情，而且面对教会的严威，却一仍旧贯,不见一丝改宗之意,说起来,真是令人不胜诧异。在他们,这固然是一桩恶行,但对于我们,则称得上善德了。因为恶业之顽梗,即善业之忠贞[153]。在此,我要责备我的同教中人,因为谁也不像一个基督徒那样,论信仰是朝秦暮楚,论信心是佻佻无恒的,谁也不像他们那样变化多方;不是变化于同类之间、基督教的不同形式之间,而是日趋下路,流于犹太人和异教徒的那些反常而刺谬的教派,以至于使救世主的圣名,沦落为"先知的"的平淡称号,从"他曾到来"的老信仰,堕落于"他将来临"的新企盼。要让天下人成为同一群羔羊,是基督的许诺,但如何以及何时才会天下一同呢?对我来说,则如末日一样,是晦暗不明的。在那三种宗教里[154],我们只占很小的数额,新入教者固然时有之,但比起对手们新得的归附者、只因外邦人反叛而改宗的人,以及消极渎神的人(比如那些之所以拒绝基督、只因为没听说过基督的人),却是只见其小。而犹太人的宗教,却与基督教公然相背,异教则与二者相抗。一个土耳其人,倘处于同类之中,是断无改宗之望的,而一旦他落得形单影只,则还有望可想,虽然也不是尽有可能的。但犹太人不论命运如何,总是强项如初;一千五百年的迫害,只坚固了他们的谬误,他们遍尝各种苦难,为一桩恶业含辛茹苦,甚至不惜敌人的严谴。迫害之为立教之本,是坏而迂曲的;不论是为了确立诚实的宗教,还是邪恶的异端和妄诞的观念,迫害都是愤怒的热诚所采取的不当手段。它曾是我们信仰的第一块基石;倘若夸说受迫害之苦,并以殉道者的勇气和数目炫耀于人的话,那没有人比我们更理正词雄了。平心而言,他们才是坚毅品质的真正且唯一的样板。战死疆场或命丧营垒间的人，多非勇敢的真正榜样，而只是匹夫之勇的昭鉴，至多是做到了一点驳杂不纯的刚强而已。亚里士多德为真正而完美的勇气定下了条件与要素[155]，倘加以严格考求的话，那么该当勇者之名的，唯有他的恩主亚历山大，而即使那位罗马贵人、尤利乌斯·恺撒也很难得到这个名字。倘有人以这种简单、主动的方法行高贵的事，便可以荣膺勇者之名，那么在那桩更为可怕的被动事件中，论行事高贵、论丈夫伟气均胜于他们的人[156]，自也该当勇者之名的。行如此的漫漫长路，或者说，经烈火而达天堂，不是每种宗教都力所能及的。人都有勇气，但多非勇气之全，多没有这如此刚猛的性情，来忍受这可怕的考验，而他们则以冲和之道，诚心敬拜自己的救主，并持有着上帝所悦纳的信仰。

26. 死于战争者，是不能皆享战士之名的；因宗教而遭难的人，也不能一概称之为殉道者。约翰·胡斯[157]被康斯坦司会议判为异端，而在其同党的故事中，他却有殉道者的名号，说他非此非彼[158]的人，定会冒犯两方的神学。有许多人，固然在尘世被封为圣贤，却绝非天堂里的圣徒。他们流名于历史和神话，而在上帝的眼中，其作为完美的殉道者，尚不及那位智慧的异教中人苏格拉底呢；他之遭难，是为了宗教的本旨，即神的唯一性。因对跖地而遭难的那位主教，时常引起我的怜悯，但我既要责备那些治罪于他的人的无知和愚蠢，也要责备他本人的鲁莽，竟为这等小事而引火烧身。[159]像我这样能面对死神之脸孔而少有畏惧者，并世之人中是不多有的，我这么说，恐怕对得起自己的良心。但出于对上帝戒条的道德义务，并致敬于大化的保育之恩，我绝不舍命于某种仪式、政治观点或无谓的琐事。我的信仰没有执拗之性，不会见障碍不低头，或斤斤于那些并不公然渎神的事情。不论在民事还是在宗教行为里，智慧都是万事的酵母，没有智慧而投身于火，是无异于自杀的；只怕是穿过了一片大火，复落于另一片大火。

27.奇迹的终止，我既无法证明，也无法断然否认，更无法确定其终止的时刻与年代。在基督身后还有过奇迹，按《圣经》的说法是昭然若揭的。有些作家，其观点与我们相近，故我们不去置难其中的证据，如不怀疑他们的真确，那我们就不能否认在使徒的身后还有过奇迹，并在多年之后，当列国改宗时又有奇迹复活。但愿耶稣会士在印度行奇迹的报告里，尚有一丝真实，并在他们自家的笔端之外，还另有佐证。每天在家里虚想出更大奇迹的人（那些可见的物质，化成基督的身、基督的血[160]），不难相信这些海外的奇迹；与此相比，耶稣在迦南变水为酒，或魔鬼在旷野中唆使基督做的事情（把石头变成面包）[161]，反倒不配奇迹之名了；尽管严格地说，奇迹之间是没有大小之别的，它们都是上帝的不凡手笔，对他来说，做任何事都是一样便当的。造天地万物和单造一件生物，同样是轻而易举的。因为，创造某种不仅高于（或背于），甚至是先于自然的现象，都称得上奇迹之举，而创造自然，和背于或超越自然，作为奇迹是一样伟大的。我们把上帝的神威限制得过窄，总是拿自己的微力，衡度上帝的大能。我相信上帝是无所不能的，但他何以做出那些悖乎自然的事，我并不理解，因而不敢否定。我不明白那位上帝的天使，为什么要求以斯拉让时光倒流[162]，假如这事是越出了以斯拉的权能；这使得凡人们大生疑窦，以为是上帝是有所不能的。有许多事，我不想说是上帝不能，只是不为而已，而我们却以浅陋为心，断定他是不能的。以上帝为全能的看法，我深信是最为得体的。因为严格说来，他的力量和意志是同等的，这二者和其他的神性一道，构成了一个上帝的全部。

28. 所以，我相信天下一直有奇迹；而活人也可以行奇迹，我也并不否认，但不相信出自死物的奇迹。考察了圣徒甚至基督的遗骨，探究过他们的体格和与之相关的遗物之后，我总难相信这些圣物的效验。海伦娜发现的那只钉死基督的十字架，竟有神力使他人转生，我真想不出原因安在[163]；君士坦丁的一次失身落马，或敌人所加给他的一次伤害，我并不推诿于在他的马辔上，带有钉在耶稣身上的圣钉。为了耶路撒冷王鲍德温的战争，热那亚人劳民伤财，他却回报以圣剑和圣玫瑰。[164] 照我看，你们那些piaes fraudes（虔诚的骗局）——即施洗者约翰的骨灰[165]，与这圣剑圣花相比，是在半斤八两之间的。有人认为，圣徒灵魂的圣洁品质，会在他们的身体上留下神圣的气息与神通，这说的自然是奇迹，不能解除我的疑惑。我之所以对遗物少有热诚，原因之一，怕是我对古董的敬重，一直是稀薄而寡淡的。因为我所敬重的，实在比古董要老，这就是永恒；

也就是说，是上帝本身。他虽然被称为时间之祖[166]，却不能接受"古"的称谓；他先于天地，且将后于天地，尽管如此，却不老于天地；因为在他的身上，没有盛衰转化之年，他的延续是永恒，与茫茫太古相比，他是更为久远的。

29.但最令我不解的，是那些不失为智者的人，为何不去探究那伟大的、无可置辩的奇迹——神谕之终止呢？他们的理智将何以为心，才能恬然面对普鲁塔克为此假拟的那套穿凿而可笑的理由呢[167]？在约书亚时代，太阳曾悖其常性，驻留于中天[168]，犹太人是相信这一点的，但一说到日食，他们却肆其蠢蛮，断然否认，而这是每一个异教徒在耶稣死时都承认的[169]；但是这一点，却是无人持有异议，便是魔鬼也承认它[170]。援藉人的历史与《圣经》之相合，来核校《圣经》的真确，或试图以麦加斯梯尼[171]和希罗多德[172]的权威，证实以斯帖和但以理[173]的记载，这无疑是好奇心的失当了。我承认，我自己也有过这种不当的好奇心，而当我读到查士丁[174]的矫诬之论，说以色列的子孙，是因为疥癣才被逐出于埃及的，一笑之下，我便与之隔缘了。自从我洞晓世事以来，并了解到过去的事情，是如何被今人赋以伪形、冠以骗人的面具而推上舞台的，我对于往事就如将来的事一样，便少有相信了。某些人也抱有与我相同的想法，并试图写下自己一生的历史；在这一点上，摩西是胜过所有人的，他不仅留下了自己生活的故事，还如有人认为的那样，留下了自己死亡的故事[175]。

30.这个关于神谕的故事,为什么没有将那些怀疑精灵与天使之存在的臆想,从世人心中蠹食一空?何以有这么多饱学之士,把自己的形而上学忘得一干二净,捣毁造物的阶次[176],进而问难于精灵天使何在呢[177]?对我来说,这是一个未解之谜。至于我本人,则一直相信是有妖巫的;怀疑有妖巫的人,不仅是否认了妖巫,还否定了天使,他们入的是左道斜途,其底止不是异教徒所能尽,而是要沦于无神论者的[178]。为驳斥妖巫的不可信而想见一见鬼魂的人,肯定是见不到一个鬼魂的,他们更没有妖巫的法力,可以看到鬼魂。因为它们和巫术一样,被魔鬼作为镇库之宝放在异端邪说里,若非为了使人转宗,是不会显露在人前的。但他用于欺骗凡人的所有幻象,不过是江湖术士的伎俩,是迷惑不了我的。我不相信有理性的造物,可以被变成野兽,或魔鬼有变人为马的法力。为见识耶稣的神力,连石头变面包这等小事,当年他也是唆使耶稣去做的[179]。我相信精灵取用于人的,是那些淫乐之行,既有男人的,也有女人的;照我看来,他们可以占据、偷取或设计出一具肉体来,其中的淫行,足可以满足衰朽的肉欲,或更炽烈的欲火,而对双方来说,却都没有怀胎生育的可能。所以说,认为伪基督是但(Dan)一族的人与魔鬼交合所生的看法[180],是异常可笑的,这种无根之谈,只当为拉比们所信奉,而不该是基督徒所持有的。依我之见,确实有魔鬼附体的人,还有被"忧郁精灵"所附体的人,另有一些人,还常常被司掌幻象的精灵所附;由于魔鬼隐藏至深,并常常被一些人所推拒,于是就有另一人假充了上帝和善良的天使。近来败露的那名德国少女,足可作为此事的昭鉴[181]。

31. 我还相信，所有那些行妖法施符咒的人，都算不上巫师，或我们所称的魔法术士；依我之见，有一套传统的魔法，并不是直接亲授于魔鬼的，而是转授于魔鬼的门徒，而一旦得其秘传，则无须魔鬼的指点，他们就可以（实际也是如此）做得炉火纯青，因为二者之所行，所依据的都是自然的原则，合阳而得阴[182]，无论在哪位师傅的手下都是如此。所以，我认为最初的哲学大半是巫术[183]，待到后来才演化成另一门学问，才被证明不过是哲学而已，只是自然的本相。人所发明的，是哲学，师承于魔鬼的，才是魔法。许多秘密的发现，我们自要归之于好的和坏的天使，每逢我读到帕拉塞尔苏斯的这一句话时：

Ascendens constellatum multa revelat, quaerentibu magnalia naturae, i. e. opera Dei.

（有心探求自然之奥秘，即神之作品的人，命星自会向他显露天机）[184]

若不密加圈点或深相发明，我是绝不转看下文的。有许多奥义，被归于我们自己的发明，但依我之见，却是天使们的殷勤启示；这些高贵的上界英华，对于自己的同类[185]、那些凡尘里的生灵，抱有一种友善的关切。所以，有许多不祥的朕兆，先于邦国、王公或个人的劫难而来，我相信这是那些好心的天使宅心仁厚，用此来警示于人的，但某些究心于此的人，却悠悠忽忽，竟称之为偶然的现象和自然的结果。

32. 在这些具体的、各不相谋的神灵以外，或许还有一个总的神灵贯穿于整个世界[186]，这是柏拉图的观点，赫尔墨斯派的哲学家们，也同意此见。假如有一种共相，连缀起支离散乱的个体，使之归于同一品类，则何以没有一种共性，连缀起天地间的万品呢？我确信有一个统辖万物的神灵，运行在我们的体内，但不构成我们身体的一部分，这便是上帝的灵，那高贵而伟大之本质的火与光，他是有灵者和那些不知太阳化育之德者[187]的生命，和他们维生的热量；是一股迥异于地狱之火的火，是那股运行于水面上的温煦的热，曾在六天里孵化出了天地[188]；是一片光，驱散了地狱的迷雾、恐惧和愁苦与绝望的阴云，在我们的心灵之区里，保下了一片安详。如果有谁觉不出这股温暖的灵风与柔和的灵气，虽然我能切到他的脉搏，却也不便说他是活人，因为对我来说，假如没有它，那么赤道底下是没有热的，住在太阳里也是没有光的。

  当辛勤的太阳跋涉在天空
  登上巨蟹座那高高的背顶
  这天上的煤所发出的热量
  使冰洋消澌，极地解冻。
  当你这久违的光芒
  再次将夏季注入我冰封的胸膛

我的冬天结束，昏睡的灵魂歌唱
每一个器官活转，沐浴着春光。
你这触动生机的光芒，但有一刻变老
不再煦照我心灵的轨道
冰霜将袭击我的全身
虽在三伏，却有三九的风暴。
这泥土的劣性
如此作践高贵的魂灵
它处身卑微，却心如彩凤
一心飞向当初取火的天庭。
而我感受的火焰，却烧在我心里
这并非你的光芒，而是来自地狱
请把它们扑灭吧，让你的神光做一轮红日
照耀我的轨道，叫我不再战栗。
请将这些火焰摄进你的圣灵
以免污浊的烟气窒息我的虔诚。

33.我绝不否认天使的存在，因此，不但国家，甚至个人也有护卫天使，在我都是不难相信的；这并非罗马教会的新说，而是毕达哥拉斯与柏拉图的陈义[189]，其中并没有异端色彩，《圣经》虽没有明加阐说，却是一种好而健康的观念，可用于个人的生活与行为，也可作为一种假设的前提，来消除普通哲学中未曾解决的诸多疑窦。假如有人追问我对天使之本性的看法和形上之思，那我承认，它们是很肤浅的，多数是以否定形式表述的，如同我对上帝的看法那样；或者说，他们之间存在一种高低的阶序，好比人与其生物同类之间的那种。因为宇宙里的造物之间是有阶次或明显之品级的，它们的迁升并不混乱无序，而是不疾不徐，款款中节，土石和草木之间，在本性上有很大的分限，植物与动物（或有感觉的造物）之间，则有更大的不同，而它们和人之间，就更不可以道里计了。假如比例继续增大，那么人类之于天使，当是在霄壤之间。[190]我们不理解他们的本性，他们具有波尔费里的第一定义[191]，并因永生而有别于我们；人在堕落以前，固然也长生不死，但我们仍须肯定他有一种本性是有别于天使的；由于对天使的本性，我们并无确切的知识，所以，但凡在我们身上，能模糊地看到一点完美之性，则毅然决然地归于天使，就不失为经院学派一种好做法了。我相信，他们的知识是即时而来的，理性一动即可做到的事，在我们是非潜心积虑莫办的[192]。他们靠类型了解事物，根据内秉定义事物，我们却凭着皮相来描述它们，所以说，在我们是或然的，对他们则是显然，他们不仅知道个体的特具之相，还了解它们的所属类型（除与其种属的关系外），还了解每一种体性，是靠了哪种特禀，而赋现为自相（numerical self）的。我还相信，既然赋肉体以活力的灵魂，能有力量导使肉体，则必有一种大能，虽不赋现于任何肉体，却可以使导任何肉体。我们的官能，须受限于时间、地点和距离，但那只将哈巴谷带去狮坑[193]，或把腓利带到亚锁都的无形之手[194]，却是不在此例；它有一种神秘的转运力，是我们凡人所不知的。假如他们有那种直观的知识，能像镜子里的映像一样，看清他人的思想,则他们之了解我们大部分人类,就是不能断然否认的。有人否认他们对下界中人有任何的知识,以此来批驳乞灵于圣徒的做法,这未免走得过远了。到我能彻底解答这句经文的那天:

> 一个罪人悔改,在上帝的使者面前,也是这样为他喜欢[195]。

他们一定会原谅我的看法。我不能附和那位教父[196]作品里的人物,把头一天的工作——fiat lux(要有光),凿实地理解为是创造天使,尽管我承认,没有哪一种造物,像是如睹天光那样,能如此地明察自己的本性。我们称光是幻而不实的,但在只有光的地方,它便是一种有灵的物质,或许就是一位天使了。总之,请想象一道看不见的光吧,那就是天使。

34.这些天使,无疑是造物主的伟作与花朵,是"无"中的灵秀,是实有之身,而人之为物,却只在希望与或然里面。我们只是肉体与灵质间的双栖者,是连系二者的中道,是上帝和自然的假手之具。人并不侻侸于极端之间,而是靠着参介二者的中和之性[197],连接起那程难以合拢的距离。人是上帝的一口气及他的影像,是不容置疑的,这一点可以援据《圣经》的记载[198],然而我们自称为一个微型宇宙或小小的天地,当初我却以为是辞人的巧譬,直到我细加判断、退而思之以后,才觉出这话是有一丝道理的。因为,我们首先是一团粗朴之物,是与木石为伍的,有一种蠢钝的本性,或者说,尚未享有生命的特权，没有为天美所钟，得有感觉和理智；其次，我们既过着植物、动物和人的生活，最后是天使的生活，在一种神秘的本性里，连缀起了五种生存的方式[199]，不仅包举了地上的，也包举了宇宙中的造物[200]。所以说，人是伟大而真正的双栖者，其本性所欲求的，并不像其他的造物那样，只是生活在水、火、风、土里面，却要生活在分立而有别的世界之中；因为对于感官来说，世界虽只有一个，但对于理性来说，则有两个，一个是有形的，另一个是无形的。对于后者，摩西没有做过描述，对前者的描述，却又晦涩难解[201]，所以其中的某些部分[202]，一直是人们聚讼不休的话题。我得承认，《创世记》的前几章中，确有许多晦涩之处。神学家们一直尽着理性之功，试图以字面的含义来条贯全文，但以比兴之道，以从言外索求经解的办法，或许也无失于原旨。摩西的解经秘法，可能正是亲炙于埃及的象形学派的[203]。

35. 远游八表之外，以寻求那非物质的世界，我认为是大可不必的；天使在凡尘，亦如在九天之外那样，都能如意地去来，而不受时间、地点和运动的拘牵。只须抽尽身中的浮肉、释除万物的脓水，你就可以发现天使的宅邸了。假如我称之为上帝那无处不在的本质，但愿是无伤于神学，因为在创世以前，上帝的确是纳万物于一身的。他不曾为天使另造天地或指定居所，所以，上帝的本质之所在，就是天使之所在，而即使他们在上帝的身上，他们与上帝也是有函丈之遥的。上帝为人而创造万物，这种说法确是一得之见，但假如说上帝创造这些更为纯洁的造物,是为了供人类役使,这种说法就是迂阔不周了,虽然助人的天使们所做的且乐于做的事情,是在人的俗务中实现上帝的意志。上帝造万物是为了自己[204],他造天使,只为自己的荣耀,不可能另有目的,他求之于身外的东西,仅在于此。因为荣耀是外在的美饰,只能得自荣耀人者,而不是受荣耀者,因此必须创造一种造物,才可以得其礼拜。这在另一个世界中,就是天使,在尘世里,则是人类;无视这一真谛的人,会忘记我们受造的本意,而且会因恶得报,惹得上帝不仅后悔造了世界,还会因没有毁掉它而自责的[205]。世界之唯此唯一,是信仰的结论,亚里士多德以他的全套哲学,也没能证明这一点,而他之证明世界的永恒,也显得是力不能胜。古代哲学家们面对这一争端,也是面有难色的,而摩西却奏刀砉然,解决了这一疑窦,所以凡此一切,均因"创世"——即无中生有——这个新词而云开雾散了。何为"无"呢?凡与"有"相对者,或确切地说,真正与上帝对立的东西。因为只有他是自在永在的,其他事物的存在都需要有所依傍,其得以为"有",须赖有性状的限制[206];在这里,神学便汇通于哲学了,不仅庶物之生生,便是创世,都是基于有无的相背;纳万物于一身的上帝,是与万物所由生的"虚无"相反的,因此无变成了有,虚无因常道赋身而变成了实在。

36. 天地万物的创造是一件神秘的事,而人的创造则尤其如此。其余的造物,只出自他嘴中的一嘘,仅有一辞之费,但在人身上(正如经文所说的[207]),他则运以匠心,与其说是创造,毋宁说是陶化了。当他从其他造物的身上离析出材料来，结果产生了一个形式和灵魂，但当他竖起人的寄庐之墙，就不由得多费周章，以便创造出一种像他那样的灵质，即一个不腐不灭的灵魂。对于这两种性质[208]，我们有哲学和异教的看法在，柏拉图也明言肯定[209]，亚里士多德则未置异辞[210]。关于灵魂的产生还有一种疑窦，是由神学激起的，曾在德国的讲堂里纷争一时，但由于双方各持己见、旗鼓相当，所以这场辩论还是悬而未决。我并没有帕拉塞尔苏斯的心性[211]，敢于提出一套无须交合即可造人的方略来，而许多人之否定灵魂遗传的成说[212]，则更令我不胜诧异，他们确立自己的信仰，仅凭了一句巧辞和奥古斯丁的那句回文体的妙语：

Creando infunditur, infundendo creatur.
（创造时注入，注入时创造。）[213]

这两种说法，也许都合于宗教，但假如不是有一条反对的理由时时出现在我的心里，我还是会欣然接受这一说法[214]的。这个理由，不是推自默想玄思，而是得自经验和观察，不是采撷于书本里的花朵，而是滋生于我头脑的稗草之中。这是从人兽交合所生的怪物那里得来的看法。因为，假如人的灵魂，不是随着父母的种籽而转输，那些半人半兽的怪物，为什么不仅仅是野兽，还要在他们那些低级的器官里，显示出一种高级的理性之印痕呢？我的确不会断然否认，灵魂在凡尘状态里是完全不依赖于器官的，我要说灵魂的正常运行，不仅需要器官的匀称和恰当的配合,还须一种与其运行相符的气质与脾性。但这一具血肉之躯,却仍不是灵魂的,而是感官的工具和旗下的兵卒,即并不是理性的手[215]。在我们学习解剖时,总会遇到一团纷乱而神秘的哲学问题,使那些异教徒心降于上帝的,正是这一类玄奥的事。然而遍数那些珍贵的发现和我在人体中看到的奇妙器官,我却从没有找出一种器官来,可以被有理性的灵魂当作假手之具,对这一点,我是不胜陶然之感的。大脑被称为灵魂的王座,但与我在野兽颅骨中的发现相比,人的大脑也未见有什么特异之处,对于灵魂之不赖于器官之一点来说,这当是一个合理而有力的证据,起码就我们通常理解的灵魂而言是如此的。所以说,我们是人,但不知何以为人。有一种东西在我们体内,却也在我们体外,且将留存于我们身后。虽然说来奇怪,它在我们身前是什么,没有来历可寻,如何进如我们体内的,我们也不敢妄置一辞。[216]

37.至于这些肉体之墙,似乎在复活之前囚禁着灵魂,但究其实也,不过是四大合和,是必将颓为瓦砾的寄庐。凡有血气的,尽都如草[217],这话不仅是在比喻意义上,就是在字面意义上也是真确的。因为我们眼中的造物,都不过是地里的草,或经过了消化,变成了他们的肉,或更迂远一些,成了我们身上的肉质。进而言之,我们是自己所厌恶的,是食人者,是吃同类的动物。不仅吃人,还吃自己,这并非比喻,而是实话。因为我们看到的这一团的肉体,统统进了我们的嘴,我们所见的这具骨骸,也在我们的盘子里面,简而言之,我们一直在吃自己。我不相信以毕达哥拉斯的智慧,会无取隐辞,而单在字面意义上肯定变形之说,即人的灵魂迁往野兽体内的无望之举。历数变形和灵魂的迁转,我是只信一种的,那就是罗德的妻子变成盐柱[218];尼布甲尼撒的变形[219],也不为迂远之辞;除此以外,我则只求其中的言外之旨和寓含的教益,而不以真实视之。我相信,一只动物的身躯是要彻底消亡的,死后所留下的,与赋化为生命之前的东西绝无不同;而人的灵魂,则是不知其反,也不知腐坏;它们生存于肉体之外,而且不需要奇迹,只靠本性赋予的特权便出离生死了。我还相信:虔信者的灵魂,在离开尘世以后会据有天堂;死者的幽灵,并不是游荡的灵魂,而是鬼魅的不安走动,想驱使并诱拐我们陷入灾难、兽欲和恶行,并偷偷潜入我们的心里,因此,那些得天之佑的精魂并不在坟墓里安息,而是往来于世间,惦念着凡尘里的事。而游魂鬼影往往出现在墓地、骨灰堂和教堂里面,是由于这里是死人的寝所[220];魔鬼在此地则像一名倨傲的冠军那样,以骄狂之态,看着自己因战胜亚当而获得的这些锦标与战利。[221]

38. 正是这一场悲惨的征服,令我们痛心疾首,并屡屡哭喊着:O Adam, quid fecisti?(噢,亚当,你做的是什么事呢?[222])至于我本人,则要感谢上帝,因为志役于生死,心拘于尘世,以至于沉溺于生,而惧闻于死,在我是从没有过的事情。倒不是说我觉不出死亡的恐惧,或因翻耙死人的肠肚,整天面对人体、骨架和死尸,就变得像扛尸夫和掘墓人那样,变得蠢钝起来,忘记了死的可怕,而是在我揆度过这种种恐惧、考虑了它的极端之态以后,我并没有发现其中有什么东西,可以沮丧人的勇气,更不用说一个信仰坚固的基督徒了。所以,我并不恼恨我们初祖的过失,或不愿担承一份常人的命运,而且希望好人们有死的一天,就是说,停下呼吸来,告别四大,暂时做一种虚无,进入一种灵质里。假如没有死亡这个通情达理的调解,这个公正的法官,那么我检点平生,会觉得并世之人中再没有我这样苦命的人了。假如我不切盼着另一种生活,那么此世的浮华,绝不会引出我的一丝气息;假如魔鬼摆布我的信仰,使我怀疑起自己究竟会不会死,那么此念甫起,我就会自了余生的。对于这凡俗的生存、太阳和四大的臣属,我是以贱陋视之的。所以,我不认为这是人的本色,或人的尊严当有的生活。在切盼更好的生活时,我自能耐心地领受今生,而每当我的思虑渐入佳境,我则常常蔑视死亡[223];我敬重蔑视死亡的人,不喜欢怕死之辈,所以,出于天性我喜欢战士。军士一声令下便蹈死不顾的行伍中人,虽然衣衫褴褛,贱人贱相,却仍能博得我的敬重。对于异教徒来说,自然不乏恋生的理由,而那些基督徒之害怕死亡,我看是不出两端的:或沉溺于今生,或无望于来世。

39.照某些神学家的推算,亚当在被造时,恰值三十岁[224];因为他们认为,他是在男人的盛壮之期被创造出来的。关于我们自己的年龄,我们一定是失算了,和自以为的年纪相比,每个人都是有数月之长的,因为在我们有生之初,都曾在另一个世界里生活、蠕动,随着四大而行,颠倒于病患之下,这就是那真正的微型宇宙、我们母亲的子宫。因为在有生之前的混沌里，即当我们沉睡在原因的种实里，我们因为阴阳合精，而得以保有一个混沦而粗朴的存在[225]，但除此之外，我们还在三个不同世界中保有生命并生活，而且我们在其中是顺序升迁的。在那晦暗的世界和我们母亲的子宫中，我们的时间很短，是以月亮来计的，但比起许多亲面天光的造物，却仍是很长的，这时，我们虽然不具人形，却并非没有生命、感觉和理性[226]，它[227]只是在蓄机待发，在等候赋现的机会，似乎它的生机，此时只存在于自己的根部和植物的灵魂，而后是进入世间的舞台。这时我们站起身来，成了另一种造物，行理性的事，朦胧地展现自己身上的那部分神性，但绝非彻底而完美，一直到再次抛下我们的胞衣，即那肉身的皮壳，被解救到最后的世界，即保罗那不可言说之地、那天使的故壤[228]。我对于哲人石[229]（它远不只是黄金的提纯）的一知半解，教给了我大量的神学知识，并告诉我那不朽的灵魂和我灵魂中的金刚不坏之质，是如何潜藏低伏、在肉体的寄庐中假寐一时的。我在蚕身上看到的那些神奇的蜕变，曾经把我的哲学变成了神学。这些自然的作品，似乎可以难倒理性，实际上却有神学在焉，和常人眼中的发现相比，它们是有过之而无不及的。[230]

40.我生性羞涩，交往、年纪和游历都未能使我颜厚心冷；但我却有一份中庸之性，是我在别人身上很少见到的，那就是对于死亡，我是羞耻甚于恐惧。它是我们天赋中的瑕污和耻辱，能在转瞬之间，使我们形丑貌陋，从而惊吓我们的密友、发妻和子女。地里的飞鸟和走兽,以前出于自然的恐惧而听命于我们,如今却完全忘记了臣道,开始啄食我们。每念及此,我便中心飘摇,真想沉没于深渊,省得死去被人看到,让人怜悯,受那些惊异的眼神,也省了他人说道:

Quantum mutatus ab illo!(你变得不像他了!)[231]

这倒不是说我为自己的五官四肢而羞耻,或责怪大化手拙,做坏了我的某一肢体,或是我自己不够检点,染上了某种羞于启齿的疾病[232],竟至于称不上一口健康的肉,不配蛆虫来啮食。

41.有人想到多子多孙,便来了勇气,似乎可以垂之青史,借以名传身后,故能耐下心来打发死亡。这种借子孙延续生命的怪念头,照我看来,纯粹是谬妄,一心想着来世的人,不当有这样的欲念。既然抱负宏大,就该期望于身居天堂,而不是延命于尘世中的浮名与影子。所以,到我死的时候,我要和尘世永诀,不以纪念碑、历史和墓志为虑,或惦念我的一世浮名能远播到哪里,而只愿留在上帝的户籍簿中[233]。但我也不会任情纵诞,竟而许可第欧根尼的遗嘱[234],或以卢坎的狂言为是:

——Caelo tegitur, qui non habet urnam.
(凡不得瓮葬的,自有苍天覆盖。)[235]

照我冷静的判断,则只推许那些诚实的愿望,即安息在祖先的瓮旁,求最捷的路径以达腐烂。我并不羡慕乌鸦或穴乌的体质[236],或洪水以前我们祖先那漫长而乏味的寿数[237];假如星占尚有灵验可言,则我可以寿过五十,但如今,我还没有看到土星绕完一周[238],脉搏也没有跳满三十年呢,却已经看到欧洲的所有君主都化成了土灰,埋在了地下(除有一个例外);和我并世的人里,曾经有三位皇帝、四位苏丹和四位教皇[239]。我想我已是活过了头,开始厌倦于太阳了;我已和快乐握手言别;我在血气方刚、天狼星高照的年纪[240],就料见了老寿之恶;依照我苛酷的想法,世界对我来说,只是一场梦,或一折假戏,我们在戏中,都不过是滑稽梯突的老角、作态的小丑。

42. 希望自己的寿命超过我们的救世主[241],或那在他看来是最当死的年龄[242],这样的祷求固然也无背于经法;但假如像神学家们断言的那样,天堂中没有颁白者,人们复起于尘土,都是在盛壮之年,那我们在尘世中活过盛年,也只是为了在来世被唤回到盛年而已,或者说,再倒活回来。人但凡有一丝把握,能老寿而无大过,或是寿过了几旬,就能免于罪孽,那我们跪下双膝乞求玛士撒拉的年寿,倒也还值得。然而老寿加之于人性的是枉之与直,而非直之于枉。原来的坏脾气,会因老寿而变本加厉,成为习惯,它会像疾病一样,带来难以矫治的罪恶;因为我们的年寿日衰一日,罪孽却日盛一日,年寿之高,适成罪孽之大。人在四十岁上重犯十六岁时犯过的恶行,那彼此之间就难可同日而语了,尽管其他的原委并无差别,罪行却因年纪的老大而肿胀；除非以"惯经过失，渐成自然"这种难可原谅的理由做口实，则我心智的成熟，会截退欲求他人宽恕的托词。每一种过失，都是所犯愈多，恶性愈大的。假如时间迁延，行为却一仍旧贯，那么严重的程度会递长下去。因为它们好比算术里的位数，每次前行都要翻倍，站在最末的远大于前者的总和[243]。除非是人活两遍，那么我认为人生一世，是很难活到好处的，但说到我本人，却不想重过一遍逝去的光阴，或再次开启逝波的细流。原因倒不像西塞罗说的那样[244]，即此生已经活得很好，只怕活坏了他生。我发现我那日近佳境的判断，每天都在教我如何做得更好，但我那桀骜的性情和我那习成故套的恶品德，却让我做得日坏一日。我在心智已定的年纪所看到的罪恶，与我少年时看到的并无不同；那时我犯了许多过失，因为我还是个孩子，而如今我还在犯着，所以我还是个婴儿。因此说，人在老耄之前，我看要当两遍孩子，而且在六十之前，总是离不开埃宋的铜釜[245]。

43.活过六十的人，一定是广得天佑的，这样高寿，不光需要好的体格。虽然根性里的油足以点燃七十年，但我发现在有些人身上，三十一过就不再发亮了。人们并不把长寿的原因，统统归之于这部大书的撰写者[246]。把活力硫磺[247]看作生命之始基的人，是无法知道亚伯的年寿是何以不及亚当的[248]。所以说，我们的年寿之线，有一只神秘的底轴；是他的智慧，决定着我们生命的长与短，但不论长短，他那永恒而不息的神力都已使它们归于完满了，在这或长或短的寿命中，天使、人类和上帝的所有造物,都以一种神秘的、使人莫知所出的方式,执行了上帝的意志。因此,面对盛壮之年便死去的人,我们切莫再以夭子为叹;人的陨灭不过像天地那样,其材料虽然坚实,组织固然完美,但也不能奢望可以永存不灭。万物在天地之间完成以后,它就是盛年已过;纵使到不了六千年[249]便毁于那场横扫一切的末日之热病,也和我不到四十就撒手归西一样,仍然是合于自然的。所以说,搓捻生命之线的是另一只手,而不是自然之手,我们不仅昧然于那些玄秘的、相互克伐的物性,而且我们的结尾也和出生一样,都是晦暗难明的。我们的年轮之线是在夜里抽出的[250],其中的许多结果,是由那只看不见的狭旗[251]导致的。我虽然承认我对此一无所知,但若说这面狭旗是操在上帝手中的,我还是敢说:这一说法并无大错。

44. 对卢坎的这两句诗,我感触颇深。因为我不仅能像学童们那样解释其含义,并还深了其义蕴:

> Victurosque Dei celant, ut vivere durent,
> felix esse mori
> (世人皆自欺,
> 妄求龟鹤年。
> 用心深巧求列仙,
> 不见死亡之醴泉。)

这位诗人的作品中,有许多美篇佳什无不是来自他那思如泉涌的斯多葛气质；在芝诺的哲学里，的确有一些曼妙之言，假如在教坛上宣讲，在我看来，是与当今的神学两相投契的。但在这里，他们也有偏颇之处，比如允许人们做自己的刽子手，并对加图的结局和自杀大加称赏。这诚然是不惧死亡，却是害怕生命。蔑视死亡，自是勇者之举，而在生比死更可怕的时候，真正的勇敢则是敢于活着。在此，宗教为我们树立了一个高贵的榜样；克迪乌斯[252]、斯凯沃拉[253]或考德鲁斯[254]的勇敢之举统统加起来，也不敌约伯的一桩豪行[255]；人的痛苦，无过于疾病的折磨；死亡，远不及通往死亡的漫漫长路可怕。

Emori nolo, sed me esse mortuum nihil curo.
我不想死，但也不为死发愁。[256]

假如我信奉恺撒的宗教，我将与他有同样的愿望：但求一命呜呼，绝不愿被疾病的床锯绞成碎片。那些在身外汲汲以求的人，以为健康是生命的本色，患了疾病，则是与体质发生了争吵，但我一直在考察人的器官，深知人的身质是挂在一根脆弱的游丝上，因此令我感到奇怪的，反是我们何以没有大病小情，连日不断；一想到可以导致死亡的，竟有千万种疾病，我就连忙感激上帝，因为他让我们只死一回。结束我们生命的，不仅仅有疾病的恶焰和毒药的凶残；我们徒然地指责枪炮的弹雨和那些致人于死的新发明；每一只手都有力量毁灭我们，我们感谢自己遇到的每一个人，因为他没有将我们杀死。因此，可资慰藉的事，就只剩一桩了：尽管最弱的手臂，也有力量取走我们的生命，但是最强的手臂，也无法夺去我们的死亡。而以上帝之大能，也是不想免于死亡的[257]，肉体的长生是痛苦的，因此他不允许肉体里有永恒之物。在肉体的范围里，确实没有幸福可言，触目可见的，也无非是痛苦；人过五十便是死亡；所以说，魔鬼的如意算盘并没有得逞；人之有死，比起长生是更加幸福的。除了苦难没有尽休的人，天下再无苦命者了；因此就他们自家的意义而言，斯多葛派是诚然不错的[258]。抱怨苦难的人，是忘了自己还有一死可供解脱的，只要死是我们力所能及的，那么任何灾难，都无法对我们施其淫威。

45.这一种死亡，是就其字面的本义而言的，除此之外，神学家们还提起过另一种死亡，即罪孽之死和凡尘之死[259]，我想这一种说法，并不仅仅像"脱疽"喻指"禁欲"[260]那样，即不仅是一种比喻而已。所以说，每个人都有两张天宫图，一张是人性的，即他的出生，另一张是基督性的，指他的受洗。我以后者为生日来计算自己的生命，而Horae combustae（太阳掩蔽月光的时间）[261]和乖谬的天日，我则略除不计；或者说，在我得享自己的救星、被纳入基督的登记簿以前，我以为自己是可此可彼、可人可兽的。凡是不能享受这种生命的人，我以幽魂鬼魅视之，尽管他身上附丽着肉体的感官。在这种象征意义上说，永生之路，就是每日一死之路，当我注视着一只头骨，或目睹一具骷髅时，假如它把那些俗尘之念朝我纷纷抛来，我是不能认为自己是得了死亡之真谛的。因此，我把这些俗尘的Memento mori（记住：你是要死的），广而大之为一种更具基督精神的备忘之物,Memento quatuor novissima(记住末日的四件事)[262],即我们所有人都无可避免的那些"点":死亡、审判、天堂和地狱。即便是异教徒们的期盼,也并不止于自己的坟墓里,或不多生一念,不去想一想拉达曼迪斯[263],想一想死后的清算;虽然他们所取的方式不同,只是受着自然理性的启发。他们究竟是从哪个西比尔[264]那里,或从哪个神谕之中,偷来的世界将毁于大火的预言?而卢坎又是从何处学到了这样的话:

Communis mundo superest rogus, ossibus astra misturus.
(世上只剩下一片弥天的大火,我们的尸骨与星辰共一堆葬柴。)[265]

对此我真是不胜诧异。我相信世界在走近末日,但它却没有老朽,也不会单凭着自身元素的毁坏而消亡。[266]神工不仅高于自然,也是自然的对头和灭绝者;舍此之外,世界是不会有末日而只有衰颓的。假如没有上帝的吹嘘,那么哪一种力量,可以将之焚烧一尽呢?最彻底的毁灭之火又是什么呢?这些问题,我是无法从自己的哲学里获知的。有人[267]相信创世的过程其实是不需要一分钟的,世界的毁灭也将如此,而那所谓的"六天",尽管说得煞有介事,但与其说是创世工作的时间步骤,毋宁说是展示了神智之伟大作品的方法与理念。我无法设想在末日那天,会有一场决狱,或法庭的传讯,如《圣经》所暗示[268]和泥守经文的经师们所理解的那样。因为不可言说的奥秘，在经文中是以方便的说法和比兴之道来表达的。由于是写给凡人的，因此其中所说的并非实义，而只是人所能理解的象义；而依据根器之高下所做的不同解释，却都与我们的虔诚相安甚得，每一种经解，都不失为一种教诲。

46.妄加断定这个无可避免的时辰出现在哪一天、哪一年，不仅是有罪的、是非圣无法的，而且是公然的渎神；埃里亚寿过六千[269]，我们如何解释？传给一位拉比的秘密，我们怎敢妄揣，假如上帝连自己的天使都不告诉[270]？向德尔菲的魔鬼所提的质询[271]，真可谓一句妙问，势必逼得他语无伦次，不知所云；这不仅嘲笑了古代形形色色的占星术士们所做的预言，还嘲笑了当今那许多愁思冥想的人所出的语谶。他们于古于今，全无信解，却胆敢妄揣未来的事；天命所限于他们头脑的，只是展露忧思苦想的诞臆、应验古老的预言[272]，而绝不是造作新的预言。"你们也要听见打仗和打仗的风声。"[273]这话在我听来似乎不是对未来的预言，而是恒久的真理，从它发出的那时起，便无时无刻不有印证。"日月星辰要显出异兆"[274]，但当他露出自己行将到来的蛛丝马迹时，他又怎样像"夜间的贼一样"[275]到来的呢？从伪基督之启示[276]中抽绎而来的粗鄙异兆，和任何粗鄙的异兆一样，都是隐晦不明的，按常人的说法，他临在人间已经有很多年了，但至于我本人，则坦白地说，是颇以为伪基督是神学中的哲人石，因为关于它的发现与发明，固然有先定的规则和或然的推断，但若想彻底找见它，却是人人都难以办到的[277]。世界已近末日——这一常人之见，既曾萦绕于古人，也萦绕于今人的心头。但恐怕现在辞世的人们，还是逃不过祭坛下圣徒的那道绵绵无尽的叫喊（Quousque Domine 要等到几时呢？）[278] 和那声苦盼末日的呻吟。

47.这一天，必将履证上帝的伟大禀性，即他的公正；必将排解那些不可回答的、苦扰着上智者的疑窦；必将夷平尘世的明显不公、分配的差别，归之于来生的平等和正义的补偿。这一天，必将囊括此前所有天日，是最后的一幕，所有的演员必要登台，为这出伟大的剧目做一终局。唯有瞻念这一天，人才有力量在暗夜中诚实、在无旁人时守德有信。Ipsa suipretium virtus sibi（德行是自己的奖赏）[279]，这只是一句冰凉的教条，无法将我们游移不定的心志，固着于善的坚实之途。我一直践行着塞涅卡的诚实策略[280]，当我闲居独处时，为了防止恶的玷污，我便悬想自己的身边有我最尊敬的密友，在他们面前，我宁可失掉脑袋，也不愿做恶人，但我发现这是品格的诚实，并不是为了那在末日将褒奖我们的人的缘故而守德。我屡屡试验自己，看能否达到他[281] 那磐石般的心志，即不念地狱、不念天堂，还能做到诚实有信，结果我发现，由于天性所趋，和我对德行的固有忠诚，我大可以做到不计粮秣，而甘愿做德行的牛马。但所取的方式却不够坚定、不够可敬，因此稍受诱惑，也许就忘怀于她了。人生的一切行为，其生命，亦即元气所在，是末日的复活，和这一种常惺惺的悟道之心；即我们的土灰，终将享受一生虔诚劳绩的果实。倘阙乎此，那么一切宗教终是谬误，琉善、欧里庇得斯和朱里安[282] 的谩神之论，也就算不得渎骂神灵,而是微妙的真理;能称得上哲学家的,就只有无神论者了[283]。

48.死人怎能复活呢?这种疑问在我的信仰中是没有的。只信那些可能的事情,是算不上信仰的,而只是哲学;有许多事,在神学为真理,却不能以理性推求,或以感官印证;哲学中有许多事,虽可以感官印证,却仍无法以理性推求。因此,劝人相信磁针的向北,是无法指望理性的坚实论证的;尽管这是可能的,且是真的,只须在感官面前做一次实验,就可以让人信服。我相信:我们那漂离四散的骨灰将重新聚拢,尘身四散,浪迹四方,托体于矿物、植物、动物和其他的自然物中,而一旦有上帝的召唤,又将返其初本,并重新聚合起来,构成我们命定的原态。我还相信,在毁灭的劫灰中,将离析出不同的个体,正好比在创世之初,剖判混沌,以生物类那样。我们如今所见的不同物种,在创世之初是混作一团的,直到传来上帝那累累多实的声音,这混而不分的一团才剖判开来,各从其类。同样,在末日那天,我们那朽坏的骨骸,星散于物类的汪洋里,似乎早已忘记了自身的固有之性,此时却将传来上帝的纶音,命它们返其初形,并把它们逐一点唤。随之而来的,将是亚当的生育力和那颗盈涨为数百万之巨的精子之魔力[284]。水银在人工播弄下的再生与复活,常常被我们看作奇迹,它在酸中溶解为上千颗微粒,却又能重新聚拢,回返初身。我们还是以自然哲学家的方式来说吧:这些可变的肉身,它们的形式看似腐坏了,却没有消亡;也不像我们揣想的那样,是彻底遗弃了自己的宅邸，而是退隐到了无路可通的隐秘之所，在此全身完形，以免遭敌手的锋镝。对于性好沉思的人，或经院派的哲学家们，烧成灰烬的草木似乎是彻底毁灭了，它的形式已经一去不返了，但在独具天眼的人看来，这些形式却没有消亡，而是退隐到了自己那不可燃烧的要素之中，在此潜藏幽伏，不受火焰的吞噬。在植物的灰烬中复活一株植物，并从灰烬里唤回它的根与叶，这一点是有实验做证的。[285]人工所加于低等造物的，上帝的手指却不能加于那些更完美、更有灵性的构造，这样说就是渎漫上帝了。绝没有哪位真正的学者，会因为这种神秘的哲学变成无神论者。从这些可见的自然现象中，只会产生真正的神学家，他们之目睹自己复活的朕兆，并不像以西结那样[286]是在一场梦里，而是在青天白日下的物体身上。

49.我们的再生之身所栖居的屋厦，一定在那两个水火不容的地方，即我们所称的天堂和地狱。如果想界定它们，或凿凿有据地说出它们是什么、在哪里，是我的神学力所不及的；那个文雅的使徒，似曾看到过天堂的一瞥，却也只留下了一段否定性的描述：它是眼睛未曾看见、耳朵未曾听见、人心也未曾想到的[287]。在他神游于身外时，他目睹了天堂，而一旦魂魄归身，却又拙于言辞了。圣约翰借碧玉、绿玛瑙和宝石所做的比喻[288]，是过于无力的，不足以表现人眼可见的天堂之外貌。所以简单说来，凡是灵魂得尽其性并伴以快乐的地方，凡是灵魂的欲壑终于饱填，再也无欲无求的地方，在我看来，那就是真正的天堂；一种本体的至善，足以结束欲望本身和我们那不知满足的希求——只有我们享受到这一本体，才算得上身居天堂。上帝在哪里来这样展现自己，哪里就是天堂，不管是否出离于尘世都是如此。所以说，灵魂的天堂，是无处不在的，即使在肉体的疆界里，也是如此；当人停止了肉体之内的生活，他也可以留在自己的灵魂里，即他的造物主身上。因此我们可以说，不管圣保罗在肉身之内，还是在肉身之外，他都是在天堂里。[289] 把天堂放置在净火所构成的苍天中，或十重天以外[290]，则是忘记了天地也有毁灭的一日。因为当有形的世界毁灭时，天和地就都将不存了，一个净火的天堂，一个近乎空虚的天界也当如此；问天堂在哪里，就是问上帝临在于何方，或者说，问哪里可以目睹那一方乐土的盛观。师承了埃及人所有学问的摩西，犯下过一桩哲学中的大错：在他还是肉眼凡胎时，却想一睹上帝的荣晖，并为此求告于他的造物主，结果遭到了拒绝[291]；那些以为天堂与地狱为邻，而且这两极之间隔有郊甸的人，受了财主与亚伯拉罕怀抱中的拉撒路之对话这一则预言的影响[292]，妄以为那些受荣耀的造物[293]，可以看到太阳以外去，而且不需要望远镜，也可以看到极远的距离。但纵然这些受荣耀的眼睛可以看到天地之外，但那里的有形之物，也是与此地的理智一样，是绵延无尽的[294]。即便按照亚里士多德的哲学，两者是在十重天以外，或者说，是存在于虚空里，在我看来，它们也是彼此不能相见的，因为缺少一种可以把二者的可见光线传递给感官中介之物；又假如可资传递的光线或光所赖以传输的中介全不存在，然而却有一种至乐的景观存在的话，那我们就只能将自己的哲学束之高阁，而代之以一双更加纯粹的眼睛[295]。

50.如何表达火是地狱的原质,我是拙于言辞的;也不知道应该把炼狱理解为何物,或者说,我想象不出一种既吞噬又化解灵魂之质的火焰。《圣经》里提到的硫磺之火[296],照我的理解,并不在当下的地狱[297],而是在未来的地狱中,在那里,火将使人类的苦难归于全备,并抓攫住一具肉体或臣民,来施其暴政。某些享有神学权威之名的人,认为这火和我们尘世的火是同一种。这固然有些匪夷所思,而我却可以证明那火虽然攫食我们的肉体,却不能把我们烧成乌有。因为在物质的世界中也有一些物体,即便是最强猛的火也难以克伐。由于火的烧炼,它们可以变热,成为液状,却绝不能被毁灭。我真想知道摩西是靠了什么法子,竟能用现实中的火把那一头金牛烧化成灰的[298]。因为这种神秘的金属,其仙风道骨为我所钦慕的黄金,即使遭到猛火的烧灼,也只是变热成为液体,而不能化成灰烬。同样,当我们身体里的易销蚀、易挥发的东西被冶炼提纯,变得固若黄金时,它们固然可以遭受猛火的烧灼之苦,却不会消亡,只会在烈火的怀抱里获得永生。进而说,假如天地之身将受的苦难仅仅来自这一元素的烧灼,那么逃过死亡的,就会有许多物体了;不只天,就是地也不会有末日,而只有开端[299]。因为如今的地球并不是泥土,而是火、水、土、风的四大合和;而到了那时,当这些成分被剥除以后,它将展身于一种更加本色的物质之中,即它的劫灰里。以为世界将毁灭于火的哲学家们,从来没有想到过天地的湮灭,因为这是尘世的动因力所不及的;这一种元素即便尽其所能,也只能将一个物体化成玻璃,因此才有一些化学家[300]可笑地说,在末日的火中，万物都将化成玻璃，因为火的最大能耐仅在于此。"湮灭"（annihilation）一词，我们是不用害怕的，也用不着惊诧于上帝会毁灭自己的造物。既然人是永存的，世界就称不上毁灭，因为如今和将来，人都是一个微型的宇宙。上帝的天眼（或许还有我们受荣耀者的肉眼）看世界，无论是看它的缩影（或者说，它那芜枝尽除的本体），还是看它那庞大而肿胀的身体，都可以尽得其实。在植物的种子中，叶子、花朵和果实虽然隐而不彰，而对于上帝的眼睛和人的理智来说，却仍然是不爽毫厘地敷展着。在感官如暗夜的，在理智则如天光。所以说，上帝是明察万物的，看一遍梗概和通览全书，都可以对自己的作品一览无余。无论是援引第六天的简短摘要[301]，还是通读前五日的汗漫之文，都可以把整个世界揽入眼底。

51.对于地狱之火所加的苦难和肉身的极度痛苦，人们往往大肆铺排，并用先人铺叙天堂的繁笔来描述地狱。这诚然是一道烈响，震动了庸众的耳朵，但假如其中有这种可怕的酷刑，人就不该与天堂作对，而天堂的幸福，则存在于最能涵纳天堂的要素里面，也就是说，在不朽的精髓、那神性的译本和上帝的殖民地——灵魂之中。虽然我们把魔鬼安置在地下，但他散步的郊畿却在地上；有些出语俗陋的人，把地狱放在喷火的山上，在庸暗者看来，这里便是地狱了。人心便是魔鬼的住所，我时时感到身上有一座地狱，魔鬼在我胸中坐朝，叛军复活在我身上。和阿那克萨戈拉假想的世界一样[302]，地狱也有许多；抹大拉的马利亚身上就不只一座，因为她身上有七个魔鬼[303]，对她来说，每个魔鬼都是一座地狱；在身内受尽拷打的人，是不须身外之苦难的。今生的丧心病狂，到了来世，就是地狱的影子和前奏；那些毁灭自己的人，不过是想求得更轻的惩罚，对他们的良苦用心，又有谁不感到同情？魔鬼若有这样的力量，他也会了结自己的，但既然他无此大能，那他的苦难也就没有尽头。魔鬼的最大苦厄正在于自己的禀赋，即不能被拉杂摧烧，也就是说，是他的永生。

52.有一件事我得感谢上帝，而且很乐于提及，那就是我从不怕地狱，或被地狱的描述吓得脸色发白。我的神思专注于天堂，几乎忘却了地狱的念头。我所怕的是，失去天堂之乐，而不是忍受地狱之苦。若不能享受天堂，就已是十足的地狱了，怕不需要再添益我们的痛苦。我从不曾因为这个可怕的名词，面对罪孽而裹步不前，或把自己的任何善举，归于地狱的名下。我敬畏上帝，但不怕他，他的仁慈令我为自己的罪孽而羞愧，而这要甚于我对审判的恐惧。审判是上帝的辅助之道，是不得已而为之的，只有被触怒时，才作为最后的补救之策来使用。这个办法可以沮退恶人，却难以煽起善人的敬拜。很难想象有人是被吓进天堂的，人们到达天堂，走的都是堂堂正正的路，他们服侍上帝，倒不是以地狱为虑的。而那些贪图所得的人屈附于他，则是出于对地狱的惊恐，他们虽然以上帝的仆人自命，其实只是上帝的奴隶而已。

53.每当我检点平生，或数算起上帝的手指，说心里话，我所看到的只是神恩的渊薮；有的是普降给世人的，有的则单赐给我自己。我说不好是不是我的感情偏失，或是我曲解了神恩，但总而言之，别人所称的挫折、苦难、审判和不幸，在我透过皮相深加研求以后，却发现（事实也是如此）那只是上帝深藏不露的恩宠。超群的智慧，在于舍却感情，真确地理解上帝的作品，并分清他的公正与恩典，不至于错称了这些高贵的神性；同样，一种诚实的逻辑，在于对上帝的所行加以辩论、推求，以便把审判也纳入恩典的类别。因为不论对谁，上帝都是仁慈的，他给予最坏的人的恩典，也比最好的人当得的要多。说他没有惩罚尘世里的任何人，这固然是矛盾话，但算不上荒唐言。人犯了谋杀，法官仅课以罚款，如果还要称之为惩罚，对这一审断满腹牢骚而不是赞美法官的仁厚，这人一定是昏了头。[304]所以说，以人那不可宽恕的罪过，该得的当不仅死亡，而是毁灭，假如上帝满足于轻描淡写，仅仅以损失、不幸和疾病略示薄惩，人却不以为神恩浩荡，反称之为惩罚，不赞美神恩的权杖，反在薄罚的棍棒下呼冤叹苦，那就是疯了。因此，顶礼、荣耀并赞美上帝，只是报答他施给人的本性、地位和境况的恩德；人若有这样的想法，并能深知其理的话，对我膜拜的上帝，当是不会加以摈斥的。我得到天堂和其中的福乐，是不期而然的事，并非我的虔诚经意为之；这种快乐，我觉得自己既不配得，也很少在恬退之中望求于它。因为人的两种归宿，无论是赏是罚，上帝的安排总是以仁厚为心的，施之于我们的行为，也是两失其当，就是说，赏过其功，罚不及过。

54.不管在基督生前（如有人所说的），还是在基督生后（如神学断言的），凡是不信基督的人都没有救赎而言。那些死于道成肉身之前[305]的诚实的俊杰和哲学家，其归宿如何，真是令我忧虑重重。他们那有价值的生活，教导着我们在尘世为善，故不便把他们放在地狱里。我想，在地狱的分枝杂派之中，或许有一处候判所是留给这些人的。[306]眼见着自己诗里的虚言竟成谶语，幻想出来的复仇女神真成了妖魔，那该是多么古怪的情景！原本以神胤自居的人，一旦得知自己只是一位罪人的不幸后代，并因一个闻所未闻的人而受苦受难，那么在他们听来，亚当的身世又该多么离奇！对上帝的作品呶呶多言，质问他的行事正义安在，这对理性来说，是有失孟浪的。假如别人也像我这样，因为谦卑的开导，专注于造物主和造物之间的无限距离，或慎慎地思量圣保罗的比喻：难道器皿会对窑匠说，你为什么这样造我呢[307]？那么理性的犟嘴，也就可以避免了。对于上帝的终审，无论上天堂，还是下地狱，我们也就不再哓哓不休了。按照理性的正确律令生活的人，他们的生活是不出人之道的，就好比野兽的生活不离兽道那样。它们只是服从着本性的律令，故不能为自己的行为邀功请赏，就好像只服从自家理性的天然戒命一样。所以说，到了末日那天，所有的救赎都将是而且定然是，通过基督的；这一真理，恐怕必将被那些伟大的道德典范们所印证，他们还将证明，尘世的劳绩，纵然是功德圆满，也绝没有要求天堂的资格。

55.这倒不是说，我认为他们（或其他任何人）的生活与其原则之间，没有圆凿方枘之处，或者说，处处相符。亚里士多德显然违反过自己的伦理科条[308]；斯多葛派的门徒，虽然对激情施以口伐，要人们在法拉利斯的铜牛[309]里大笑，但当结石或疝痛发作时，也是忍不住要呻吟的。怀疑派的人士，声言自己一无所知，但就在这一点上，他们也是自掌自嘴，觉得满世界人里没有比他们知识更多的。照我看来，第欧根尼可算当时最虚骄的家伙，就汲汲以求而言，他之推拒所有的荣誉，甚于亚历山大的细大不捐。恶与魔鬼把一桩谬误加在我们的理性身上，而后又煽惑我们急煎煎地从它[310]身边跑开，进而以谬误相羁绊，使我们深蹈其中难以自脱。威尼斯大公为了与大海联姻，把一只金环抛进海里[311]，对此，我不便以奢靡相责，因为该国的这一盛典，可以说是用得其当，自会结出善的果实。而那个为了杜绝贪心把自己的钱抛进海里的哲学家[312]，却是臭名昭著的败家子。在通往德行的路上，是没有便近之途的，靠偏巧脱身于这一团谜结或罪恶的罗网，也难而又难；欲求德行的圆满，少不了通身的铠甲[313]，以便在和一种恶近身拼杀时，不致遭受另一恶的剑击。明学慎思的人，因有理性之线的导引，所以过犯是不可原谅的，而下愚者的差跌，却是无足厚非。靠多少机缘的弥缝，才可以补缀起一片善行来！所以说，为善少不了惩戒，守德更离不开《圣经》的督课。进而说，人的言与行，多不是步履齐一，而往往是南辕北辙的。善是易知的，恶是易为的[314]，我用以劝服他人的辞令，却劝不服我自己。我们身上有一种堕落的嗜好，我们能耐下心来，倾听理性的谆谆教诲，而一旦履行，却又不出自己的邪性之所欲。简而言之，我们都是怪物,是人与野兽的杂合,所以要努力效法诗人幻想出的那位智者喀戎[315],就是说,要把人身置于兽体之上,使感官伏处于理性的脚旁。说到救赎,我虽然与上帝同心,希望人人都知道它[316],却终不能不与人类同气,即认定懂得救赎的人,是寥寥无几的。通往永生的桥是狭窄的,路是逼仄的[317],却仍然有人把上帝的教会,视为某些国家、教派和家族[318]的禁脔。所以,救世主当初设计的救赎之道,便益加狭窄了。

56. 不学无术的人,总是拿斯特拉博的斗篷[319]裹住上帝的教会,并把欧洲做它的囚笼。在我看来,这些人和亚历山大[320]一样,都是蹩脚的地理学家,当年他征服的地区不及世界的一隅,却自以为是征服了全世界。假如我还记得使徒的足迹、殉道者的死,还有那许多在我们冲龄之年召开的教区会议[321],和那些即便在我们新教看来也合于律法的教法会议,我们就不能推拒亚洲和非洲的教会。人眼所看重、上帝却视为蔑如的小小分歧,绝不足把对方逐出于天堂,更不用说那些行事如殉道者一般的基督徒了。他们以身遭迫害的高贵方式,来维持自己的信仰,当我们在阳光里礼拜上帝时,他们却在烈火中服伺他。虽然我们都以为,上帝的选民是屈指可数的,受拯救者却是有许多[322],但把我们的观点揉到一起,则这团纷绪之中,是断不会理出救赎之线的,也绝不会有人受拯救。因为,先是有罗马教会判罪于我们,我们则以其人之道,还治了其人之身;而后又有新教的支派,判我们的教会该受天罚;又有原子派[323]和家庭派[324]的人,对他们一概斥绝;他们也不假以辞色,立即予以了回敬。就这样，上帝的仁厚许给我们天堂，我们的自负和见解，却又把自己排除在外了。所以，圣彼得是必不只一位的，但拘于一曲的教会和教派，却僭据了天堂的大门[325]，并互相拧上了钥匙。因此我们此去天堂，都是拗着对方的意愿、虚骄和观点的，并且是既不讲恕道，又愚妄无知，所以才在救赎的路上，做着这种损人害己的事情。

57. 我相信，许多在人看来是遭了天罚的，其实却得了救赎，另有许多人，以人的见识和审断来看，已是做了上帝的选民，其实却为上天所弃了。上帝恩之所加，罚之所及，在末日那天，会有些离奇和出人意外者。所以说，妄断上帝的恩罚，在人是愚蠢的，即便是魔鬼们，也是过于骄蛮了。这些聪明机敏的天使，纵然使尽浑身的解数，也预言不出谁将获得拯救；假如他们能预知来世的话，他们也就断了尘劳，不必仆仆往来于大地上，去寻找可吞噬的人了。那些泥守律法、判所罗门该遭天罚的人[326]，不仅是判罚了所罗门，也判罚了自己和整个世界。因为依照上帝的成典，我们无一例外都在死亡的状态里，而上帝却有一宗特权，并乐于背离自己的律法而肆行己意，正是由于这一点，我们才能寄望于救赎。所罗门和那些罚判他的人，才有可能获得拯救。

58. 以受拯救自许的人和那群自以为能穿过这颗针眼的人[327]，其数目之多，真令我不胜惊诧；"一小群"这个名字和称呼[328]，并没有安慰，反倒沮丧了我的虔诚，尤其是当我想到自己的卑不足取时。照我谦卑的判断,我是在他们所有人之下的。我相信,天堂中绝非上下无序,而是有一套等差存在于圣徒们之间,好比天使之间的阶次那样[329]。奢求最高的一阶,超过了我的抱负;我的希望,仅仅是沉沦下僚,在天堂里叨陪末座。

59.说到自己的拯救,我虽然有充分的自信,却不敢发誓说必然如此。好比说,我虽然坚信有一座城市叫作君士坦丁堡,但为此发誓的话,则近乎做伪证。因为从我自己的感官中,我举不出凿实的证据,能使自己相信确然如此。虽然许多人顺心自用,对自己的拯救信而不疑,但一个谦卑为怀的人,一旦念及自己的卑不足取,则会疑虑丛生的;对照圣保罗的训诫[330],也会有恍然自失之感。所以说,玉成我们荣膺上帝之选的缘由,我只当作自己被拯救的缘由看,这是在我有生之前,或为世界打基础之前颁赐来的恩典和泽惠。"还没有亚伯拉罕之前,就有了我",这是基督的话[331],假如我也这样自道身世的话,则从某种意义上说,也是不违实情的。因为不仅在我之前,甚至在亚当之前就有了我,也就是说,我在上帝的理念中,在由诸神灵参加的会议所发布的敕令里[332]。就这一层意义说,在创世之前,就有了世界,在有始之前,就已经了结;也可以说,我在有生之前,就已经死了。我的坟墓在英国,但死的地方却是伊甸园。早在夏娃怀上该隐[333]以前,我就死在她腹中了。

60.那些非难功德、只重信仰的骄蛮狂热之徒,也并不是全没有优点。因为依赖于信仰的效能,他们强固了上帝的地位,并似乎以一种更诡秘的方式，在盼求着天堂。像狗那样舔水的，才有荣誉去摧毁米甸人，上帝的戒命诚然如此[334]；只是他们中间，并没有谁能正当地要求，或自以为该当这一荣誉。持有上帝所要求的真正信仰，不仅是获救的符证，也是获救的途径，这一点我自不否认，可哪里去找这真正的信仰呢？在我看来，这和我的最后归宿一样，是晦暗不明的。假如救世主把一宗信心，摆在自己的门徒与荷宠者面前，它就会像一粒芥菜种那样，能挪动一座大山[335]；而人所夸口的事则是不足挂齿的，至多是聊胜于无而已。这就是我自家信仰的所趋所向，其中自有许多东西是不合于常人的，只是投合我的鄙陋之性，但假如它们不合方家的判断，我便抛弃它们，且不再继续滋养，而留待博学明辨者的裁可。

第二部

1.说到另一种品德,即仁恕[336](假如没有仁恕,信仰就徒具虚名、近乎乌有了),而我多年以来,一直培植着我得自父母的温厚脾性和仁爱的心肠,并以经文中关于仁恕的训诫来规范它们。假如我对自己做一番真实的解剖,那么大化生我,是天然符合这一品德的。因为我气质渰通,对所有的东西,都多可而少怪;无论饮食、情绪、气候,还是任何东西,我都没有嫌恶的,或者说,绝没有怪癖。法国人吃青蛙、蜗牛和伞菌,犹太人吃蝗虫、蚱蜢,我都不以为怪;在混迹他们中间的时候,也是常常以此为食,而且我发现自己的胃口也和他们的一样,倒还中意它们。从墓地挖来的生菜,我消化起来,和菜园里摘来的并无差别。我从不为一条蛇、一只蝎子、蜥蜴或蝾螈而大惊小怪。看到一头蟾蜍或一条毒蛇,我也不想抄起石头把它们砸死。常人对它们抱有厌恶,我的身上却找不着;民族间的嫌恶,也沾不到我身上;我并不抱着偏见看待法国人、意大利人、西班牙人或荷兰人。假如他们的所作所为无异于我的同胞,我也同样尊重他们、喜爱他们并拥抱他们。我生在第八带[337],却好像生就适合所有的气候。我并不是一株植物,离开园子就活不了。所有的地方,所有的风土,在我就像一个国家。不管在哪里、哪一条子午线下,我都是在英国。我遭过船难[338],却不敌视海与风；我可以在风暴里学习、娱乐和睡眠。总之，我是无所嫌恶的；假如说在魔鬼之外，我还极端厌恶或仇恨任何东西，我的良心一定会斥以为非；或退一步说，不会厌恶过深，竟至于无法调和。在通常被仇恨的事物里，假如说有我轻蔑或嘲笑的对象，那就是理性、德行和宗教的大敌：人群。这是一个为数巨多的怪物，拆散开来，尚不失为人、上帝的有理性之造物，而一旦混作一团，便成了一只巨大的野兽，一个比九头蛇更吓人的怪物。称之为愚氓是无害恕道的；所有的宗教作家，都把这称呼加在他们身上，《圣经》中的所罗门也这样看待[339]，我们的信仰也该如此。在"群"这个名称下，我不仅纳入了下等小民；即使缙绅先生里，也是有愚氓的，他们生就的下贱头脑，像小民一样胡思乱想，满脑子跑车轮。他们和那帮无教化之辈是在半斤八两之间的，尽管财富给他们的顽劣镀上了金色，钱囊济助了他们的愚蠢。即便三四个高踞上位的人绑在一起，也不抵一个沉沦下位的寒士[340]；满身镀金的朵拉多[341]，不知真正的价值为何物，就是有一群，也不为多，而那些地处卑微、沦于他们脚下的人，就是孤身一人，也不为少。我们还是援借政治词汇来说吧：天下自有一号贵族，是无须头衔的，他们的高贵与生俱来，我们应据此品藻人物，某与某同等，某人当在某人之前，也就是说，依照人的品德和超人的优点加以论列[342]。虽然世风陵替，今人行事的偏颇使之转了方向，而在最初的原始国度中，情况则确实如此，在如今那些行事正派、国治民安的初生国度亦是如此[343]。至于此后会不会世风糜烂、智者之所弃，会不会成为愚者之所求，每个人会不会放手聚敛钱财，会不会施其诈位、肆意所为，则我就不得而知了。

2.广溥而圆通的脾性，使我更加趋近这一高贵的品德。生而有性善的根器，长育于天性的种籽，比起外来的嫁接和人工的鞠养，是更为幸福的，但如果只听命于一己之本性，不以更高的律则，而仅以理性来则范好恶，我们就只是道学中人，神学家们会称我为异教徒的。所以仁恕的大业，必须是另有旨归、目标和动力。我施舍自己的兄弟，不只为解除他的饥渴，也为实现、奉行上帝的意志和戒命。我取出钱囊，不是为了乞丐，而是为了欣悦此举的上帝。我扶困赈急，不是因为别人嗟穷叹苦，或是满足我自己的不忍之心；这仍只是道德的仁慈，一宗得之于感情而非理性的举动。只因同情心的怂恿而纾人急难，与其说是为他人，毋宁说是为自己。因为，由于怜悯，他人的不幸成了我们自家的不幸，我们出人于苦难，只是出己于苦难而已。天性仁厚的人扶危救急，多是出于这样的考虑，即有朝一日，自己也会身当其难的。这种念头，可以说是大谬不当；如此仁爱，未免阴险、权术之嫌了；似乎我们施舍给人，是为了先予后取。我发现，那些假作乞丐的人，即使在杂沓的人群里，也总能挑出一两个人来施其哀诉。这些经验老到的行乞大师，真是得了相法的真传，一眼扫去，总能看出一副仁厚的肚肠，找到一张在他们看来是挂着仁慈标志的脸来。因为我们的脸上悬有一些神秘的印记，上面钦有灵魂的铭文，所以不识一丁者，反倒识得我们的本性。我还认为，不仅是人，便是一草一木也是有骨相的；每一棵草木身上，都悬有一些外在的纹样，充当着内在形式的招牌。上帝的手指，曾在自己所有的作品上留下了铭文，它们不是以点划、以字母，而是以各自的形状、结构、部分和运动构成，但它们恰当地组合起来，便构成了一个单词来表达它们的本性[344]。上帝用这些字母来一一称唤星辰的名字[345]，亚当则用这一套字符，依照每一种造物的本性，为它们一一起了名[346]。除了脸部的骨相以外，人的手上也有些神秘的纹理，这些纹理，我不敢称之为"信笔涂鸦"，因为画出这些纹理的铅笔，从来不是漫无目的、枉费心力的。对于它们，我总是特别在意，因为我在别人那里，从没有读到过，或者说发现过我这样的手纹。在那部妙笔生花的《骨相学》一书中[347]，亚里士多德并没有提及手相术，但我相信，那些更热衷于这等秘术的埃及人，对此是深有了解的，到了后来，那帮四处流浪的伪埃及人[348]则以此自鸣，他们或许还保住了几条支离破碎的原理呢，所以他们的预言，有时候也许是灵验的。

常人所惑然不解的，是千百万人中何以没有一张相同的面孔，我则反乎是。对于面孔相同的事，我是深感诧异的。二十四个字母[349]漫然无心，竟然构成了千百万单词；人不过一身之微，上面却画有千百条纹线，只要想到这些，这种人面不同的事，也就是理出必然了；若要它们各相侔合，凑成一张相同的面孔，反倒成了难事。让一名画师随手勾勒一百万幅脸像，你将发现它们各个不同；即使是照本临摹，也有隐约可见的差异在；因为每样东西的样板或摹本，总是这一事物中最完美的，临摹下来，都不免有盈绌，尽管也可以超越它；因为其中回环过大，难以一丝不苟地忠实于原本[350]。造物之间纵有相似，也不能贬损自然的纷繁万象，更不能淆乱上帝的作品。即使同中，也是有歧的，看似侔合的，却是不同。所以说人和上帝是相像的；因为在同处我们与他相像，但我们却完全不同于他。一物逼肖一物，绝到不了处处相同的地步；总须保留一些自身的差异，以避免合而为一；否则的话，两个事物之间，便不是"相像"一词所能尽了，那就成了彼此相同，而天下是必无此理的。

3.但我们且离开哲学，回到仁恕的话题。对于这一品德，我并不抱有过于狭隘的想法，不认为施舍于人，是唯一的仁慈；或一桩义举，就可以包揽仁德的全部。神学明智地将这种行为分成众多的支派，并教导我们说，在这条狭窄的道路上，有许多小径是通往善的；为善既有多途，仁慈也是如此。不仅身体，灵魂和命运也是有缺陷的，这就需要有能力者的仁慈之手。一个人无知，我们并不蔑视他，而是像看待拉撒路那样[351]，怜悯于他。仁慈之大端，在于遮蔽他那赤裸的灵魂，而不是肉体。看到他人的理智穿着我们的衣服、乞借来的心智报效我们的大度，这才是有光彩的事情。这于仁慈可以说是最不破费的，正像太阳的生性仁慈，照亮别人，却不自损荣晖那样。在这一桩善事上有所保留、施鬼施诈，那真是贪鄙至极，比贪恋钱财还要可恶。（假如我可以称自己为学者）我的身份强加给我了这一桩义务，我把自己的脑袋当成知识的宝库而非坟墓，我无意垄断，而是广播学问；我学习，不只为自己，还为那些研究学问不是出于私心的人。比我博学的人，我不嫉妒，比我寡学的人，我只有怜悯。我教导别人，不是为演练我的知识，或为了在自己的脑袋里滋养它，使它繁茂，而是想播进别人的头脑。每当我汲汲于此时，只有一个想法使我黯然神伤，即我获得的知识，总是要与身俱灭，无法作为一宗遗产，分赠给我所敬重的朋友们。我不会因为人有谬误而与他绝交，或责骂于他，也不明白这种意见的分歧，何以能离间感情；因为不管是哲学还是宗教里，人但凡有中庸和平之性，那么辩论、争端和驳难，就无害于仁恕的律令。在所有的辩论中，激情有多少，悠悠之口就有多少，因为在这时，理性就像一头劣种的猎狗，对着一股假的气味穷追不舍，最初的问题反抛在了脑后。这正是辩论总是悬而不决的原因之一；因为，人们虽然广揭辩端，却毫不加讨论，任由它们骈枝旁生，终于到了芜秽不治的地步；一方的插入语，往往比问题的主句还要庞大。宗教的基础是早已奠定的，人们也普遍接受了救赎的教义，值得大动肝火的辩论，已经所剩无几了，而人们仍然是不动肝火就不成辩论，不仅神学如此，在那些次等学科中也是这样。荷马的蛙鼠大战[352]，琉善作品中 S 与 T 的争端[353]，蜗角蝇头，伏尸百万，天下之纷争有在于是者！为了朱庇特的所有格[354]，奉甲兴兵，刀来剑往，天下文法学家有乐于此者！为了挽救普里西安的脑袋，竟不惜撞碎自己的脑袋[355]。

  Si foret in terris, rideret Democritus.[356]

  （德谟克利特倘若活着，一定大笑不止。）

确实如此。君不见那些聪慧的斗士,也为了自己的观点得一些蜗角之功,博得征服者的虚名,竟也自相残杀,直把名誉葬身在刀剑之下吗?学者是爱和平的人,他们不带武器,但他们的舌端比阿克蒂乌斯的剃刀还快[357];他们的笔端比雷声更响,传得更远。我宁可忍受大炮的轰鸣,也不愿承受一支无情之笔的怒火,聪明的君主们奖掖艺术、宠爱学者,这不仅是向心学问、敬重诗神,也是想借重他们的作品垂名千古,并防止后人以笔报怨。因为他们演完自己的角色,下场去了,这时便轮到学者上台,点评戏里的道德寓意,并给后人列一式清单,指出他们善在哪里、恶在何处。编纂历史,多是良心问题;秽笔作传,并没有人指责;结果是讹误成真,并以权威的姿态丑化我们的美名,播秽于万国和后代。

4. 还有一桩有伤恕道的事,作家们很少提及,人们也很少注意过,这就是对整个民族,而非整个职业、行当以及某一地位的人施加污蔑。我们以诨号相诋毁,靠了一套有违恕道的逻辑,以少数人的秉性,泛论全体人的品格。比如:

    Lemutin Anglois(英国暴民)

    Lebravache Escossois(苏格兰狂人)

    Lebougre Italien(意大利坏蛋)

    Lefol Francois(法国疯子)

    Lepoultron Romaine(罗马懦夫)

    Lelarronde Gascongne(加斯科尼扒手)

L'Espagnol superbe（西班牙蛮子）
L'Aleman yurongne（德国醉鬼）[358]

圣保罗称克里特人为骗子，却也出语委婉，只是援引他们自己诗中的成说而已[359]。假如论血腥的话，这种想法与尼禄[360]只是五十步与百步，因为不过是一词之费，就杀害了千百万人，残害了一个民族的荣誉。愤世嫚俗，或以为动一阵激情，就可以叫人回到理性，这是不折不扣的疯狂。德谟克利特以为世风受到嘲笑，就能变得淳朴起来，照我看，他的臆症之深，不下于赫拉克利特所嘲笑过的，那些哀叹世风不古的臆症患者。看到群氓们犯自己生就的脾气，也就是说，发疯犯傻，我是从不动肝火的，因为我清楚，智慧难以谱成下里巴人的曲调，有德行，是少数人的特权。那些除恶务尽的人，也是在摧毁善德；因为美丑相倚，善恶相生，尽管它们也相克相伐[361]。

因此说，德行（除恶）只是一种理念；再说了，罪孽的人群也无损于善德；因为当恶站了上风时，残留在某些人身上的德行，会变得更加秀拔；在一些人身上损失掉的，又在没有沾染恶德的人身上繁殖起来，虽然举世滔滔，也不为所动。所以，我从不对恶行加以嘲讽，而仅仅满足于忠告或含有教益的轻责。因为天性高尚的人，也就是说，有能力为善的人，受几句冷嘲会流于恶道，而薄加劝戒，也许就归于善途。时到今日，我们都该做善德的辩护士，以免她沦于恶的魔爪，并维护那已受到损害的真理之事业。责难别人，终归是难得其当的，因为没有谁真正了解别人，这一点我可以现身说法；在世人眼里，我是一片黑暗，密友们看我，也像隔着一层乌云。对我只有皮相之见的人，看我过低、不及我自期自许的，而我的至交们，又往往高看了我。真正了解我的上帝，则知道我是一无所是的，只有他能看清我和整个世界，他看人不通过外来的光线，或事物的影像，他看本质，不借助于偶然的事件和万物的影子，不像我们看万物之运行那样。进而说，人不能评判别人，因为他不了解自己；我们责难别人，只因为人家不中我们的性情，而我们又妄以为这性情是可许可赞的；我们夸别人，只因为性情投合。所以统而言之，一切都不出我们所谴责的毛病：即自爱自怜。眼下或许还有过去的人们动辄牢骚，说怨道变冷了；可我看到，在那些将狂热之火展露无遗的人的身上，这话却最见灵验，因为最冷的性子，是最合于仁德的，它是谦卑的本色。如果我们对自己都不仁不恕，又何谈对他人讲仁恕呢？"仁德始于家里"，世人都这么说，但每个人照样做自己的大敌，或者说，自己的刽子手。Non Occides（不可杀人）是上帝的戒律[362]，但有谁奉行？因为我看到，人人都是自己的阿特洛波斯[363]，都在伸出手来割断自己的生命之线。因此说，第一个杀人犯并不是该隐，而是亚当[364]，是他引进了死亡，而且他终于看到了自己的做法和样板重演在自己的儿子亚伯身上[365]，看到了别人以自己的做法来踵武于他；他们虽然有信仰，却拗不过自己的理论。

5. 对自己的苦难淡然处之，别人的苦难，反有切肤之痛，能像我这样的人，天下大概是没有了。即使失去一条胳膊，我也不会流下一滴眼泪，被大卸八块，也不会呻吟，但一出戏却让我涕泗横流，引动我的情感。明知道是那些职业骗子在假作悲哀，可我还是情动于中。给已经遭难的人再添苦难，或为苦恼之不堪者再生苦恼，这样做是残酷不仁的。约伯的最大苦痛，正是来自于此；他的朋友们的不良规劝，比魔鬼那直截了当的打击伤害更深[366]。汲干我们伤心之泪的，不只有我们自己的眼睛，还有朋友的眼睛，而假如这伤心之水泻进众多的小溪里，就会流得更平稳，也会与这窄窄的河道相处甚安了。仁恕之道，是足以把悲痛从一个人胸中转移到另一个人胸中的，也足以把悲痛加以穷分、渐至乌有[367]；因为痛苦好比是可度量的东西，是可以穷分的，即便是不可分，至少也可以钝化它；我不想分担朋友的悲伤，而只想大包大揽过来；待成为我自家的以后，就可以付之淡如了，因为我从身外或别人身上百求不得的，在身内或我自己的理性里一声令喝，就可以办到。我过去常想，那些高贵的友道之典范，只怕是理想的虚构，而非历史的实笔，但现在我感到，这些事情都是理当必有。达蒙和皮西厄斯[368]、阿喀琉斯和帕特洛克罗斯[369]之间的男儿义气，鄙人虽然器小，却也想不出有什么道理不能躬自行之。人当为友捐躯，从俗人的感情看，这似乎有些奇怪，因为他们的所知所见，总是不出这一套世故的理论：仁德始于家里。就我本人来说，我不记得自己曾有哪次，把当归于上帝、国家、朋友的亲情与敬重，留下来厚养自己。在这三者之后，我才来爱自己；我承认，学堂中为我们的感情所排定的次序，我并没有遵守，即爱父母、妻子和子女先过于朋友。因为假如排除宗教的戒命，那么在我身上，实在是找不出那种对所有亲属之不由自主、牢不可破的感情。假如我爱朋友胜过我的近亲，甚至对我有养育之恩者，但愿是没有破犯第五条戒命[370]。但对于女人，我从不以真情相投[371]；却像爱品德、我的灵魂和上帝那样，爱我的朋友们。以我的私心相揣度，我懂得了上帝是怎样爱人的、受上帝之爱又是怎样愉快。其他的一切统统不计，则有三种最神秘的合一：一人身上兼具两种本性[372]；三人合为一种本性[373]；一个灵魂存乎二体[374]。因为，尽管它们是各自分离的，却又密合无间，浑如一体，所构成的是一个灵魂之两元，却非两个不同的灵魂。

6.在真正的感情里，是有诸般奇迹的；它是玄秘、奥妙和难解之谜的渊薮，其中二可以为一，一也可以为二。我爱朋友胜过自己，但仍然觉得爱得不够；不过数日之隔，但由于我的感情与日俱增，竟觉得以前之爱不称其为爱了。当我离开他时，我就成了死人，直到我们再次团聚，而当到了一起，我却仍不满足，还想更靠近他。两个义结金兰的灵魂，是不以拥抱为满足的，而是想真正地契合为一，这自然是没有可能；他们的欲望没有底止，友道日深，却永不满足；感情之中还有一宗苦事，那就是我们真心爱的人与我们浑然不分了，我们忘了他们的模样，他们的脸庞在我们的记忆里，留不下一丝影像；这也是不足为奇的，因为他们的脸孔已经变成了我们的。这种高贵的感情，是与俗常人无缘的，只有品德超群的人才可持有；能以这种高贵的热情爱朋友，才有资格爱所有的人。假如我们的感情放眼身外，也向灵魂投去一瞥，则不仅我们的友情，甚至仁恕，都会看到可施的目标。我们遗赠给灵魂的最大快乐，在于所有人寄托最后幸福的地方：即救赎。我们虽然无力颁赐救赎的恩典，然而望求（假如不是得到并推广的话）于恩典，却是我们的仁慈和虔诚的祈祷力所能及的。只为自己祈祷，而不在心里揣上一份友人的名录，我就不能心安理得，当我望求一种幸福时，我那乐善好施的性情，总是希望邻人也来分得一杯羹。每当我听到下葬的钟声，尽管我当时心情愉快，却也未尝不为辞世的灵魂祈祷，并寄予最好的愿望；当我前去医治病人的身体时，总是忘记自己的职业，反为他的灵魂祈祷上帝。当我看到有人祈祷，我未尝不学他的样子，全心全意地为他祈祷，而此人也许只是一个路人。假如我的祈祷，能够达于上帝之天听，那么定然有许多与我素昧平生的人会蒙得幸福，并享受到因一介路人之祈祷而获的庆绪。为敌人祈祷，也就说，愿他们得救，并非是苛酷的戒律，而是我们的信仰每日之所行。我无法相信那位意大利人的故事[375]；我们的不良妄想和那些残酷的欲望，是以今生为底止的，希望我们来世受苦的是魔鬼和地狱里的居心不良之徒们。

7. 在我心性浮游的少年时代，不坑人害人之为原则，似乎就包含了道德的全部。而在我心志稍定、信仰日笃以后，我则悟出了一套更加严格的想法。我认定伤害之为物，是本来没有的。即便是有，则报复也不成为伤害，而对伤害报以怨毒，也构不成报复。因为恨别人，就是中伤自己，爱他人的真道，在于贱视自己。假如我声称我曾与同类龃龉不合，那便是对不住我自己的良心。我发现,人作为一种构造,其中是有许多片段的,它建立在一块由各相背反之物构成的基础上面。在我看来,我是和世界没什么两样的,其中充满了各自不同的原质,原质之中,还另有一片由各相背斥之物构成的天地。我们的身体中有潜伏的内奸,身外又有公开的对头和我们势不两立。魔鬼加于保罗的,不过是一刺之微[376],对我却亮出了明晃晃的刀剑。假如我在自己的身体里,看不到勒班陀大战[377],看不到感情对抗理性、理性对抗信仰、信仰对抗魔鬼,而我的良心又对抗这所有的一切,那我就一无所是了。在我的身体里,总有一个旁人在对我发怒,呵斥我、命令我,使我变成一个胆小鬼。我没有大理石般的良心,能抵抗罪孽的重棰,却也不是柔软如蜡,一点微过、一丝缺点就留得下爪痕。我有一种奇怪的信仰,即有的罪孽容易宽恕,有的却容易破犯。比如我的原罪,我认为在受洗时就已经洗掉了;我自身的过犯,我是和上帝一道,从我最近的一次悔过、圣礼和告解之日算起的,所以,我并不恐惧我年轻时的罪孽和疯狂。我要感谢上帝的是,我从没有犯过那种无以名状的罪孽;我的过犯都是世人的通病,来自人所共有的腐败之气。因为人的身上有某种脾性,假如与心灵的堕落沉瀣一气的话,则孵化出的罪孽,会因新奇、怪诞而莫可名之。那个色棍与塑像交尾[378],尼禄以聚众宣淫取乐[379],莫不出自这种气质和脾性。因为不只天空能生出新的、前所未闻的星辰[380],大地能诞育新的植物与动物,人的头脑,也能产下新的恶行与邪慝。所幸我心智鲁钝,气质平庸,才没有汲汲于巧僻,将感情引到这种恶行的上面。但尽管如此,那些镇日常有的缺点，那些解不开、顿不脱，似乎已成为天性的过失，也足以叫我心灰意冷，足以打破我本来当有的自重之心了；所以在我看来，我可算天下最下贱的人。按神学家们的处方，忏悔时需要伴服一剂悔痛才对，可我在忏悔时，却伴随着愤怒、羞恼、伤心和仇恨，这似乎不合于忏悔之举，也不合乎我固有的性情。人与自己的罪孽为难，或水火不容于我们身上的上帝之敌（也就说，蚕蠹恕道之基础者），并不违背人对自己应当抱有的仁恕之道。我们这种做法，只是在模仿人之大我[381]，即世界；它那些各相背谲之性和相反的面孔，对整体是仍然抱有仁孝之心的，它们小处的不谐，保持着共有的大同；那些一旦称孤道寡，则会倾覆天下的暴民，是被它们加以锁链的。

8.我要感谢上帝的是，虽然我从亚当那里继承了数百万宗罪恶，但有一宗我却避过了，那就是仁德的死敌、万恶的先祖（不仅是人的，也是魔鬼的）：骄傲。[382]这一宗罪恶，名字固然可以纳入一个音节，但它的性质，却是穷极天地也无法包容的。[383]以我的条件，骄傲本来是难免的，但我却做到了人之所难。学有所成，术有专精，大可以使人自负，使人飘飘然起来，却没有在我身上添附上羽毛[384]。我认识一个文法学家，为了贺拉斯的一行诗，他神气活现，自命不凡，在解释贺拉斯的一首颂歌时流露出的骄傲，简直要胜过这整本诗集的作者。我虽不才，在数省的方言土语之外，我所懂的语言不下于六门[385]，但我自视并不高于语言淆乱之前的先祖们[386]，在那时，世界上只有一种语言，谁也无法以语言天才或评注家自诩。我不仅游历过许多国家，省察过列国的风土，批阅过各省的方志和城郭的地志，我还通晓它们各自的法律、习俗和政务，但凡此种种，都未使我的鲁钝之心高自期许，像那班偏巧而自负的头脑一样，从不往巢外看上一眼。我眼界中的所有星座，我不仅能知其名，还多少可以道其实，可我见过一名大言欺世的海客，所知所识，不出南箕北斗，反倒大做瓦釜之鸣，还自以为是我们头上的整片天空哩！我认识我国以及我身边的大部分草木，却还是以为今日之我，反不如昨日之我知识广博呢，而我当时的见识，却不过一百种草木，采集药草的范围，也不出齐普塞市场[387]。那些能吸纳百川的人，一星半点的知识，绝不足以填满他们的胸壑，不到洞悉万有的境界，总是觉得自己是一无所知的；然而智也无穷，因此他们悟到了苏格拉底的观点：人之所知，只在于明白自己一无所知而已[388]。荷马虑竭而死于渔父的那则哑谜[389]，懂得知识之悠忽难凭，并屡屡承认人的理性不足以穷极造化的亚里士多德，反倒自溺于欧里皮斯河（Euripus）的波涛里[390]，这样的事情，我看是没有的。我们今天之所学，正是我们已见增长的见识明日之所破，亚里士多德给我们的教诲，不过是当年柏拉图对他的教诲而已：驳倒他。我曾出入于百家之门，却没有寄舍在哪一家门下；最初的学业和早年的功夫，固然会给我们标上逍遥派、斯多葛派或学院派的称号，但我发现上智之人，最终都会列在怀疑派的门墙之下，他们像雅努斯[391]那样，站在知识的田野里。因此，我在学校里学到了一套平实的哲学，我用于交谈，满足他人的理性；还有一套得自经验的哲学，我则留下来自奉自养。所罗门嗟叹于知识之无涯[392]，不仅平抑了我的自负,还挫沮了我求知的努力。然而有时令我掩上书卷的还有另一种想法,即浪掷光阴去盲目求知,终是虚枉的事;不待多久,人们在今生劳心苦志兢兢以求的,我们靠本能、靠灵机就可以享有了。我们最好驻足于适度的无知,以理性的天赋为满足,而不要以汗水、以苦力,去购求今生之悠忽难凭的知识;这一种知识,是我们身受荣耀的附缀,死亡将免费送给每一个傻瓜的。

9.我从不曾结过婚[393],但对那些不曾再婚者,我则佩服他们的坚毅;我并不反对再婚,即使是多妻制,我也并不是一概反对的,在男女数目失衡时,这样做也是事出必须。整个世界是为男人创造的,而男人的十二分之一则是为了女人;男人是整个世界,是上帝的呼吸,女人是男人的一根肋骨,是男人身上的斜枝旁杈。假如人能像树那样,不需要交合就可以繁衍子息,或在交配这种轻薄而俗恶的办法之外,另有一套繁衍人类的途径,那我本人会满足于此的。聪明人平生犯过的最大蠢事,正是在这里,而一旦冷静下来,想到自己的蠢行竟是如此荒唐、如此卑污,他会感到前所未有的沮痛[394]。我这样说并不带偏见,我对女性也没有恶感,而对于一切美好的事物,反倒是生来钟情的。面对一张美妙的图画,我可以愉快地看一整天,虽然画里不过一匹马而已。可我生性就是如此。假如画面的和谐有似音乐,我会更加喜欢它。凡是美丽的东西,诚然都有音乐在,丘比特奏出的无声之音符,比起乐器的声音是美妙万分的,因为凡是有和谐、秩序和比例之处,无不有音乐在焉,因此说，天体之中也该有音乐，因为它们规行矩步，虽不能传声于人的耳朵，但在我们心里，却奏响了最和谐的乐声[395]。身端体正的人，是莫不喜欢音乐的，而有人却瞧不起教堂的音乐，我真的怀疑他们的脑袋是歪瓜裂枣了。而我却是爱音乐的，这不仅由于我性子和顺，还由于我个人的天分；因为，即便那些使某甲逸荡、使某乙疯狂的酒肆俗曲，也能在我的心里激起一股深深的虔诚，并叫我用心深求、默念起鸿蒙之初的第一位作曲家[396]来。音乐中自有神学，只是我们听之不闻[397]，它以朦胧象征的语言，讲授着天地之道和上帝的作品，像这种入耳的旋律，一旦我们听懂了，我们自然会耳目顿开的。总之，上帝的耳朵中所回响的，正是一道微妙的乐音。我并不想附和柏拉图，说什么灵魂就是和谐[398]，而只想说灵魂是有和谐之性的，它与音乐最有共鸣[399]，所以，那些体质与性灵两相唱和的人，是天生的诗人，虽然每个人生来都是适宜歌咏的。因此塔西陀的《历史》甫一开篇，他就忽发了诗兴[400]；而西塞罗，这位最蹩脚的诗人，在为一位诗人辩护时，也居然歪打正着，第一句话中便冒出一句六韵步的佳构[401]。我从没有本行业中人的那些龌龊、残忍的欲望，也从不暗心里求盼瘟疫，庆幸饥荒，或两眼离不开历书，一心巴望着凶兆、灾星或日食的出现。我并不庆幸时疫流行的春季，或乖背时令的冬天。我的祈祷和庄稼人的没有两样，我盼着事事调顺，不论人还是节气都别乱了常性。假如我不把病人的病当成我自家的病，像治疗自己那样去治疗人家，那让我大病缠身好了。在我无助于人时拿取酬金，我总有取之不义的感觉，虽然我承认，自己一片好意、一通苦劳，这点钱也算该得。在死亡之外，居然还有不治之症，想到这点，我不仅害臊，还打心里觉得不中用。这倒不是说我自己，或比我医道更高的人，而是说的整个人类。人不能脱于病死，我引为自己遗憾的缘由。广而言之，在所有的民治政体中均享有尊荣的三种职业，无不是因为亚当的堕落而兴起的，所以自身有缺憾也是势所难免的。不仅医学里面有不治的顽症、法学中有难以了断的案子，神学之中也有着无可救药的罪恶。庙堂之上，众议广集，尚可能有错误，那么以法庭之区区，怎么就不可能有错呢？即便是最好的科律，也是以错误的理性为基础订立的，一个人的科律，只会废除另一个人的律条，正像亚里士多德经常对前人的观点给予驳斥那样，因为这些观点虽然合于理性，却不合乎他本人的科律，和他自己的那套原理的逻辑。假如不谈亵渎圣灵之罪[402]（因为不仅它的治疗方法，甚至它的本性都是不为人知的），那么神学之治疗某些人的骄傲、贪婪，还远不如我治疗一些人的痛风、结石那样手到病除呢。神学治愈不了的罪恶，我可以用医学治愈它们，假如他们服用我的膏丹而蔑视神学家之戒律的话。我们所有人都煞费苦心拒进良药，这样说并不是高言放词，因为死亡是一切疾病的灵丹妙药。除了死亡，我真不知道还有什么药能包治百病，尽管那些肠胃不调的人，会因死亡而呕吐，但对于胃口健旺者，死亡却是琼浆，是永生的甘露。

10. 谈及我的交往，则可以用太阳来比拟：我和所有人交往，善待好人，也善待恶人。照我看，人只要不越出那些使他们成为好人的品性，则天下就没有坏人，最坏的人，便是最好的人。没有谁的心灵是呕呀嘲哳的，以至于韵律优美的性格，竟引不出它的一道和声来。Magnae virtutes nec minora vitia（德高者，恶亦如之）[403]。这句话，说的固然是天性最善的人，却也可以反用于最坏的人身上。最堕落、最恶毒的品性里，也有未遭玷污的地方，并由于恶的映衬而益见其美，由于与恶的对立，故能洁身自好，免遭它的敌人——罪恶——的玷污，并在遍地污秽之中，不淬不染，卓然自立。在大自然中，事情也是这样。最好的香膏，是包在最具腐蚀性的物质里的。我还可以根据实验说，毒药之中有自身的解药，可以使它免受自己的毒害，否则它不仅会伤人，也会害己的。我担心的并不是交游无类、受别人的传染，而是我自己的腐坏，是我身体里的暴民们想把我毁掉，是我在给自己传染着病菌；那个没有肚脐的人，仍然活在我的身上[404]；我觉得这颗原始的大疮在溃烂，在吞噬我；因此，Defenda me Dios me（主啊，请把我救出于自己吧）便成了我祷诵中的一部分，也是我寂寞人外、幽思独想时的第一道声音。没有人是孤独的，因为人人都是一个微型的宇宙，一身之内涵盖着大千。Nunquam minus solus quam cum solus（独而不孤/不孤唯在独）[405]，这固然是一位智者的格言，即使出自蠢骏者之口，也是千真万确的。即便身处荒野，人也绝不是孤独的，不仅由于他有自己、和自己的思想为伴，还因为他身边有魔鬼。每当我们孤居独处时，这个匪首就潜身而来，将那些与我们的寂寞之思形影不离的妄念，招聚在叛旗之下。更严格点说，没有一物是孤居独处的，除了上帝之外，谁也称不上遗世独立；上帝是自为天地、自性具足的，而其他的一切，除了自身的那些互为异类的成分之外（从某种意义上说，它们的本性因这些成分而驳杂起来，变得群而不孤），都离不开上帝的襄助和那只扶持它们的手臂。简而言之，没有一物是真正孤独的，是自为天地的，它们都不能抱一守常，所有只是"多"而已；能称之为"一"的，唯有上帝。

11. 谈及我的身世，则我有生以来的三十年，也真是一场奇迹，说起来不像是历史，倒像一首诗，在俗常人听来，像是一则寓言。我不把人间看成作乐的酒肆，而是一处医院[406]，不是生活的地方，而是养老送终之所。我关心的世界是我自己，我留意的，是自己所构成的微型宇宙[407]。至于另一个世界，我则当成一个地球仪，时加转动，聊且自娱。人们看我的外表，只观察我的生活状况，我的命运，就会错看我的高度，因为我是站在阿特拉斯的肩上[408]。不仅相对于我头顶上的天空，即便我们身上的那部分天国，地球都只是一粒微芥。囚禁着我身体的肉身之庐，并不能限制我的思想；地球的表面对天说它有尽头[409]，我却不信自己有尽头。我认为自己的大小是在三百六十以上[410]，方舟的大小[411]可以量尽我的身体，却容不下我的精神。在我探究自己是怎样一个微型宇宙或小小的天地时，我却发现自己比那个大宇宙还大。我们的身上肯定有一丝神性，它先于物质，并不臣服于太阳。自然和《圣经》都对我说：我是上帝的影像[412]，不明白这点，人就是没有开蒙，没上第一课，还有待学习人生的字母表呢。假如我说自己和别人一样幸福，但愿我没有贬损人家的幸福。因为Ruat coelum Fiat voluntas tua（尽管天塌地陷，你的意志终要成全）[413]，终要拯救所有的人。所以，无论发生什么事，都只是我们在每天的祈祷中所求盼的。简而言之，我已经很满足了，帝力于我何加焉？这正是我们所称的幸福，和我享有的幸福，它使我在梦中快乐，使我满足于幻想中的幸福，一如别人满足于现实里的幸福那样。任何一件赏心悦事，梦中的体会都比醒时有味[414]，没有这种体味，我会郁郁不乐的，因为在我清醒时，我的理智总在我耳边窃窃私语道：你和你的朋友是动如参商呀，故使我难以为怀。而到了夜晚，那些友好的梦则给我以补偿，让我觉得我是在朋友的怀里。我为这些幸福的梦境而感谢上帝，正如我为一场甜睡感激上帝那样。因为那些不失情理的欲望（比如一丝快乐就可以满足者），在梦中是可以满足的。一世之人都在沉睡，今生之念对于来生之念，只是一场梦寐，好比夜间的幻象之于白日的念头；这样想确实算不得忧郁。因为两者之中，都有惑人的幻影，彼此之间，事实上互为影像的。我们在睡眠中，总有心超神越之处，身体的睡眠恰是灵魂的警醒；它囚禁感官，却开释了理性；我们清醒时的观念，终不敌梦中的幻想。在我的天宫图上，我的命星是天蝎宫里的那颗潮湿的星座，在我出生时，土星则划过赤经十五度，我认为在我的身体里，有那一颗铅质行星的碎片[415]。论本性，我并不滑稽梯突，也不好热闹或取乐于稠人广座之中，然而一梦之间，我却能编出一部喜剧，看着它上演并品味其中的笑料，然后被趣话逗得笑醒过来。假如我有一副好的记性，配得上我理性的多产多实，那么在睡梦之外，我就再也用不着上下求索了，我还要专选睡梦时做祈祷呢；无奈我们记性薄劣，那些缥缈的念头难以在梦中留下点痕，故事已经忘却，只有一些模糊断烂的梦影，可以讲述给醒后的灵魂。亚里士多德虽然撰写过一篇论梦的佳作，但依鄙人之见，却还没有穷其底蕴[416]；盖伦虽有所改益，也未能臻于至境[417]。因为那些梦游者，虽然是在睡梦里，却仍然享用着感官的运行。所以，我们只能说在我们的身体里，有些东西是不受梦神管辖的。那些脱离肉体、出神入化的灵魂，是在自己的行阵里走动，好比鬼魂之借附于肉体走动那样。它们在梦里似乎是能看、能听、能感觉的，尽管器官已经失去了知觉，身体也失去了受情感事的官能。所以人们观察到，有些人在临终之际，说话论理，总使人有非复吴下阿蒙之感，因为这时的灵魂，已摆脱了肉体的羁绊，开始以本色语论理评情，并用高于人类的语调开口讲话了。

12. 尽管我们把睡眠称为一场死亡，但杀死我们并摧毁我们生命的房庐——魂魄的，却是觉醒。最能表现死亡的，诚然是这一部分生命，因为只要人还行其自性，运其感官，他无疑就是还活着。所以说，在士兵酣睡时将之杀死的地米斯托克利[418]，可算是刽子手中的仁慈者；从没有哪种温和的法律发明过这样的刑法，以卢坎和塞涅卡的神思[419]，只怕也想不出来。正是由于这种死亡，我们所说的每日一死才不失本意，这也是亚当的死前之死；凭借这一种死亡，我们活在生死之间的一个中介点上。总之，睡眠和死亡是如此相像，所以我每次以身相托时，总是要祈祷，总是欲言又止地告别尘世，并借这一场对话与上帝辞别。[420]

> 夜幕来临，亦如白日
> 请不要离开，伟大的上帝。
> 我的罪孽像夜一般漆黑
> 莫让它掩蔽你的荣晖。
> 求你留在我的视野里，
> 因为带来白天的不是太阳，而是你。
> 你的神性永不沉睡，
> 在我的太阳穴上昼夜守卫；
> 赶走那些夜游的恶魔
> 在我的眼闭上时，他们的眼却睁着。
> 莫让睡梦侵扰我的头脑，
> 让我像约伯那样，蒙你的善保。
> 在我歇息时，我的灵魂在前行，
> 在睡眠中遨游神圣的天庭；
> 等我一觉醒来，
> 圣洁的念头便充满了脑海；
> 我精力饱满，身轻体健，
> 像敏捷的太阳，在我的轨道上飞旋。
> 睡眠是一场死亡，靠着入睡，
> 请让我品尝死亡的滋味；
> 让我轻轻地躺进坟墓，

>正像我眼下躺上床褥。
>无论我怎样安歇,伟大的上帝,
>让我再次醒来时,身边有你;
>如果能这样,我就安心地入睡,
>醒来还是死去,都无所谓。
>我的一生神思昏怠,
>醒睡相继,不复聊赖。
>愿那个时刻早早来到,
>我永远醒着,不再睡觉。

这是我入睡时服用的安眠药,我不再需要鸦片酊催我入睡了;在这以后,我就踏踏实实地合上双眼,坦然地告别太阳,一觉睡下去,直到复起。

13.在本该是计得付酬之处,我往往将心比心,人投我以木桃,我却报之以琼瑶,因此他人得了公允,我自己却屡有亏欠;"你们愿意人怎样待你们,你们也要怎样待人"[421],而我做的事却远不是这一条常律所能底尽。我生来并不富有,我的命星也不阔绰;即使这样,我思想的不羁、性格的坦荡,也会冲犯或克伐掉我的好运气。因为在我看来,贪婪与其说是罪恶,毋宁说是一种可悲的疯病;以为自己是屎是尿,或相信自己是死人,这与贪婪相比并不可笑,藜芦[422]的药力也是可及的。人们的揣度与观点,并不比那些得自经验的论断更少理性:比如有人主张雪是黑的[423],地球是动的[424],灵魂是空气、火与水[425],

但所有这些都是哲学,只要我们想一想贪心于地下的偶像[426]和地上的神灵是何等愚蠢,那么雪黑地动之说,就毫无谮妄而言了。我承认我自己是一个无神论者,我无法劝说自己崇拜尘世的偶像;世间的青紫黄白,不管怎样有利于我们的身体,到了身外却一无影响、毫无效果。我并不想对西印度群岛抱有卑污的野心[427],也不愿做那些让人点点戳戳的事;正是因为这一点,我才热爱、敬重自己的灵魂,并恨自己只有鼹鼠之腹,饮不尽灵魂里的滔滔大河。我们这些没有钱财、没有沾洽命运之泽惠的人,依亚里士多德之见,是不足以言慷慨的[428],这么说也未免苛刻了点;假如真是这样,我只好承认我的仁慈只在于大度为怀和广施善意了。但如果那一枚小钱的例子[429],不仅仅是一桩奇迹,更是最高贵的仁慈之典范,那穷人一定也有力量来建造慈善院,而单靠富人,却又不曾蠢不起教堂来[430]。我个人有一套为善之道,却不见别人遵行,那就是乘自己之危,去为善别人;借自己有所需用之机,去行慈善的事;自己最需要的时候,反去赈济别人的匮乏[431]。因为乘己之危,在善行上自克自俭,以便人有急缺时得到补偿,并将他们的善种广播在别人的身上,这作为一种谋略,应该正大光明的。我的欲望里并没有秘鲁[432],我所欲求的,只是有能力做那些上帝驱使我的本性想做的事。富人自可以广施善财,而心灵高贵者,纵使贫无立锥,也绝不会找不见施善的门径。怜悯贫穷的,就是借给耶和华[433],这一句经文,胜过那些汗牛充栋的布道之文;假如读者在理解这些句子时,能体察作者之心,得其要领,我们就不再需要那些导善的书卷了,只靠一篇提要,即可以做到为人诚实。正是出于这一层考虑,每逢我看到一名乞丐时,我总要用我的钱袋济助他的匮乏,或用祈祷济助他的灵魂。我们之间那表面上的偶然的不同,并不能使我忘记我们两个人身上那共有的本初之物,在这些百衲的衣衫、凄惨的外表和断手残肢的下面,有一个成色和我们相同的灵魂。跟我们的灵魂一样,它也是上帝的血胤,在奔赴救赎时,和我们走的是同一条康庄之路,而那些处心积虑、想创设一个没有贫困之邦的政客,是在取走仁慈所施的标的,他们不仅不懂得基督的政体,还忘记了耶稣的预言[434]。

14. 仁慈中的另一部分,是这一部分的基础和梁柱,那便是爱上帝,我们爱自己的邻居,正是由此而来的;所以我认为仁慈,正是为上帝本身而爱上帝,并为上帝的缘故爱自己的邻人。凡是真正可爱的东西,总是不出上帝之身的,或者说,都是从上帝身上析来的玉屑,因此保有着上帝的回光和影子。我们把感情投往那不可见之物,并非奇怪的事情;我们真正爱的东西,都莫不如此,在感官的煽惑下我们所崇拜的东西,不配这个如此纯洁的荣名。我们崇拜德行正是如此,尽管在感官之眼看来,德行是不可见的。所以说,我们爱自己的朋友,并不是爱他们身上我们所能拥抱的东西,而是我们的双臂所无法拥抱的无形之物。上帝作为众善所归之所,除自己之外是一无所爱的;他爱我们,只是因为我们身上的那些与他逼肖的地方以及圣灵的苗裔。且让我们把对父母的爱、对妻子和儿女的感情传来鞫审;它们不过是笑剧和梦寐,虚而不实,飘忽不定。因为首先说来,尽管我们和父母之间有一条坚固的纽带,却也是易断易折。待我们投身给一个女人之后,就会娶了妻子忘了娘,只因为那只将要诞育我们自己之影像的子宫,令我们忘记了那只生育我们的子宫。当这个女人载诞载育,使我们有了子嗣之后,我们的感情就会一落千丈,泄下床来,流向我们的子嗣和后代的影像,然而在他们那里,感情也撑不起一座坚牢的大厦。在成人之后,他们盼着我们一命归西;或是投身给一个女人,通过合法的途径爱别人胜过于爱父母。所以照我看来,人是要被活埋的;在子孙的身上,我们可以看见自己的坟墓。

15.因此我的结论是:太阳底下(或照哥白尼的说法:太阳的上面)本没有幸福;"一切都是虚妄,是精神的烦恼"[435],这一句人所常道的真理,这所罗门的所有智慧引起的负累,绝不是陈词滥调;世人钦慕的事物中,并没有快乐而言。当亚里士多德处心积虑以反驳柏拉图的观点时,他也在剿灭着自己的观点;因为他那summum bonum(至善)[436]是一只狮身羊面的怪物,天下并没有他所称的快乐。上帝为之感到快乐、神圣的天使们为之感到快乐、魔鬼们因为缺少它而没有快乐,只有这样的东西,我才敢称之为幸福;凡是能导致这一幸福的,我们也不必求之过苛,也可以采用比喻的说法称之为幸福。此外世人所称的幸福,在我看来,却都是齐东野语,是小说家言,是幽灵和纯粹的幻想,其中的幸福是徒有虚名的。只要惠我以良心的安宁、感情的节制、爱上帝和我的挚友,那我将熙熙陶陶,并将可怜恺撒的。主啊!这便是我谦卑的欲望,我最合于理性的抱负，和尘世之中我敢名之为幸福的一切；我不敢为你的手、你的恩典定下规则，施加限制，请照你的智慧，随心所欲地处置我好了；纵使我的意志受到毁灭，你的意志却终要成全。

注释：

1　"优秀的发明"指印刷术。在当时，反皇党人曾印刷了许多小册子，来反对国王。

2　这些作品都已经散佚。

3　此书写作的地点或许是牛津郡。

4　见《医生的宗教》第一部第 60 节。

5　自从中世纪以来，西方就有一句谚语说：Ubi tres medici, duo Athei，即"三个医生，必有两个无神论者"。还有一种更直截了当的说法：医生即无神论者。布朗自己在此也有一段附言：尽管在虔诚一事上，医生常遭人的恶骂，而在罗马的历书里，我们则发现了出自这一职业的二十九名圣徒与殉道者。

6　犹太人之所以"等而下之"，是因为他们接受过上帝的教诲，最后却背离了基督教。

7　布朗属于路德改革后的新教，在英语中，新教一词为 Protestantism，即抗议派，这个名称不合布朗的温和性格。

8　即最初五个世纪里的教父们（尤其指奥古斯丁），他们是当时宗教改革的"指路明灯"。

9　指马丁·路德，他是一个矿工的儿子，故言"卑贱"。

10　见《圣经·马可福音》6.2 — 3（众人听见，就甚希奇，说："这人从哪里有这些事呢？……这不是那木匠吗？不是马利亚的儿子，雅各、约西、犹大、西门的长兄吗？……"）

11　指反对宗教改革的罗马天主教徒。

12　布朗原来的手稿为：我将垂下我的手臂，而不是破教堂之窗而入，捣毁圣像。现在的文字是他自己改过的。

13　"每天六点和十二点，教堂会敲响钟声，人们听到钟声，则不管是在家里还是在街上，都会向圣母祈祷的。"（布朗手稿原注）

14　天主教注重外部仪式以及偶像，路德改宗后的新教则注重内心的虔诚，对这些外部的繁文缛节异常厌恶，并干脆摈弃不用；英国国教虽然属于新教派，却保留了许多天主教的仪式与制度。布朗之所以在这一节中有这些说法，一是因为他是坚定的国教徒，二是因为他的性情中庸，不偏激。

15　基督教曾经两度举行宗教会议，以决断天主教与加尔文教派的教义之分野：一次是在意大利北部的特兰托，时间是1545年到1563年；另一次是在荷兰的多德雷赫特（简称多特），时间是1619年。

16　罗马是天主教教廷所在地，日内瓦则是加尔文教派的大本营。

17　英王亨利八世的宗教改革，并非主要出于信仰，而是因为婚姻问题，即他要求与自己的王后、西班牙的凯瑟琳离婚，不为教皇所许，亨利一怒之下，才与罗马天主教会决裂，从而正式拉开了英国宗教改革的序幕，也算是"冲冠一怒为红颜"的洋例子。因此英国的宗教改革很不彻底，在英国革命时期曾有发展。而在亨利之前，改革宗教的运动已经在进行了，如威克里夫（John Wvcliff，约1330—1384）等。故布朗有"他之所成，不过是先代圣贤们孜孜以求并屡试不中者"的说法。

18　"指威尼斯人与教皇保罗五世的纷争"。（布朗原注）1606年，威尼斯人不承认教皇的权威，曾被教皇逐出教门。

19　即教皇。

20　早期清教徒及其后代对于罗马天主教会的辱骂之词。这一说法来自《圣经·启示录》十七到十九章，在这几卷书中，巴比伦代指罗马，被认为是奢侈、罪恶、淫荡、暴虐的俗世之都，是与基督的朴素仁爱精神相违背的。

21　俄狄浦斯即希腊神话中的英雄,他曾经解开了怪物斯芬克司所出的谜语。

22　"消失于希腊,又复起于西西里。"(布朗手稿原注)

23　"数千年更革之后,万物都将返其初身,他又将像以前授课那样,再次在自己的学园里课授门徒了。"(布朗手稿原注)关于千年轮回,请参看柏拉图《蒂迈欧篇》第三十九。

24　第欧根尼是希腊犬儒派哲学家,提蒙(Timon)是希腊厌世派的哲学家。这句话的意思是说,世界上有许多犬儒派,许多厌世派。

25　大概指灵魂。

26　即甘愿灵魂也寂灭。

27　第二种"谬见"即所谓的 apocatastasis(restoration),按照这种教义,所有受天罚的(包括撒旦)最终都将获得拯救。奥利金(Origen,约185—254),早期基督教著名神学家。

28　关于这一点,英国17世纪的作家耶利米·泰勒曾经说道:"这至多是仁慈之正确一方的小小瑕疵。"柯勒律治在《医生的宗教》的注释中也写道:"我们的教会以她特有的、基督徒式的谨慎,并不要求我们为死者祈祷,但也不禁止此事,就其本质来说,这只属于个人的热情;正如所有那些《圣经》中并未明说,因而与完善的信仰难以吻合的宗教行为那样,为死者祈祷,是介于祈祷与期望之间的——是一桩自然而然的、因基督徒的希望而变得高尚的虔诚行为,它虽然没有包含在信仰的焦点中,却分享着信仰之光,融汇于信仰散射出的光线里。"

29　见《圣经·马太福音》24.11:"有好些假先知起来,迷惑多人。"

30　阿里乌斯(Arius,250—336)是一位神甫,他创立的教派否认基督的神性。

31　指中世纪的经院派哲学。

32　这一节中所谈论的"玄"与神秘,是在神学意义上而言的,即指那些人的理性无法理解,却得自天启的真理,故而也是人类知识的组成部分。

33 《圣经·罗马书》11.33:"深哉,上帝丰富的智慧和知识。他的判断,何其难测,他的踪迹,何其难寻。"(布朗手稿原注)

34 德尔图良(Tertullian,160—240),2世纪最伟大的基督教作家之一。布朗的引诗见他的《论基督的圣体》。

35 指摩西命令红海让路,以使犹太人通过的奇迹。见《圣经·出埃及记》14.15。

36 指耶稣为人治病的奇迹。见《圣经》中的各福音书。

37 《圣经·约翰福音》20.19:耶稣对他(多马)说:"你因看见我才信,那没有看见我就信的有福了。"布朗的信仰,使人想起佛教中的声闻乘与大乘的分别。因目见基督的神迹才信仰基督的人,可以说是基督教中的"声闻乘",而布朗的信仰则是菩萨乘,即大乘。

38 指信仰基督死去、被掩埋并升天。

39 指《圣经·旧约》中对基督的预言。

40 圣保罗在《圣经·以弗所书》6.16中写道:"此外又拿着信德当作藤牌,可以灭尽恶者一切的火箭。"

41 布朗一贯是反对"定义"的,因为这意味着对神话、比喻和谜的限制,即对诗意的限制。而柏拉图常常对神话做出抽象的、哲学的解释,如同孔子将"夔一足"解释为"夔一,足矣"那样,搞得诗意全无。布朗在他的另一部作品《居鲁士的花园》中,也曾对此加以批驳。

42 "一个处处是圆心、无处是边缘的圆球"——布朗原注。在文艺复兴时代,人们惯于将上帝做这样的描述,布朗甚为喜欢这个比喻,并常常在自己的作品中引用。赫尔墨斯(Hermes)是希腊、拉丁语宗教与哲学作品中传说的一位作家,他有"三重伟人"的外号。

43 语出帕拉塞尔苏斯(Paraselsus,1493—1541),瑞士苏黎世的一位医生、化学家。

44 语出自亚里士多德《论灵魂》。

45　语出意大利文艺复兴时期的哲学家费齐诺（Ficino Marsilio）。

46　语出自亚里士多德《论灵魂》。

47　见《圣经·创世记》2.5、17，"树"即伊甸园中的智慧树。

48　《圣经·创世记》3.14："耶和华上帝对蛇说：……你必用肚子行走。"这似乎意味着在人类堕落之前，蛇是直立行走的。

49　《圣经·申命记》22.13-14："人若娶妻，与她同房之后恨恶她，信口说她，将丑名加在她身上，说，我娶了这女子与她同房，见她没有贞洁的凭据。"

50　《圣经·创世记》3.16："我必多多加增你怀胎的苦楚，你生产儿女必多受苦楚。"

51　改自贺拉斯的《讽刺诗集》I.iv，133-4。

52　时间是在创世的第一天出现的，人类则是在第六天被创造的。见《圣经·创世记》。

53　指保罗意识到了上帝之行事是无法理解的。见《圣经·罗马书》11.33。

54　见《圣经·出埃及记》3.14。

55　指天堂。《圣经·路加福音》16.22："后来那讨饭的死了，被天使带去放在亚伯拉罕的怀里。"

56　见《圣经·彼得后书》3.8。

57　波爱修斯（Boethius，480—524）《哲学的慰藉》卷五。

58　指永恒。

59　指在三位一体中，基督为子，上帝为父。

60　即现象的世界与非现象的世界。亚里士多德在《论天体》卷一，10-12 中，曾经认为世界是永恒的。

61　即植物的、感官的和理性的三种。布朗的这一段话，是对亚里士多德《论灵魂》第二卷第三节的申发之言。

62　尤其是指数字"5"，布朗对数术之学很感兴趣，他的《居鲁士的花园》就是围绕数术展开的。毕达哥拉斯的教义认为，世界的本体是数。关于古人"数术",可以参看丹齐克《数:科学的语言》第一章;或毕达哥拉斯的学说。

63 见《圣经·歌罗西书》2.8:"你们要谨慎,恐怕有人用他的理学(《圣经》对哲学的译法),和虚空的妄言,不照着基督、乃照着人间的遗传和世上的小学,就把你们掳去。"在18世纪之前,哲学与研究自然的科学是不分的,故在"当心哲学"之后,便有"在自然的乱莽中"一语。

64 "提格顶写"原意为大写字母。布朗喜欢用字母、手稿、书来做比喻。这在《医生的宗教》一书中是随处可见的。

65 这一段话,是对据称是赫尔墨斯的作品《绿宝石桌子》的引申。

66 见《圣经·列王纪上》3.9-10。

67 布朗在此处又将魔鬼等同于异教之神了。

68 "认识自己",是镌刻在希腊德尔菲神庙上的一句神谕。布朗与他的同代人一样,总喜欢将异教的神灵与魔鬼相提并论。

69 见《圣经·创世记》33.23:"然后我要将我的手收回,你就得见我的背,却不得见我的面。"

70 典出希腊神话。伊卡洛斯绑上翅膀在天上翱翔,但由于飞近了太阳,翅膀被太阳烧毁,伊卡洛斯掉进汪洋里淹死了。

71 见《圣经·马太福音》7.21:"凡称呼我主啊主啊的人,不能都进天国。"

72 即材料因,形式因,变化因,目的因。此说出自亚里士多德《物理学》。

73 盖伦的医学著作。在其中的第三卷第十章里,他礼赞了上帝的智慧。盖伦是第一个试图将宗教与神学联系起来的人。到了文艺复兴时期,这一种做法又得到了人们的广泛响应,苏亚雷斯(Francisco Suarez,1548—1617,西班牙耶稣会派哲学家)便是其中的一个,布朗当然也是其中之一。

74 或许是指亚里士多德的《论天体》。在布朗看来,亚里士多德过于纠缠于现象世界,因此没有求得世界的奥秘。

75　语出亚里士多德《论天体》271a。

76　"通常认为,像苍蝇老鼠一类的小动物,是由于阳光照射腐烂之物而自发产生的;因此前六天的创世之中,并不包括这些小东西。"(《医生的宗教》旧注)

77　见《圣经·箴言》6.6-8:"懒惰的人哪,你去察看蚂蚁的动作,就可得智慧。蚂蚁没有元帅,没有官长,没有君王,尚且在夏天预备食物,在收割时聚敛粮食。"

78　雷格蒙塔努斯(Regiomontanus Johannes,1436—1476),德国天文学家,数学家。据说他设计了一个铁蚊子和木鹰,可以飞行。所谓"木干",大概就是指他的木鹰。

79　根据亚里士多德,人类有三个灵魂或官能,植物只有一个,即植物灵魂,动物则有两个:植物的和感觉的。

80　"据说尼罗河的潮涨,每年都是在同一天里。"(《医生的宗教》旧注)

81　或许是指某些早期的基督教教父,如拉克坦提乌斯(Lactantius,240—320),据说他生于古罗马治下的非洲,再如圣奥古斯丁,他曾做过非洲地区的希波主教。

82　"天才的特征,正在于此——我们的命运和本能,在于破解世界之谜——从自己的本性中,能鲜活而强烈地感受到这一本能的人,便是天才——即使是从最常见的事物里,他们也能看出神秘的东西,不需要离奇的故事和形象,他们也会自发地探究更深的奇迹。"(柯勒律治的评注)

83　以书作譬,是布朗常用的办法。这种比喻,还可见于英国17世纪作家汉弗莱·西登翰(Humphrey Sydenham)的《打翻的自然》:"人是摘要,是一卷大书的纲目,这卷大书便是自然的手稿和作品,其中书写着上帝之万能及威力的字符。"

84　见《圣经·约书亚记》10.13:"于是日头停留,月亮止住,直到国民向敌人报仇。"

85　在当时的人看来，象形文字是一种象征，其背后隐藏着道德与宗教的含义。同时人们还认为象形文字是由赫尔墨斯·特利斯墨吉斯忒斯创立的。正如此处的比喻那样，象形文字"被认为是上帝的语言，是数不清的星辰。太阳和月亮，它们书写在天空这庞大的书卷中，而所有的生物和植物，则书写在大地上和海洋中"〔英国著名政治家、历史学家沃尔特·劳利（Sir Walter Raleigh，1552—1618）的《世界史》第86页〕。又《圣经·罗马书》1.19："上帝的事情，人所能知道的，原显明在人心里，因为上帝已经给他们显明。"

86　"这是最精雅的哲学，也是对启示最好的、最真正的辩护。"（柯勒律治的注释）。

87　见亚里士多德《物理学》第二卷第一节。

88　见《圣经·出埃及记》15.25："摩西呼求耶和华，耶和华指示他一棵树，他把树丢在水里，水就变甜了。"

89　这一说法，是综合柏拉图和所罗门伪经而得出的；正如1636年威廉·彼得威尔在此书的注释中所说："照柏拉图的说法，上帝是靠几何来工作的，就是说（正如一位智者所解释的那样），他以尺寸、数字和重量来经纬万物。"

90　但丁在《论君主》一书的第二卷中也说到了"神的艺术"（artis divinae），并说"人们通常称之为大自然"，又见霍布斯的《利维坦》"引言"："大自然，也就是上帝用以创造和治理世界的艺术"（商务印书馆黎思复等译本）。在西方的传统中，还常常把上帝比喻成诗人。

91　"这是一部天文学的书，在这部书中，展示了所有的天体每一年的每一天、每一时辰是如何布置摆放的。"（《医生的宗教》旧注）

92　此处用的是西班牙文，以作为下面"火药阴谋"和无敌舰队覆灭的伏笔。

93　见《圣经·创世记》22.13："亚伯拉罕举目观看，不料有一只公羊，两角扣在稠密的小树中，亚伯拉罕就取了那只公羊来，献为燔祭，代替他的儿子。"

94　见《圣经·出埃及记》2.3。

95　见《圣经·创世记》37.2，这句话的意思是说，倘若一个斯多葛派的门徒意识到"命运之必然"并非出自命运，而是来自神的意志中那"无可变更的法律"，他们也会改宗的。

96　1605年11月5日，英王和贵族与平民代表们在议会开会，几名罗马天主教徒准备用火药炸毁议会，由于阴谋者在一封信中提到了此事，因而导致秘密泄露，策划爆炸的人被逮捕，并被处死。据说这一阴谋是西班牙从中怂恿的。

97　指1588年英国与西班牙进行的一场大海战，在这场海战中，西班牙的"无敌舰队"被英国人摧毁，从而永远失去了海上的霸权。

98　大概是用《圣经》里的典故。《圣经·但以理书》5.5："当时忽有人的指头显出，在王宫与灯台相对的粉墙上写字，王看见写字的指头，就变了脸色。"

99　指荷兰人1609年打败西班牙，并从西班牙人的统治下获得独立的事。

100　或许指荷兰人在进攻或防御的时候往往掘开海堤的做法。1574年，莱顿城被西班牙人包围，城内的人曾掘开海堤，使城四周注满了水。当时统治荷兰的西班牙指挥官雷奎森斯写信给西班牙国王菲利普二世说，城内的人显然是宁可淹死，也不投降的，假如围城者是土耳其人的话，他们早就把荷兰人淹死了。菲利普二世回复说，淹掉荷兰是轻而易举的，只是这样做并不高明，因为损失太大。而苏丹的这番话，则未知出处。

101　在西方，命运之神往往被描绘成盲人。

102　英国谚语。

103　语出古罗马诗人尤文纳尔（Juvenal）的讽刺诗。

104　如莎士比亚在《约翰王》第三幕第一场中，便将命运称为"无耻的娼妇"。

105 我国古人的意见，与此同出一辙。《列子·杨朱篇》："人肖天地之类，怀五常之性，有生之最灵者，人也。人者，爪牙不足以供守卫，肌肤不足以自捍御，趋走不足以避利害，无毛羽以御寒暑，必将资物以为养，性任智而不恃力。"这是就其好的一面说的。汉末仲长统也说："裸虫三百，人最为劣，爪牙皮毛，不足自卫，唯赖诈伪，迭相嚼啮。"这是就其坏的一面说的。

106 见荷马《伊利亚特》第八卷。宙斯从天上垂下的链条，往往被看作上帝统辖尘世万品的象征。

107 即命运与神意。

108 指古罗马马克·安东尼、屋大维和雷必达的三头政治。

109 帕拉塞尔苏斯的一部论述用驱邪符治病的著作。

110 见《圣经·民数记》21.9："摩西便制造一条铜蛇，挂在杆子上，凡被蛇咬的，一望这铜蛇，就活了。"

111 指普林尼的《自然史》第二卷。

112 见《圣经·利未记》6.13："在祭坛上，必有常常烧着的火，不可熄灭。"又见《圣经·列王纪上》18.35-38.

113 指水。

114 见《圣经·创世记》19.24-28。

115 《圣经》上传说的以色列人在荒野流浪时上帝所赐之食粮。

116 约瑟福斯（Flavius Josephus）是1世纪的犹太历史学家，布朗的引述见他的《犹太古事记》第三卷。

117 见第欧根尼·拉尔修《名哲传》第五卷。

118 指意大利索西努斯派的教义。

119 当时的一部匿名作品。其实没有人见过这本书，而是否真有此书，如今也是大可怀疑的，它的内容只是在传言中流传。

120 琉善（Lucian，125—180），古罗马讽刺作家，他常常在对话中消遣希腊的神灵，周作人译有他多篇对话（他按希腊语发音将其名译为路吉阿诺斯），收入《路吉阿诺斯对话集》一书。

121 见盖伦《论心灵之品质依赖于肉体之温度》第三卷。

122 "死后是虚无,死亡是虚无。死亡是不可分,它毁灭肉体,也不宽贷灵魂……人是一死百了的,什么也留不下。"布朗手稿中的拉丁文原注。语出塞涅卡。

123 二人都记述了一些关于自然志方面的东西,却不加批判地加以拼凑。

124 法国作家拉伯雷的小说《巨人传》里的主人公。

125 中世纪罗曼司《汉普顿的比维斯爵士》(*Bevis of Hampton*) 中的主人公。

126 《圣经》中的大力士,见《圣经·士师记》14.5。

127 在《学术的进展》一书中,培根曾列举了"一个问题与疑点的细目",布朗此语即暗指培根,在他的《流行的谬误》一书,布朗曾正式对培根的疑点给予回答。

128 见《圣经·创世记》。

129 《圣经》里的人物,见《圣经·路加福音》16.20。

130 此说甚为有趣,对于神学中的这些无聊的争论,布朗的质问可谓斩断乱结的亚历山大快刀,在《流行的谬误》第五章里,布朗曾借左手右手的问题,又拾起过这个话头。

131 当时的一个推想,其根由是《圣经·创世记》曾说:上帝照自己的形象造男造女。

132 指犹太的经师或经学权威。

133 "庞大固埃的藏书楼",大概是指庞大固埃初到巴黎时见到的圣维克多藏书楼,其中收集了许多像《法学裤裆》一类名字的藏书,拉伯雷借此嘲讽那些做无聊学问的人。见《巨人传》。

134 布朗在这里是套用拉伯雷对塔尔塔莱图斯的讽刺。塔氏本是索邦神学院的一名博士,研究亚里士多德哲学,"塔尔塔莱"在拉丁文中是大便的意思,故拉伯雷有这样的讽刺。见《巨人传》第七章。

135 古希腊关于大洪水的传说。丢卡利翁是普罗米修斯的儿子,在宙斯放下洪水之前,他建造了一艘船,同自己的妻子躲进里面,从而没有被淹死。

136　圣奥古斯丁在《上帝之城》的第十五卷中曾经讨论过这个问题。

137　即圣奥古斯丁，见《上帝之城》第十五卷。

138　即欧洲、亚洲和非洲。

139　洪水过后诺亚方舟的停泊地。见《圣经·创世记》8.4。

140　大洪水的发生，据说是在创世之后的1500年，而创世则在公元前4000年。

141　《圣经》中所提到的最长寿的人，活了969岁。见《圣经·创世记》5.27。

142　犹大之死见于《圣经》记载的，有《马太福音》27.5（"犹大就把那银钱丢在殿里，出去吊死了"）和《使徒行传》1.18（"这人用他作恶的工价，买了一块田，以后身子仆倒，肚腹崩裂，肠子都流了出来"）。在前一种叙述中，"上吊"所依据的希腊文原文，也可以翻译为"被人勒死"。

143　建造巴别塔是为自我保全之说，出自约瑟福斯《犹太古事记》第一卷；另一种说法则见于《圣经·创世记》11.4："他们说，来吧，我们要建造一座城和一座塔，塔顶通天，为要传扬我们的名，免得我们分散在全地上。"

144　见《圣经·使徒行传》12.12。在拉丁文中，天使（angelos）也可做"使者"解。

145　公元前3世纪在位的埃及国王，即亚历山大里亚图书馆的建造者。

146　见菲洛《摩西传》第二卷。

147　公元前7至公元前6世纪时人，古代波斯宗教改革者，袄教的创始人，根据古波斯文的拼法，也常常被译作查拉图斯特拉。

148　即《圣经》。

149　古希腊晚期的托勒密一世建立的一座大型图书馆，后来被阿拉伯人焚毁。

150　据说以诺的廊柱上，镌刻着到他那时为止的所有的发明与发现。据约瑟福斯的《犹太古事记》称，柱子是由塞特的子孙建立的，并躲过了大洪水的浩劫。

151　皮内达（Alonso Alvarez de Pineda，1494—1520），西班牙神学家，"在他的 *Monarcia Ecclesiastica* 一书中，征引的作家有 1040 位。"（布朗原注）

152　"火枪、印刷和罗盘。"（布朗手稿原注）

153　18 世纪英国作家劳伦斯·斯特恩的名著《项狄传》里也有类似的话：善业中称为坚毅，恶业中则称为顽梗。

154　即犹太教、基督教和伊斯兰教。

155　见亚里士多德《尼各马科伦理学》第三卷 6-9。

156　指基督教的殉道者们。

157　14 世纪捷克宗教改革家，胡斯教派的创始人。

158　或异端，或殉教者。

159　指萨尔斯堡的主教维吉流斯（Vergilius of Salzburg，700—784），他的对跖地理论因为被认为是暗示着另有一个世界存在，因此曾被剥夺主教职位，但除此之外，未见有其他关于他"遭难"的记载。

160　指天主教认为圣餐中的面包和酒化成基督的肉、基督的血的教义，是新教徒们最反感的教义之一。

161　见《圣经·约翰福音》2.1-10，又见《马太福音》4.1-3。

162　见《圣经后典·以斯拉记》4.5："于是他对我说，那好，你能称出一斤火吗？你能量出一斗风吗？你能追回过去的一天吗？"（张久宣译）

163　圣海伦娜（St. Helena，255—330），君士坦丁大帝的母亲，据说她发现了钉死基督的那只十字架。

164　即鲍德温一世（Baldwin I，1058—1118），他在参加第一次十字军东征时曾经得到过热那亚人和威尼斯人的支持，他回报热那亚人和威尼斯人的，却只是从圣地夺来的圣剑和圣玫瑰，但热那亚人和威尼斯人之所以赞助他进行远征,却多有商业目的。

165 圣物可以产生奇迹的观念,见在中世纪和文艺复兴时期甚为流行。

166 见《圣经·但以理书》7.9:"我观看,见有宝座设立,上头坐着亘古常在者。"时间之祖即源出于此。

167 普鲁塔克有《论神谕的终止》一文,布朗在《流行的谬误》一书中,也有专章讨论这个问题。所谓"神谕"是指异教庙宇中的神谶,一般认为,在基督出现之后,神谕便停止了。

168 见《圣经·约书亚记》10.13:"于是日头停留,月亮止住,直到国民向敌人报仇。"

169 见《圣经·路加福音》23.44-45 记述耶稣死时的情景:"那时约是午正,遍地都黑暗了,直到申初,日头变黑了……"

170 指神谕的终止。"见魔鬼对琐古斯都所发的神谕。"(布朗原注。未详何指。在布朗《流行的谬误》一书里有一种说法,说异教的神谕是魔鬼激发的。)

171 古希腊地理学家。

172 古希腊历史学家,在西方有"历史学之父"的称号;他的《历史》有商务印书馆的汉译本。

173 《圣经》中的两个人物,《旧约》中有《以斯帖记》和《但以理书》。

174 查士丁(Justin Martyr,约100—约165),古罗马历史学家。

175 《圣经·申命记》34.5-8 中提到了摩西的死;"申命记"是"摩西五书"中的一"书",故曾被认为是摩西的手笔。

176 布朗在此书中多次提到了造物阶次的问题,关于这个问题的现代探讨,可以参看洛夫乔伊的《存在的巨大链条》(A. O. Lovejoy: *The Great Chain of Being*)。

177 关于这一点,请参看《医生的宗教》第一部第 33 节。

178 关于这一点,亚历山大·罗斯曾指责布朗说:"否认有妖巫就是无神论，真是奇谈！妖巫与精灵的关系竟是如此密切，以至于否定其一便是否定其他。"布朗的说法大概是秉承剑桥柏拉图学派的名言："没有精灵，便没有上帝。"布朗对巫术的信仰，贯穿于他的许多文字中，他还曾经在一次审判女巫案中出庭做证，证明有巫术存在。

179　见《圣经·马太福音》第四章。

180　但是雅各的儿子，他那一族的后裔即是以色列人，见《圣经·创世记》第三十章及其他部分。"伪基督"，在基督教信仰中，是以撒旦的魔力，在尘世间反对基督及其王国的人，据说当基督第二次来临时将摧毁他。宗教改革时期，一些激烈的新教徒曾经以此称呼教皇。

181　"即那位无须饭食，而靠玫瑰花香活着的少女。"（布朗原注）这个女骗子名叫爱娃·弗莱根，德国人，她声称自己从1597年以来，已经禁食三十多年。

182　"阳"（actives）指热与冷，"阴"（passives）指潮气和干燥。

183　在17世纪之前，哲学与自然科学是分不大开的，所以布朗所称的"哲学"，经常指我们现在所称的"自然科学"。布朗认为科学出于巫术的做法，是颇有见地的，也合乎现代人的看法。

184　布朗在此引文的边上加了一句话："所以说，从我们出生起，上帝便给我们指定了一好心的天使。"

185　所以说"同类"，是因为同是上帝创造的。

186　即柏拉图《蒂迈欧》中所称的世界灵魂。

187　指非生物。

188　见《圣经·创世记》1.1。

189　见第欧根尼·拉尔修《名哲传》第十三卷论毕达哥拉斯的一章。柏拉图的看法，参看柏拉图《斐多篇》。

190　这是当时的一种常见的说法，即认为世界之间没有"空隙"，从最低等的造物直到最高等的造物，是依序迁升的。

191　"一种理性而永生之存在。"（布朗原注）波菲利（Porphyry，232—303），新柏拉图派哲学家。

192 关于这一点,也见于后来弥尔顿的《失乐园》(第五卷),他分别了人类的"推理理性"与天使的"直观理性"。

193 "这时主的一位天使对先知哈巴谷说:把你拿的这些食品送给但以理吧,他正在巴比伦的狮坑里呢。哈巴谷回答说:先生,我从没有到过巴比伦,我不知道狮坑在什么地方。于是这位天使便抓住这位先知的头发,在疾风中将他带到巴比伦,他把他放下来,落在狮坑边上。"(《圣经后典·彼勒与大龙》,张久宣译)

194 腓利是一位先知,当他在水中给一位太监施洗之后,"从水里上来,主的灵把腓利提了去,太监也不再见他了,就欢欢喜喜地走路。后来有人在亚锁都遇见腓利……"见《圣经·使徒行传》8.39-40。

195 见《圣经·路加福音》15.10。

196 指奥古斯丁。

197 "上帝是靠中间之物来连缀万物的;首先,他用泥来连接地和水,而后用空气连接天与水……"(约翰·威姆斯《上帝画像》)

198 《圣经·创世记》1.26-27。

199 指非生物(木、石),植物,动物,人和天使。

200 "因为在人体这小小的结构中,有一幅宇宙的影像,而且人体是参介于宇宙的各个部分,因此我们把人叫作一个微型宇宙,或一个小小的世界。"——这是17世纪英国著名政治家、历史学家劳利的名言,可与布朗的话相比照。也可与我国佛教、道家的某些说法相比照。孟子也有"万物皆备于我矣,反身而诚"的话。

201 《圣经》的前五卷(从《创世记》到《申命记》)被称为《摩西五书》,被认为是摩西的手笔。

202 "即火元素。"(布朗手稿原注)摩西在《创世记》第一卷中,没有提到火的创造。

203 《圣经·使徒行传》7.22:"摩西学了埃及人的一切学问,说话行事,都有才能。"布朗时代的人们认为,埃及的象形文字是一种有着宗教含义的象征;布朗所说的这种解经方式,有似我国解释经典时从字面之外寻求"微言大义"的做法。

204 《圣经·箴言》16.4:"耶和华所造的,各适其用。"

205 见《圣经·创世记》第六章和第九章。

206 类似庄子说的"有待"。

207 《圣经·创世记》2.7:"耶和华上帝用地上的尘土造人,将生气吹在他鼻孔里,他就成了有灵的活人。"

208 指不腐、不灭。

209 见柏拉图《菲德罗篇》(又名《论爱》)。

210 见亚里士多德《论灵魂》第二章和第三章。

211 见他的《论物性》。

212 在当时,关于灵魂的产生有两种说法,一是"遗传说",即认为灵魂是父母传给子女的;另一种是"创造说",即认为每一灵魂,都是在怀胎或分娩时重新创造的。

213 指在创造时注入灵魂。

214 指灵魂创造说。

215 就是说,灵魂是理性的假手之具,肉体则是感官的工具。

216 "正是卓越的本色,也是托马斯·布朗爵士的绝妙之处。"(柯勒律治注)

217 出自《圣经·以塞亚书》40.6。

218 见《圣经·创世记》19.26:"罗德的妻子从后面一看,就变成了一根盐柱。"

219 见《圣经·但以理书》4.33:"当时这话就应验在尼布甲尼撒的身上,他被赶出离开世人,吃草如牛,身被天露滴湿,头发长长,好像鹰毛,指甲长长,如同鸟爪。"

220 柏拉图在《斐多篇》里说,出没于墓地的幽灵是恶人的灵魂,所以出没于此,是不想离开尘世。布朗是反对这说法的。

221 这些人之所以死去,是因为魔鬼当初欺骗了亚当,否则他们就是永生的。

222　见《圣经·创世记》3.13。

223　布朗原来的文字为"渴望死亡",后来改成现在的字样;在他的一份手稿中,此处还有一段插话:"害怕死亡,有时还渴望死亡,是一种忧郁的病症;后者我常常在自己身上看到,我想没有人对生的渴望,能胜过我有时对死的渴望。"

224　布朗在写作此书时也正是三十岁。关于亚当受造的年龄,他在《基督教伦理》中继有阐说。

225　指男女受精却还未成胎儿之前。

226　潜在于人"三种灵魂"之内(按当时的说法)。

227　指理性。

228　《圣经·哥林多后书》12.4:"他被提到乐园里,听见隐秘的言语,是人不可说的。"

229　照炼金术的说法,炼金远不仅是金属的提纯,而是将之变为他物,布朗将此理解为"哲人石"。而他从这一过程里学到的"神学",大概是指灵魂若想实现自己,或者说超越其凡尘状态,则有待于脱弃它那肉体的浮渣。

230　"所以我抛弃了关于死亡的严格定义,并根据生命之气的渐渐消失、体温的褪尽以及肉体与灵魂的分离,以炼金术派的方式想象出了一种死亡; est mutatio ultima, qua perficitur nobli illud extractum Microcosmi(死亡是最后的变化,经由死亡,这个微型宇宙中的高贵部分就可以纯粹完美了),因为对我这个凡事从自然和实验的角度考虑问题的人来说,生而为人,似乎只是一个预备的步骤,以便达到那为肉体的锁链所囚禁的灿烂的金丹。"(布朗手稿中的插入语)

231　语出维吉尔《埃涅阿斯纪》2.274,是埃涅阿斯在冥府中遇到遍体鳞伤的赫托尔时所说的话。

232　指梅毒大疮一类的病,布朗在作品中多次提到。

233　即《圣经》中所称的生命册:"若有人名字没记在生命册上,他就被扔在火湖里。"见《圣经·启示录》20.15。

234 "他不想让朋友埋葬自己,而是想让朋友把他挂起来,手中塞一根棍子,也好吓跑乌鸦。"(布朗手稿原注)

235 卢坎(Lucan, 39—65),古罗马诗人,此语出自他的诗史《法尔萨利亚》(*Pharsalia*)7.819。

236 在传说中均以长寿著称。

237 据《圣经》的记载,大洪水以前有许多长寿的人,如塞特活了912岁,玛士撒拉活了969岁(见《圣经·创世记》第五章)。

238 "土星每三十年绕行一周。"(布朗原注)据杨周翰先生的注释:"勃朗(即布朗——译者)生于十月十九日,土星见,土星运行一周约需三十年,在土星下出生,性格主忧郁、严肃、多思。"(见杨周翰《十七世纪英国文学》)

239 三位(德国)皇帝是:鲁道夫二世、马提亚斯和费底南二世;四位奥斯曼帝国的君主(土耳其苏丹)是:爱哈迈德一世、穆斯塔法一世、奥斯曼二世和穆拉德四世;四位教皇是:列奥十世、保罗五世、格里高里十五和乌尔班八世;一个"例外"是丹麦国王克里斯蒂安四世。

240 指七八月间的某些日子,在这时,天狼星与太阳一起升起,并因此而热度急剧加大。代指青春少艾之年。

241 基督是在三十余岁时被钉死的。

242 通常认为是三十三岁。见《圣经·路加福音》3.23。

243 "我的生存之道在别人看来像是死亡之道;我使自己习惯于各种饮食、气候,习惯于饥、渴和酷热;冷的时候,我不以热来治疗,有病的时候,不求医药;那些了解我是怎么活着的人,会不失公正地说:这个人不重生,也不怕死。"(布朗手稿中的插入语)

244 见西塞罗的《论老年》23。

245 埃宋年老体衰,因美狄亚煮的魔药又返老还童。见奥维德《变形记》第七章。

246 指上帝。

247 布朗时代的人认为,"活力硫磺"是物质的根本成分之一。

248　亚伯是亚当的儿子，还在亚当活着的时候，他就被自己的兄弟该隐杀害了。

249　据当时基督教的普遍说法，世界的"寿命"是以六千年为限的。

250　此处有两意，既指男女交合多在夜间，又喻指人的生命神秘难"明"。

251　中世纪和文艺复兴时期重骑兵武器上挂的一种小旗子，特别是站在最前面的骑兵所携带的那种。

252　Curtius，罗马骑士。当时，罗马城广场上出现了一道裂缝，占卜者说，这个裂缝若开不合拢，罗马的国力将丧失，克迪乌斯便全副武装地骑马冲进裂缝了。见李维的《罗马史》第七卷。

253　Scevola，公元前6世纪传说中的罗马英雄，据说罗马统治者拉尔斯·波森纳想杀掉他，他便将手伸进火里，以示自己是不怕死。见李维的《罗马史》第二卷。

254　Codrus，古雅典的最后一任国王，据说在大敌入侵时为国家献出了生命。

255　指约伯宁可去死，也不以口犯罪。见《圣经·约伯记》第二章。

256　语出西塞罗。

257　大概是指：永生的上帝，虽然曾以肉身莅临尘世（通过基督），却不想永远忍受活着的痛苦。

258　指塞涅卡的《论天恩》。

259　即基督教所谓的末日、最后审判日。

260　在西文中，mortification既在医学上有"脱疽"的意思，也有禁欲的意思。

261　"月亮与太阳相交并被掩蔽住光亮的时间，天文学家们称之为horae combustae。"（布朗手稿原注）

262　末世学所讨论的四个话题。

263　希腊神话中地狱里的三个判官之一。

264　希腊罗马神话中的一位女预言家。

265　语出卢坎的《法尔萨利亚》8.814-815。

266　在当时的人看来，世界是日渐朽坏的；布朗在自己的好几部作品中都谈到了这一点。

267　在布朗最初的原稿中，"有人"本来是"我"的，由于这一段话背离了对《圣经·创世记》的字面解释，谨慎起见，才改成如今的字样。

268　见《圣经·彼得后书》3.7："但现在的天地，还是凭着那命存留，直留到那不敬虔之人受审判遭沉沦的日子，用火焚烧。"

269　按当时基督教的说法，宇宙是在公元前4000年创造的，到了公元2000年将归于毁灭。按《圣经》中的先知埃利亚学派的"预言"，这6000年是分成3个时期的，每个时期各2000年。

270　《圣经·马太福音》24.36："但那日子、那时辰，没有人知道，连天上的使者也不知道，子也不知道，惟独父知道。"

271　"阿波罗的神托。"（布朗原注）

272　"那些日子，将会有说谎者和伪预言家们。"（布朗原注，这个意思原出自《圣经·马太福音》）

273　语出《圣经·马太福音》24.6。

274　语出《圣经·路加福音》21.25。

275　见《圣经·帖撒罗尼迦前书》5.2。

276　见《圣经·帖撒罗尼迦后书》2.3-4："人不拘用什么法子，你们总不要被他诱惑，因为那日子以前，必有离道反教的事，并有那大罪人，就是那沉沦之子，显露出来。他是抵挡主，高抬自己、超过一切称为神，和一切受人敬拜的，甚至坐在上帝的殿里，自称是上帝。"

277　按许多新教徒的说法，这个伪基督就是天主教教皇，但布朗作为新教中的温和派，在接受这种说法时是比较谨慎的。

278　拉丁文，意思是"要等到几时呢"，语出《圣经·启示录》6.9-10："揭开第五印的时候，我看见在祭坛底下，有为上帝的道，并为做见证、被杀之人的灵魂，大声喊着说，圣洁真实的主啊，你不审判住在地上的人给我们申流血的冤,要等到几时呢?"布朗的意思是说,即使现在(按他看法,"现在"已经离末日不远了)死的人,也得长久等待末日的审判。

279 许多西方作家都说过的一句话,布朗此语引自塞涅卡《论幸福生活》。

280 见塞涅卡《道德书简》第二十五篇中征引伊壁鸠鲁的话。

281 指塞涅卡。

282 东罗马帝国皇帝,曾试图恢复异教信仰。

283 "也就说,假如死后是一无所有的话。"(凯克注)

284 布朗手稿中此处有一段插话:"神造的永生者,无论是自然的还是神的声音,都不能毁灭它;我们看到的死亡者,就其受造的本质而言却是永生的,它屈服于死亡,只是一时之态,是因罪而来的抄没与罚金;因此从本质来说,它们并非死亡的臣子,只消一个小小的奇迹,它们便能恢复永生,只消取消那一道诅咒,就可返其初本,重见永生。"

285 "我相信,这是帕拉塞尔苏斯之流撒下的弥天大谎,而善良的托马斯·布朗爵士却信以为真了。"(柯勒律治注)其实并不仅此,布朗似乎曾亲自咨询过这类试验,大概是实验被人曲解了。

286 见《圣经·以西结书》37.1。

287 见《圣经·哥林多前书》2.9,又见《哥林多后书》12.4,所谓"文雅的使徒"是指圣保罗。

288 见《圣经·启示录》21.19对天堂的描述:"城墙的根基是用各样宝石修饰的,第一根基是碧玉,第二是蓝宝石,第三是绿玛瑙……"

289 见《圣经·哥林多后书》12.2:"我认得一个在基督里的人,他前十四年被提到第三层天上去,或在身内,我不知道,或在身外,我也不知道,只有上帝知道。"

290 按托勒密的天文学,这一重天包裹着那些移动的天空,而天堂位于它的外面。

291　见《圣经·出埃及记》33.18、20："摩西说，求你显出你的荣耀给我看……（耶和华）说，你不能见我的面，因为人见我的面不能存活。"

292　见《圣经·路加福音》第十六章，财主生前享尽荣华，乞丐拉撒路吃他餐桌上掉下的剩饭；两人死后，财主在地狱中受火的煎熬，拉撒路则进了天堂，进了亚伯拉罕的怀抱；财主乞求亚伯拉罕让拉撒路来给他泼点水，亚伯拉罕说："……你我之间，有深渊限定，以至人要从这边过到你们那边，是不能的，要从那边过到我们这边，也是不能的。"

293　指拉撒路这样的人，他们得到了上帝的特惠。

294　指无法纳入人的眼睛。

295　即不用眼睛而用灵魂"看"天堂。

296　见《圣经·启示录》21.8。

297　见下一节。

298　见《圣经·申命记》9.21："我把那叫你们犯罪所铸的牛犊，用火焚烧，又捣碎磨得很细，以至细如灰尘。"

299　《圣经·马可福音》13.31："天地要废去，我的话却不能废去。"而亚里士多德则认为天是永存的，金刚不坏的，奥古斯丁在《上帝之城》中则参照亚里士多德的说法，和《启示录》中提到的"新天新地"，认为天也许不被毁灭，只是被翻新。布朗的说法大概是因此而起的。

300　大概是指炼金术士。

301　指人，因为人是第六天造的；前五日的"汗漫之文"指天地万物。

302　阿那克萨戈拉（Anaxagoras，BC 500—BC 428），古希腊苏格拉底之前的哲学家。

303　抹大拉的马利亚是《圣经》中的一位从良妓女，所谓"七个魔鬼"，见《圣经·马可福音》16.9："在七日的第一日清早，耶稣复活了,就先向抹大拉的马利亚显现,耶稣从她身上曾赶出七个鬼。"

304　笛福在《鲁滨孙漂流记》中,也曾经借鲁滨孙之口说过这样的言论;这是典型的新教信仰,即重信仰,而不重功德;把上帝看成一个仁慈的天父,而非商人那样,对奉献给他的功德斤斤计较。

305　即耶稣生前。

306　这一段话,据说是受了但丁《神曲·地狱篇》的启发。在《地狱篇》第四章里,但丁描述了地狱的第一圈,即候判所中的异教哲人与诗人。基督教在此遇到了一个难题,对新教来说尤其如此:既然升天不靠功德,那么生于基督之前的哲人们,虽然功德圆满,也上不了天堂,但让他们下地狱也说不过去,因此便有了候判所这个地方来安置他们,借此使教义变圆通一些。

307　见《圣经·罗马书》9.20-21。

308　亚里士多德在《尼各马科伦理学》第八卷中,曾经大谈交友之道,但他与僭主赫米阿斯的交往,被认为是不合这一番"交友之道"的。

309　按古希腊传说,雅典的派里洛斯为暴君法拉利斯发明了一只铜牛,以便把罪犯关在牛肚子里,用慢火把他烤死,而法拉利斯则拿派里洛斯做了第一次实验。

310　指理性。

311　威尼斯城邦每年都举行的仪式,以感谢大海为他们带来了富庶的海上帝国。

312　指犬儒派哲学家克里特斯(Crates),见第欧根尼·拉尔修的《哲人传》第六卷。

313　《圣经·以弗所书》6.13:"所以要拿起上帝所赐的全副军装,好在磨难的日子,抵挡仇敌,并且成就了一切,还能站立得住。"

314　《圣经·罗马书》7.19:"故此,我所愿意的善,我反不做,我所不愿意的恶,我倒去做。"

315　古希腊神话中的一个怪物,上半身是人,下半身是马。

316　《圣经·提摩太前书》2.3-4:"在这是好的、在上帝我们救主面前可蒙悦纳。他愿意万人得救,明白真道。"

317 《圣经·马太福音》7.14:"引到永生,那门是窄的,路是小的,找着的人也少。"

318 指天主教:意大利的许多家族曾"包揽"了数代教皇的位子。

319 斯特拉博(Strabo,公元前63年—公元4年),古希腊地理学家,在《地理学》一书的第二卷中,他把世界上已知的、有人居住的地区比喻为一件摊开的短斗篷。

320 即马其顿国王亚历山大大帝。

321 在基督教早期,使徒们曾经在西亚、非洲广泛活动,而且这些地区曾经出现过许多殉道者,一些早期的宗教会议也在这里召开。

322 《圣经·马可福音》13.20:"若不是主减少那日子,凡有血气的,总没有一个得救的,只是为主的选民,他将那日子减少了。"

323 大概是指亚当教派(Adamites),一个基督教原教旨主义组织,但也许是指古希腊罗马时期原子学派,因为这一学说在16世纪末和17世纪,又一度在当时的科学家(如牛顿)中复活。

324 16世纪兴起于德国的一个名为"家庭之爱"的宗教派别,带有神秘色彩,伊丽莎白女王和詹姆斯一世时期曾流传到英国,受到了官方抵制。

325 此处尤指天主教,它的教皇以圣彼得的传人自居。

326 因为所罗门没有受洗;《圣经·罗马书》2.11:"凡没有律法犯了罪的,也必不按律法灭亡,凡在律法以下犯了罪的,也必按法律法受审判。"

327 《圣经·马太福音》19.24:"骆驼穿过针的眼,比财主进上帝的国还容易呢。"

328 《圣经·路加福音》12.32:"你们这小群,不要惧怕,因为你们的父,乐意把国赐给你们。"

329 这本来是天主教的教义,认为天使是分九等;但这个原则,也为反对天主教的新教所接受。

330 见《圣经·菲立比书》2.12:"就当恐惧战兢,作成你们得救的工夫。"

331 见《圣经·约翰福音》8.58。

332 指上帝头脑中的三位一体之神灵;所谓"会议的敕令",大概指的是《创世记》第一章中所说的"我们要照我们的形象、按我们的样式造人"。

333 亚当和夏娃的长子。

334 《圣经·士师记》7.5-7:"基甸就带他们下到水旁,耶和华对基甸说,凡用舌头舔水、像狗舔的,要使他单站一处,凡跪下喝水的,也要使他单站在一处,于是用手捧着舔水的有三百人,其余的都跪下喝水。耶和华对基甸说,我要用这舔水的三百人拯救你们,将米甸人交在你们手中。"

335 《圣经·马太福音》17.20:"耶稣说,是因为你们信心小;我实在告诉你们,你们若有信心像一粒芥菜种,就是对这座山说,你从这边挪到那边,它也必挪去。"

336 布朗在此不经意地提及仁恕,使我们想到他在此书的第一部中,主要探讨了两种品德:信仰和希望。

337 "'带'(Climate)指地球上两条纬度之间的地带。"(《牛津大字典》)

338 在1629年布朗从爱尔兰返回英国的途中。

339 《圣经·箴言》1.7:"敬畏耶和华是知识的开端,愚妄人藐视智慧和训诲。"对"群"的攻击,是布朗时代的老生常谈。

340 这种说法,大概是受启发于当时的一种算盘,它的上下各有一行算珠;下面的一颗算珠代表数字五,上面的那些则每颗代表数字一。所以说,三(或四)个据上位者绑在一起,也不抵一个沉沦下位者。

341 Dorado,据说是南美洲亚马孙地区的一个国王,按早期西班牙探险家们的说法,他一遍遍地在身上涂油,然后洒上金粉,最后金粉便不再掉下去,成了真正的镀金人。除了西班牙人外,英国的劳利爵士曾带领一支探险队去南美，试图找到他的王国。后来泛指那些腰缠万贯的人。

342　宇宙中的等级次序，在当时的人们看来就是这样的，可以参看《医生的宗教》第一部第33节。

343　大概指刚脱离西班牙而独立的荷兰。

344　文字、书等，是布朗最爱用的比喻。

345　《圣经·诗篇》147.4：“他数点星宿的数目，一一称他的名。”

346　《圣经·创世记》2.19：“耶和华上帝用土所造的野地各种走兽和空中各样飞鸟，都带到那人面前看他叫什么，那人怎样叫各样的活物，那就是它的名字。”

347　据西方学者们的研究，这本书归在亚里士多德名下是不足为凭的。

348　指吉卜赛人。

349　在布朗时代的人的用法中，字母 i 与 j，u 与 v 是同一个字母，所以现在的二十六个字母，在当时是只有二十四个的。

350　原本和摹本，在柏拉图那里被比喻为理念和世界，在基督教哲学里，也是如此，但理念已变成了上帝的理念。

351　《圣经·路加福音》16.20：“有一个讨饭的，名叫拉撒路，浑身生疮，被放在财主门口。”

352　见《布朗传》注26。

353　S 与 T 是指希腊文中的两个字母 Sigma 与 Tau，在琉善的作品《辅音过堂》中，它们两个曾经为了一个细小的语法问题而掀起一场诉讼。

354　"到底是 Jovis 还是 Jupiteriso。"（布朗原注）

355　普里西安（Priscian）是6世纪早期伟大的语法学家，在西方已成为语法的代名词；拉丁谚语中有 Diminuere Priscianis caput（撞破了普里西安的头）一说，指违反语法的现象。

356　语出贺拉斯《书信诗》第二卷第一节。德谟克利特即古希腊的那位智者，经常站在桥头大笑人间的可笑事，布朗同时代的另一位作家罗伯特·勃顿的著名作品《忧郁的解剖》一书的序言即以"小德谟克利特致读者"为名，其中对人间的各种可笑事进行了讽刺，可与布朗的这段文字相参看。

357 "可以把磨刀石一切为二。"（布朗原注）阿克蒂乌斯（Actius），公元前2世纪末罗马悲剧诗人，李维《罗马史》第一卷中，曾称赞他的作品讽刺之锋利如剃刀，可以割破磨刀石。

358 语出16世纪法国诗人杜·贝莱（Joachim du Bellay）的《哀歌集》，布朗略有改动。

359 《圣经·提多书》1.12："有革哩底人中的一个本地先知说，革哩底人常说谎话，乃是恶兽，又馋又懒。"革哩底今通译为克里特，古希腊地名。

360 大概指古罗马皇帝卡里古拉，他嗜杀成性，曾希望所有的罗马人聚成一个脖子，好让他一刀砍下。见苏维托尼乌斯《罗马十二帝王传》。

361 布朗的说法颇合我国老子学说，也在后来的弥尔顿身上得到嗣响；见他的《论出版自由》（Areopagitica）。

362 见《圣经·出埃及记》20.13。

363 希腊神话中割断人的生命之线的命运三女神之一。

364 布朗这一说法在当时是惊世骇俗的，因此当即便遭到了反对。

365 亚当的长子该隐杀害了自己的弟弟亚伯。见《圣经·创世记》。

366 《圣经·约伯记》4.4-5、8："（提幔人以利法回答说）……你的言语曾扶助那将要跌倒的人……但现在祸患临到你，你就昏迷，挨近你，你便惊惶……按我所见，耕罪孽、种毒害的人，都照样收割。"

367 此说大概是受启发于数学中的微分法。

368 公元前4世纪的两位叙拉古人。皮西厄斯被暴君迪奥尼修斯判处死刑，刑前得到允许回家处理后事，并暂由他的朋友达蒙代替他的"位置",而假如他不按时回来,则将杀掉达蒙,赦免皮西厄斯;正当行刑的那刻到来之际,皮西厄斯赶回了刑场,暴君迪奥尼修斯被他们的友情所感动,最终赦免了他们两个。

369　荷马史诗《伊利亚特》中的两个人物。阿喀琉斯与阿伽门侬发生争吵,拒绝出战,他的朋友帕特洛克罗斯则穿上他的盔甲代他出征,结果被特洛伊的英雄赫克托尔杀死了。

370　即摩西所传的十戒中的第五条;《圣经·出埃及记》20.12:"当孝敬父母。"

371　柯勒律治在注释中,曾在此处感情大发:"我爱一个女人,并深信爱这样一位女人是友道的至极",等等。

372　指基督身上的人性与神性。

373　指三位一体。

374　指圣灵既存在于上帝身上,也存在于基督身上。

375　"这位意大利人通过诱骗的手段,使自己的朋友放弃了对救赎的信仰,而后当即将他毒死,以免他后悔,借此保证他永远死掉。"(布朗《流行的谬误》第七卷第十九章)

376　见《圣经·哥林多后书》12.7:"又恐怕我因所得的启示甚大,就过于自高,所以有一根刺加在我肉体上,就是撒旦的差役,要攻击我,免得我过于自高。"

377　1571年基督教国家的海军与土耳其海军在希腊附近的勒班陀进行的一场大海战,土耳其海军大败,由此解除了多年来土耳其人对基督教诸国的威胁。

378　未详何典。

379　指罗马皇帝克劳狄乌斯·尼禄·提比略;关于提比略聚众宣淫的事,可参看苏维托尼乌斯的《罗马十二帝王传》中的"提比略传"。

380　指伽利略于1610年发现的新星。

381　世界之为"大我",源自"人是一个小宇宙"之说,可参看《医生的宗教》第一部中的相关章节。

382 关于这一节，约翰逊博士在《布朗传》中有一段很有趣味的评论，可以参看。

383 骄傲（pride）在英语中只有一个音节。关于这一节，亚历山大·罗斯在《医生的宗教》出版后所发表的辩驳中说："骄傲之为罪，远比你想的要狡猾，即使在我们最好的作品中，骄傲也会偷偷潜进来，你不骄傲，那你认为自己没有骄傲又做何解？"其言甚是。

384 这番吹嘘使人想起保罗在《圣经·哥林多后书》第十二章里的自吹自擂。

385 见约翰逊博士《布朗传》。

386 即《圣经》中关于巴别塔的传说；见《创世记》第十章。

387 位于伦敦市，布朗即出生在齐普塞区。

388 见柏拉图《申辩篇》。

389 据普鲁塔克的说法，荷马是在回答斯芬克司之谜时虑竭而死的；关于这一点，布朗在他的另一部著作《流行的谬误》第七章中曾加以驳斥。

390 布朗时代的人们大都相信这样一个说法：亚里士多德想弄清欧里皮斯河何以在一天之内涨潮落潮七次，却一筹莫展，绝望之下，他投河自尽了。布朗在《流行的谬误》一书中，也曾将它作为一宗"流行的谬误"而加以驳斥。

391 罗马神话中的一个双面神，他守卫着天堂的大门，一张脸朝前，一张脸朝后。在《医生的宗教》第一部中，布朗说"哲学似乎有两张脸孔"，即是借用这个神话。

392 见《圣经·传道书》中的部分章节。

393 《医生的宗教》虽然出版于布朗结婚之后，但此书的完成却在布朗婚前。

394 布朗的这一套说辞，在此书出版不久之后的1645年，即遭到了詹姆斯·霍威尔的批驳，他认为"布朗希望在与女人交合之外另有繁衍世界的办法，是一种最娘娘气的作风"。随后，约翰逊博士也曾经就此消遣过布朗,参看《布朗传》。

395　据传说中的"三重伟人"赫尔墨斯说:"上帝就本性来说是一位音乐家,他以和谐满了整个宇宙。"从古代直到文艺复兴时代,关于世界是和谐的、上帝(或神灵)是音乐家的说法是异常通行的。

396　指上帝。

397　德昆西在《瘾君子自白》一书中就这句话发表评论说:"尽管它的妙处在于高言阔论,但其中还有一种哲学的价值,因为它使人想到了音乐之效果的真正理论。"

398　见柏拉图《斐多篇》。

399　布朗的手稿中此处有一段插语:"它解开了肉体对我的束缚,使我变成了碎屑,膨胀出于体外,并一点一点地把我化解,最终使我溶进了天堂。"

400　"见《编年史》: Urbem Romanm in principio Reges habuere."(布朗原注)

401　"Pro Archia Poeta: In qua me non inficior mediocriter esse."(布朗原注)

402　《圣经·马太福音》12.31:"所以我告诉你们,人一切的罪和亵渎的话,都可得赦免,惟独亵渎圣灵的,总不得赦免。"

403　上一段话颇合于佛家的意思,即只要不失自性,人人都可以成佛,即使是最恶的人。文中的拉丁语是一句风行的谚语;托尔斯泰也有类似的说法,即为大善的人,必有为大恶的能力,而且往往在年轻时堕落、荒唐,待到幡然悔悟,改弦更张,就可以成为圣人了。

404　"我想亚当是没有肚脐的,因为他并不是女人生的。"(布朗手稿旁注)凯克在注释中补充说:"转喻原罪。"

405　语出西塞罗《论义务》第三卷。

406　也有"慈善院"的意思。

407　参看《医生的宗教》第一部第 34 节。

408　阿特拉斯是希腊神话中的一个巨人,因为触怒了宙斯,被罚来肩扛着天空。

409　地球表面之有尽头，仅可由地球之外的天空中方可看得出来。

410　未详何指，大概是指地球的经度，因为它在东西两半球各为180度，合为360度。

411　未详何指，大概是将方舟比喻成"微型宇宙"了。

412　见《圣经·创世记》1.26-27。

413　布朗手稿中在此处有一段拉丁文的插语："我身上自有变穷为富、变厄运为幸福的力量；比起阿喀琉斯，我更是刀枪不入，命运在我身上找不到可击之懈。"

414　布朗手稿中此处有一段插语："由于睡梦，我不需要王冠就可以称孤道寡，一文不名也可以富比陶朱，虽在尘世，却如天堂，相隔万里，动如参商，却可以得友朋之乐。"这一节关于梦的讨论，布朗又在他的另一部作品《论梦》中加以申发。

415　据西方的星相学，土星下出生的人性格"忧郁"，或者说，多思、多幻想；比如据说柏拉图就是出生于土星之下，而佛罗伦萨的新柏拉图学派的哲人们（比如费奇诺）也多出生在土星之下。关于这一性格，可以参看与布朗同时的另一位作家罗伯特·勃顿的名著《忧郁的解剖》。

416　指亚里士多德的《论睡与醒》，他在这篇文字中说，睡眠是一种没有观念的状态，布朗大概不喜欢这种说法。

417　指盖伦的《论肌肉的运动》。

418　地米斯托克利，古希腊时期的雅典政治家、著名将领，大败波斯海军的那位指挥官；关于他在睡眠中处死犯罪士兵的说法，源出于伊索克拉底。

419　这两个人曾经被暴君尼禄处死，但死法却由他们自己选定。

420　布朗的另一份手稿中此处写作："这诚然是一个适宜于祈祷的时刻，因此我在倒头入睡前，总要做一场演说，并借一场对话与上帝告别。"

421 《圣经·路加福音》6.31。

422 一种草药,据说可以治疗疯病,贺拉斯在他的《讽刺诗》第二卷里,曾经将它作为一剂灵丹推荐给贪婪的人服用。

423 据说此说源于古希腊哲学家阿那克萨戈拉。

424 哥白尼的学说,布朗却至多承认是一种假说;约翰逊博士在《布朗传》中曾就此批评布朗。

425 据说这个说法为第欧根尼、德谟克利特所坚持(见亚里士多德的《论灵魂》第一卷)。

426 指埋藏于地下的黄金。

427 当时正是西方的探险时代,许多人将西印度群岛当成了一个遍地黄金的国度。

428 见亚里士多德的《尼各马科伦理学》第一卷。

429 见《圣经·马可福音》12.42:"有一个穷寡妇来,往里面投了两个小钱,就是一个大钱。"

430 布朗的另一份手稿中此处写作:"我敢夸口说,就慈善大度而言,比起那些修造慈善院、建立教堂的富人,我毫无逊色。"

431 布朗手稿中此处有一句插话:"我穷到只剩一文小钱时,也会掰一半给穷人花。"

432 当时的秘鲁以银矿知名。

433 语出《圣经·箴言》19.17。

434 "你们的身边就离不开穷人。"(布朗原注。但不知这句话出自《圣经》里的哪一章,也许是布朗误记)柯勒律治在此处的注释中大喊道:"说得没羞没臊!难道除了惨兮兮的贫困,仁慈就再无可施的目标了?"

435 见《圣经·传道书》1.14,2.11。

436 见亚里士多德的《尼各马科伦理学》第一卷。

瓮葬

> 我们活着是与死亡相伴的,我们并非死在某一时辰。

简论诺福克郡新近出土之葬瓮

致我尊贵的朋友——克罗斯特威克地方的乡绅托马斯·莱·格罗斯老爷[1]

当丧火的柴堆熄灭,最后的道别已过,人们向入土的亲友永诀,却未料到后来会有好事者就这些骨灰发表议论,骸骨能留存多久,他们并无过去的经验,故想不到后人的这一番评说。

可有谁知道自己尸骨的命运,或者说,自己要被埋葬几次?谁又能料见自己的骨灰是否会星离四散?许多人的骸骨,像庞培父子的尸体那样,埋在地上的四面八方[2];当它们[3]来到足下之左右,似是经过了迢迢万里,但假如据直而行,则它们于足下、于北极,是只有数里之遥的[4]。

忒修斯的遗骨会再次出现于雅典[5],并不是杳不可测或出人意料的事;而这些葬瓮恰巧出土于足下之左右,却是人不可逆料,而是命运之巧合、亡者之有幸。

我未尝不希望,这堆瓮有剧场之瓮的效果[6],能回荡起当归于足下的喝彩与荣耀;无奈它们只是惨淡的葬瓮,没有快乐的声响;只在默默地演述着古代的亡灵,和那被遗忘的时代所留下的残迹,只能向活人谈起在这具可腐可坏的身体里,有一些东西是经久不坏的;甚至比起远未落生的骨肉,比起我们身边最宏伟的殿堂[7],它们更能持久。

我将这些骨灰呈奉于足下,并非作为诡异之物,以图开足下之闻见;瓮中的佳品、各种最高贵的骨灰,足下已久有见识;足下于古物,信非浅学所能比,历代帝王的脸孔[8],足下每天都可以唤至前来,取为寓目之资。借助这些古物,足下神游于前言往行,摅怀旧之蓄念,发幽思于远古,在那个时代,即使活人也是古董,活人的数目要多于死人,当他们撒手尘寰,很难说他们是入了大群[9]。足下骋怀于天地之始,措意于邃古之初,与此相比,最老的遗物也是年轻的,大地只是黄口小儿,若不照埃及人的计算,则只是一道数千年的短促噪响[10]。

这一件事,曾使我心有所动,却没有借机就古物有所撰述,或闯入古物收藏的话题。我如今谈论古代,是迫不得已的,因为我们来日无多,已没有时间理解新的事物或领悟新奇的学问。然而眼见他们死而复出,在我们身边悄焉无语,虽然如白驹过隙,却也有一刻命数在,我真不忍心他们再一次死去,在我们身边被第二次掩埋。

此外,保存生者,使死者得生,使人不入进瓮里,议论一下瓮中人的残片,对我们这职业[11]来说,也非节外生枝。我们研究的是生与死,每天都能见到死的事例,我们最不需要人为的象征物,或床边放一口棺材,来提醒我们坟墓的存在。

如今,该是我们探究这些事情的时候了,别让卓然之物逃逸过我们的眼睛;远古之人的懒惰,已经使许多事物沦于湮灭了;时间也用史料来殉葬自己,所以构建一部新的《不列颠志》[12],即使最勤奋的人,也断非易事。

追溯往古，默念先人，如今是得乎时宜的。伟大的典范日渐稀寡，故需求诸往代。朴厚之风，高翔远引，浇漓之俗，阔步前来。取当今之则范和前言往行，以为修美弃秽之资，我们尚有漫漫的长路。纵把万物当一出大戏来看，也不足给予我们教诲；缝缀一件完美的善德，需要取材于所有时代补钉成的百衲之衣，好比在古希腊，聚合众美，也仅是成就了一位美丽的维纳斯那样[13]。

当初人们发掘出亚瑟王的遗骨时[14]，这个古老的种族[15]会以为：他们多少在其中目睹了自己始祖的影子；而说起我们灰瓮里的遗骸，此地却没有人可以他们的遗属自居；他们所目睹的，是这样一些人的遗骸：在有生之年，曾为其先人立法[16]，湮没多年之后，如今却任由他们摆布。但假如我们想起他们为此地带来的礼乐之风，忘记那些逝如云烟的苦痛，那我们就该以仁厚为心，保留下他们的遗骨来，而不以便溺加诸他们的骨灰[17]。

我无意将这些古物，奉献给世家旧族，与他们相比，这些葬瓮更加年久岁深。以足下先人为梁柱，建足下之大名，是我所不取的；足下敷扬祖绪，德契古人，论家徽之贵盛，孰可愈此？久接咳唾，深知足下谈辞放达，摆落俗套，一言一语，信乎由衷，故以足下为荆山之玉璞；仆材朽身秽，土瓮骨灰，犹不足以喻其朽质也。

诺里奇
1658年5月1日
托马斯·布朗谨拜

第一章

在地下深处的发现中,浅土下的东西,就可让一些探寻者满足了;只要掘开浮土两三码,他们就不再用心深求,去翻耙波托西[18]的脏腑,或是隧及黄泉。大自然装饰了地面的一部分,人则装饰了另一部分。时间的宝藏并不密掩深藏,在瓮里、在钱币中或在墓碑上,而很少落于草木的根下。时间有无尽的瑰丽之物,并展示着万品;它在天庭里显扬故物,在大地做新的发现;甚至大地本身,也是一桩发现。那个巨大的古物——美洲,即被尘封了数千年。而地球之大部,对我们来说仍处在瓮里。

亚当的受造,固然是取用了大地四方的精华[19],而且每一部分都需要偿还,但人却很少将自己遗骨,归送到所从领受骨肉的地表之下;不爱巨人之坟墓,即掩体于沉重的山陵,却满足于不足一身的深度,希望自己的尸骨得以安息,覆身的黄土,不过于沉重;即使渴望复活的人,也不满意于深葬黄泉,或狠下心来,把尸骨放在人找不见的地方,永不再见天日。多亏这种葬法,我们才得以和祖先交流,并目睹了他们本人也未曾见过的自己的器官。

虽然泥土浪得大名,水却是最悍猛的坟墓;它曾经在四十天里[20],几乎吞灭了人类和有生的造物;海水如果未得淡水的调和,当初鱼也难逃厄运。

在形神离散之际,灵魂处于何种状态,许多人劳心苦志,以求决断之;但说起用心深巧,以灭裂自己的遗体,人却是最怪诞不经的。但最通情达理的民族,则满足于两种办法:或径直土葬,或予以焚烧。

土葬或掩埋,起源是较古老的,亚伯拉罕和那些祖长的故例[21],可以足资证明;据一些传说,亚当被埋葬于大马士革,或圣山的附近,这一点倘得明证,则土葬沿袭之久远,是莫与争雄的。上帝仅掩埋过一个人[22],他之乐于选用这种办法,可推断于经文的用词,以及魔鬼和天使长为发现摩西的尸首而发生的激烈口角[23]。

而火葬的风习,也是起源甚古的,较之于土葬,并无逊色。且不去根据赫拉克勒斯予以推断[24],在荷马的诗篇里,便有描述希腊人火葬的雄词丽句,如帕特洛克罗斯和阿喀琉斯的礼葬[25];如果求之于底比斯战争,则这一风习将愈见古老,如墨诺扣斯和阿尔克墨洛斯的隆重火葬[26],便与以色列的第八代士师睚珥同时[27]。可资以为证的,还有特洛伊战争,如赫克托尔的葬柴,就是点燃于特洛伊的城门之前;此外还有亚马逊女王彭忒西勒亚的焚化[28];在亚洲的腹地国家里,这一风习也是源远流长;晚近到儒略[29]御世的时代,我们还发现基奥尼亚国王[30]焚葬了儿子的尸体,并将骨灰封进一口银瓮。

这一风习还远播到了西方;赫鲁黎人[31]、达契人[32]和色雷斯人以外,沿袭这一风俗的,尚有大半凯尔特人、萨尔马泰人[33]、日尔曼人、高卢人、丹麦人、瑞典人和挪威人,迦太基人和美洲人的一部之沿用这一风习，也是不当略过的。在罗马人中，这一风习远比大多数人和普林尼[34]所认可的要古老。因为在城内火葬或土葬、用浸过泪水的木柴做葬火，或用酒浇灭葬火，是列入古老的十二铜表法的；此外，曼里乌斯执政官也曾火葬自己的儿子，努马[35]的遗嘱中特有一款，即不要火化，要归葬于黄土；而据奥维德的描述，雷穆斯[36]则是被隆重土葬的。

罗马的第一位火葬者，并不是科尔涅里乌斯·苏拉[37]，而是科尔涅里乌斯家族的某一成员，这一种办法，以前只是偶一为之，并非常例；此后则远播开来，成为普遍的风习。在火葬之风最盛的时期，火葬也并非人人以求的；比如说，甚至在乌鸦都被火葬之时，尼禄的妻子波比娅却一反常例，归葬于黄土[38]。一切风俗，莫不建立在某种理性的始基上，所以火葬的风习，也是不乏理性的；对于最合理的形神化解的各种理解，便是火葬的根由。某些人持有泰勒斯[39]的看法，即水是万物的始因，认为水最有销蚀之力，可以柔化万物，使之归于一缕湿气；另一派人则认为，火中寂灭最合于自然之道，是尽款忠于四大合和之主素，这一说法所根据的，是赫拉克利特的教义。所以堆起一堆木柴，更便于它们飘往那一种元素，还可以在众目睽睽之下，身体的一部化为蛆虫，另一部分，则化作四大合和中的金刚不坏之质，进而被保留下来。

照某些人的理解，火有除秽修洁的功效，可以提炼粗糙的杂质，把浸透在其中的以太微粒焚扬一空。有些人，或由于传统，或因合理的猜想，持有万物将毁于葬火之念，或以为火这种元素，在天崩地坏之际，一定是金刚不坏的，为其他元素所不能克伐；这些人，自然会想到用火来化解形神。另一些人，却不妄求自然的理由，而是出于世故之念，以免在入土之后，复遭敌人的怨毒。苏拉取火葬一途，正是出于这一层顾虑；他曾经施毒怨于马里乌斯的尸体，自会担心自己的尸体也遭人报复；故在内战之后，在罗马人竞相报复以后，火葬的风习就为人所钟爱了。

有许多民族是钟意于火葬的；另有许多民族，却弃如敝屣；有的爱之如友，有的则避之如仇，印度的婆罗门教徒似乎是火的挚友；他们常常自焚，以为在火中了断生命，是最高贵的一途；这一说法的依据，是一位印度人的言辞，他在雅典焚烧自己，上了柴堆以后，他对那些不胜惊诧的围观者，道出了自己的临终之言：我这样便获得了永生[40]。

然而拜火甚诚的迦勒底人，对于焚烧尸体却大为厌弃，以为这样是玷污火神的；波斯拜火教的僧侣们之不取火葬，也是出于相似的顾虑；他们所热切求望的，只是自己的遗骨，故暴尸于野外，供鸷鸟啄食皮肉与内脏。如今印度的波尔西教徒[41]之暴尸于苍鹰，却不耐棺木这本色的柴火，也是受惑于这一细密的考虑。但古代的日尔曼人是否焚化死者，是否害怕玷污他们的赫尔图斯神或大地呢？我们尚做不出可靠的推测。

埃及人怕火，并非作为神灵，而是作为一种吞噬万物的元素，能无情地化蚀他们的肉体，使之不留点痕，故敷以贵重的香膏，存置在干土里或精致的玻璃罩内；对于保存尸体的完整,他们想出了最招人瞩目的办法。经由浸淫于埃及人之学说的毕达哥拉斯学派之教义,我们可以推测说,努马和毕氏的门徒们,是最早向火葬招手之人。

但凭着风与剑,也就是说,凭着生与死立誓的西徐亚人[42],则颇不以火葬为然,故离绝于所有葬土,把坟墓建在了空中;而埃及四周的食鱼族,却喜欢以大海为墓[43],这可以免于目睹形销体解,并偿还身体的欠负。但荷马诗史里的古代英雄,却最怕水和溺死,这或许是出于那种古老的观念,即灵魂为火质,唯有水可以浇灭之。故诗人浓墨重彩,烘托出这一死法的形神俱灭,即埃阿斯的死亡[44]。

古老的巴勒里人[45]则有一套奇怪的葬法,在丧礼中,他们使用大瓮和许多木柴,却不用火,在把死者的尸体捣烂之后,便塞进瓮中,上面盖上柴堆。而不取火葬或瓮葬的中国人,则使用树木和大量的烧祭品,他们在墓旁植一株松柏,在上面烧掉大量的纸画——奴仆、车马,并以这些画中的扈从为满足,而在化外之民看来,它们与实物是浑然不分的。

基督徒们则不喜欢这种葬法;在活着时以身投火,固非他们所坚持的,死后施以火葬,也为他们所厌恶。他们宁愿葬于泥土,而不愿被大火烧毁,宁愿归于尘土,以清白之身听命上帝的判决,却不愿归于骨灰;这合于先知们的所行,也合于我们的救世主、彼得、保罗以及古代殉教者们的葬法。事到后来,有人拒绝与异教徒混葬,无奈持之过甚,肆无忌言,竟而受到了教会的申斥。

有些异教徒是绝不会赞同火葬的。因为他们得在坟墓中接受黑、白天使的现世审判；所以坟墓必须是中空的，以便他们能跪在里面。

犹太人虽然喜欢土葬的旧办法，有时却也允许火葬，比如雅比人焚烧扫罗的尸体便是[47]。他们焚葬亲友的尸体，并非慑于禁令，比如在瘟疫流行时怕疾病四下传播起来[48]。有时候，即使他们不焚烧死者的尸体，他们也在死者的周围焚烧一大堆东西，这一点，可以从谈到约兰、西底家和亚撒的豪华祭品的经文里推知。[49]对于异教徒的火葬，他们也略无反感，故那些哀悼恺撒——他们的朋友，庞培的仇敌——的犹太人，时常去瞻顾他的尸体焚烧数夜之久的地点。[50]为了自己的民族，他们立起了庄严的纪念碑和陵庙，而为别的民族树碑立庙，他们也没有顾虑，如但以理的做法便是；他曾为米堤亚人和波斯国王在埃克巴塔纳留下了一座不朽的陵寝。[51]

然而，即便在臣服于异族并备受虐待的年月里，他们也绝未宾从罗马人的火葬风习，凭借于此，他们得到了关于基督遗体的预言，即他的身体，必不见朽坏，他的骨头，一根也不可断折。[52]我们所信仰的基督，还得到了上天的保护，从而免害于士兵的长矛和从手脚的细骨中间楔入的钉子。在十字架上腐烂，是罗马的法律，割去犯科者的顶发，是犹太人的习俗，而基督却身不腐烂，毫发无伤，天心之巧，真是非同小可。

在与埃及人长期共居的时候，用香膏保存尸体的习俗，也没有潜入他们中间；劈开肌肉，取出大脑与内脏，便破坏了复活之身的完整；这一种复活，虽不尽合于埃诺、埃里亚以及约拿的复活方式[53],然而到了复活时,其飞升之力,也是大小如之的,仍可以打破死神的羁绊,脱去裹身的尸衣,振落百磅重的尸油,在石块滚落之前出脱于坟墓。

犹太人虽不接受火葬一途,但许多与希腊人、罗马人的丧礼相同的仪式,却也为他们所钟爱。见一见他们的丧礼、墓前的哀号、他们的音乐和那些哭天抹泪的人,以及他们怎样合上亲友的双眼,又怎样洗洁、涂膏并亲吻死者的,我们就容易看出:这已不仅是异教的礼俗了。而他们的蒿里薤露,哀歌相连,用颤抖的嗓音,高呼"我儿亚沙龙"[54],与其他民族的众声哀号、三重告别,是否也有相通之处?对此我们尚无一定之见。

精通民法的人立墓造冢,总要取材于各民族的礼法,而其他的人立墓,则率乎自然,然而在动物群中,也是可以找见坟墓的。颜甲千重的人,既然还相信凤凰的故事[55],那么对于动物的焚葬,自然要哓哓不休,但见识沉稳者,却在大象、苍鹭、蚂蚁的墓室以及蜜蜂的行为中,看出了一些坟墓的范例。这些小小民邦抬出它们的死者,虽没有土葬,却也举行了葬仪。

瓮　葬

《瓮葬》第一版（1658年）附在"献词"后的插图，现移到这里。图中的拉丁文为普罗佩提乌斯《哀歌集》第四卷第十一首第14行，是科尔涅利娅的灵魂在火化后说的话："我现在的重量用五个手指就能被拈起。"（王焕生译）

第二章

焚化或土葬的隆典盛仪,已经有人以雄浑的笔风铺叙过,因此我们不再重复,以免渎扰看官。只有瓮中的残骸,即收敛来的骨与灰,我们不当一笔略过,近来由我们身边的某项发现所偶然逗起的话题,也不能按下不表。

不多几月之前,在古老的华兴翰镇(Walsingham)的一片田里,挖出了四五十只葬瓮(见前图);它们埋在干燥的沙土中,距地不足一码,两两之间也相去不远。虽然形状不一,但与画中的葬瓮大部分相仿:有的瓮里装有两磅骨头,可以辨出是头骨、肋骨、下颚、腿骨和牙齿,焚烧的痕迹尚清晰可见。除去小盒子、精致的梳子等身外之物,还有几件小铜器和黄铜镊子,其中的一只瓮里,还有数颗蛋白石[56]。

在上述地点的附近,大约六码的范围里,还挖出了一堆木炭和焚烧物,由此看来,此处便是焚烧场,或是向魅尼兹[57]献祭之地;它略低于地面,正好比高于地面的天神或英雄的祭坛那样。

由这一习俗之普遍和发现的地点推测,说它们是罗马人的葬瓮,大概是不言自明。这里距罗马人的营垒不远,离布兰克斯特(Brancaster)只有五英里之遥,在古人的记载中,它是被称为"布兰诺顿诺姆"的[58]。与之毗邻的市镇辖有七个教区,名字还带有撒克逊语的尾音，与古代无别，即仍保留着"伯恩翰"的名字。作为一座早期的军营，它左近的地区也许住满过居民，他们或是罗马人，或是已经归化罗马、遵守罗马礼俗的不列颠人。

很早以来，罗马人便占领了此郡，也并非是没有可能的；尽管在君士坦丁[59]颁布新诏，以及撒克逊海岸的伯爵发动军事进攻以前，此地的详情我们不得而知，但约在撒克逊人入侵之时，达尔马提人[60]的骑兵，即已驻扎在布兰克斯特。而到了克劳迪乌斯[61]、苇伯芎[62]和塞维鲁[63]时代，我们则发现有不少于三个兵团的兵力，散驻在整个不列颠行省。久在克劳迪乌斯御世之初，罗马总督奥斯特里乌斯[64]便已征服了伊凯尼人[65]。在这个国家受此蹂躏后不久，普拉苏塔古斯为解纾国难，将王国传给尼禄和自己的女儿们；他的王后布狄卡则与保里努斯进行了决定性的最后一战。[66]在这以后，以及苇伯芎治下的总督阿古利可拉征服不列颠之后，罗马人也许便完全占领了这个国家，并区划军镇与居民，以合乎安全所需。[67]所以说，早在苇伯芎时代，此地便有罗马居民，当不无可能；而后则有撒克逊人定居下来，在他们那些民居稀疏的地图上，我们仍可找见华兴翰的名字。假如照词源推断，伊凯尼人只是迦马人、安孔尼安人[68]，或居住在不列颠之角楔或肘状海岸的居民，那该郡就理当获得这个意有所指的名字，即伊肯[69]，或伊卡尼亚。

当时不列颠的人口异常稠密，似是无可置疑的，这可由恺撒的行文推知。[70]七千名兵士及其随属被布狄卡斩杀[71]，也足以说明罗马人当初是数目不小的。罗马人的居住地，尽管许多已不为今人所知，然而有些地区为罗马人所据，仍可得证于古籍、营垒、钱币以及葬瓮。有些葬瓮出土于卡司托，还有的则出土在南克里克附近，而在数年以前，至少有十口葬瓮出土于布克斯顿的一块田里[72]。但据史载，附近却未有过驻军。在我们身边发现有罗马铜币和银币，也不足为怪，而在塞特福德或西托玛古斯，即安东尼[73]巡行记里所提及的由温他通往伦敦的路上，则发现了大量的钱币，铸造于苇伯芎、图拉真[74]、康茂德[75]、安东尼[76]、塞维鲁等朝代。但还有大量的铸币，则是戴克里先[77]、君士坦丁、君士坦司[78]和瓦伦斯[79]朝的，另有许多，则铸有维克托里努斯[80]、波斯杜穆斯[81]、泰特里库斯[82]以及加里恩努斯[83]朝之三十暴君[84]的头像，其他一些，则可以远溯到哈德良[85]时代。而出土最频繁的地区，则是诺里奇和雅茅斯所辖的两座卡司托镇，以及布尔凯索和布兰克斯特[86]。

此外，铸有卡特里德[87]、坎纳图斯[88]与玛蒂尔妲[89]等人头像的诺曼、撒克逊和丹麦的钱币，及一些不列颠人的金币，也时有零星的发现，而诺里奇附近发现的银币，则数量颇多，正面有一幅粗陋的头像，反面则是一匹形丑状陋的马，并印有 Ic. Duro. T 字样的铭文，这是否暗指 Iceni、Dutotriges、Tascia[90] 呢？我们只能付之悬测。照野史之说，诺里奇城堡是与尤利乌斯·恺撒同样古老的，但它与此地的距离、其建筑的哥特式样，却使其古老大打折扣。尽管诺里奇城兴起于温他（Venta）的废墟上，尽管此前或有过居民，但据不列颠人的钱币推知，此地的居民点，却是由撒克逊人扩大、修建并命名的。而在东英吉利王国的统治下，此地人口几何，却是史无明文，传说对此也未置一词。当丹麦人涌入

瓮　葬

时，这里的人口已是异常繁庶了，正是在这时，苏威诺[91]焚烧了塞特福德和诺里奇城，而当地的总督乌尔夫克泰尔[92]，尚有余勇小做抵抗，此后又试图让丹麦人的樯橹灰飞烟灭。

罗马人在他们征服的这块土地上，何以会留下这么多钱币，似乎是难可断言的，除非我们认为：当蛮族入侵、他们被迫离弃帝国内部大部分地区的居民点时，由于法律严酷、禁止他们把钱币转作他途，他们便将钱币埋在了地下。在这件事上，斯巴达人则有其独特之处，他们用醋给铜币淬火，以使它归于无用。[93]有人怀疑不列颠人可曾留下过钱币；他们用作货币的是钱牌和铁环[94]和那些后经官家允许却又小又薄的铸币；撒克逊的钱币留存甚少，是因为他们接二连三地被人征服，他们的钱币渐渐化铸成新钱，消失在后代的印记里了。

这些葬瓮埋藏于何时，其中的遗骸年经几何，也并非不可底测。既然第一次进军此地的，是克劳迪乌斯治下的总督，既然覆灭布狄卡的，是尼禄的兵旅，而彻底结束这些征服的，是阿古利可拉，那么在此以前，此地之布满军镇或广有移民，也就是没有可能的事情，所以无论怎么说，这些葬瓮均当是晚一些的产物，不会更古的。

后任的皇帝们，也并未停止对此地以及其他地区的征服，这一点，有史书和流传至今的铭文为证。因此不列颠一省，与罗马虽有海天之遥，却得觐列皇之天颜，且不限于恺撒、克劳迪乌斯、不列塔尼库斯[95]、苇伯芗、提图斯、哈德良、塞维鲁、康茂德、格塔[96]和卡拉卡拉[97]。

这一些葬瓮，却多有不明之处。其中没有徽章和铸有皇帝头像的钱币,以资推断它们入土的日期。而在许多葬瓮里,钱币则是常见之物,如伦敦近郊斯皮特尔镇(Spittle)的田野中出土的葬瓮,便装有苇伯芗、康茂德、安东尼时代的钱币,同时还有泪瓶、灯盏、酒壶和一些表示感情的、异教的陪葬品,但这些村野中的丧器,则没有这些厚葬品。

火葬的风习沿袭了多久,或者说,这种葬法废止于何时,还有待考证。马克罗比乌斯[98]曾经断言说,在他的时代,火葬即已经废止。而多数人则认为,火葬的废止,是在两安东尼当政时期,虽然尚无可靠的记载以资证明,但把火葬风习的废止,断在以"安东尼"为名的皇帝们[99]之后,以及埃拉伽巴路斯执政时期,则是万全之策。而假如严格推求,就不当断在马尔库斯[100]之后,因为约过了五十年,我们又发现了一场隆重的火葬和塞维鲁受封为神的典仪[101]。所以说,若将火葬的废止断在此时,那么这些葬瓮,就当在一千三百年以上了。

但当时抛弃这种葬法的,是否只有皇帝、贵人和罗马近郊的百姓,而其他行省则继续沿袭之呢?关于这一点,我们尚无可靠的记载。因为德尔图良[102]之后、米努修斯[103]时代,火葬无疑是遭到了基督徒的反对,他们谴责火葬的办法[104]。在西东尼乌斯[105]的信札里,我们读到了这样一段话,说在法国,火葬是颇遭贬抑的。但火葬之风的彻底废弃,也许是在基督教树大根深以后,正是它,才浇灭了最后一堆葬柴。

这些瓮中的遗骨,到底属于男人、妇女还是孩子的,根据各地的古老葬俗,却无法加以可靠的推断。尽管亚伯拉罕在那块葬地(或那座双重的坟墓)之中有这样的打算[106],但由头骨之薄,骨头、牙齿、肋骨和股骨之细小来看,许多遗骸,当属于年幼者和妇女。可引为佐证的,尚有瓮里的物品;大多数葬瓮里,都有些状如梳子的东西、盒状的金属盘(上面固有铁栓)、做工精细的乐器弦柱、类似于器具把手的黄铜长柄和拔毛发用的铜镊子,在一口葬瓮中,还有一枚青色未褪的蛋白石。

把死者精擅的器物和他们喜欢并钟爱的物品,焚烧之后加以殉葬,以作为对人间乐事的永诀,或妄以为他们到阴间以后,还可以继续享用,这一点,可获证于所有的古物。如普罗佩提乌斯的情妇辛西娅的宝石或指环便是,在火葬之后,她向普罗佩提乌斯显灵来索要这些宝物。[107]可以说明这种风习的,尚有法纳查枢机主教[108]所收藏的葬瓮,除了大量镶有男女神像的宝石之外,里面还有一只阿加斯猿猴、一只蚱蜢、一头昂布尔大象、一枚水晶球、三件玻璃器皿、两只匙子和六粒水晶。关于瓮中的葬品,暂且按下不表;从希尔德里克一世[109]和法拉蒙德[110]之后的第四位国王的墓墟里,装饰宝剑的大量黄金、两百颗红玉、几百枚铸有帝王头像的硬币、三百只金蜂,以及殉葬的马骨和马蹄,三年前在图尔内[111]由于一个偶然的机会而重见了天光。这些殉葬品,颇见当时厚葬的蛮习,而假如我们按照许多人的推测,披求希腊文《旧约》的行文,则厚葬之风,也可见诸古代的希伯来人,可引为佐证的,不仅有大卫墓中的财宝,还有约书亚所埋葬的行割礼用的刀具[112]。

人若看到瓮中的葬品和那些经久不坏之物,以及其中的珍玩,并考虑到火葬的风习为许多民族所沿用,不免会疑惑于我们身边所出土的葬瓮，何以尽是罗马人的，而没有我们不列颠、撒克逊和丹麦先祖的。[113]

恺撒、塔西陀和斯特拉博虽然著作纷披，但对于古代不列颠人的葬俗，却未置一词。这些葬瓮的发现和其他一些事情，使我们更加叹惋于西塞罗所盼望的，或已经收到的其兄弟昆图斯之书信的散佚[114]，而这些信札，本可以澄清不列颠人的风俗。据说是出自斯克尼伯尼乌斯·拉古斯[115]之手的游记，其散佚也令人为之扼腕，这位皇家的医官，曾伴随克劳狄乌斯皇帝（巡行于不列颠境内），本来也会记载下不列颠古人薄葬之点滴的——所谓一豆之微，足慰饥渴[116]。

而巫师和高层祭司们[117]之习惯于焚葬和土葬，可见于波姆波努斯[118]的记载；布仑纳斯的哥哥、不列颠王贝利努斯是被火葬的，有波里多卢斯[119]的作品确认；而火葬之风沿袭于高卢，恺撒又有明文为证[120]。不列颠人（他们或许是高卢人的后裔，两者间的语言、宗教和风俗多有相似之处）是不是有时并不采用火葬的办法，他们日后归化于罗马人的生活和习惯之后是否还是不遵从这一葬俗，我们求诸史册，却未见可否之辞。而据塔西陀的记载[121]，在很早的时候，罗马人就以大量礼法加于不列颠一族，在此风的化育下，他们修建神庙，身着长袍，并研习罗马的法律和语言，所以，说他们也会遵从罗马的宗教仪式和葬俗，恐怕算不上姑妄言之。

火葬之风沿袭于萨尔马提亚[122]，是有加圭努斯[123]为证的；苏埃翁人（Sueons）和高特兰人（Gothlanders）[124]习惯于焚葬他们的王公贵人，也可见于撒克索奥[125]与奥劳斯[126]的作品。在日尔曼，火葬是一种古老的风俗，塔西陀则言之凿凿[127]。尽管这个岛屿上的火葬风俗之细节，以及朱特人（Jutes）[128]和盎格鲁人是如何焚葬死者的，我们缺少可资征引的史料，但这些岛民，终归是来自火葬之风沿袭甚古的地区；日尔曼人采用这一葬俗，而他们则是日尔曼人的后代。甚至在盎格里亚·西姆布里卡地区（Anglia Cymbrica）[129]的日德兰（Jutland）和斯莱斯威克（Sleswick），不多几年以前，还出土过一些装有遗骨的葬瓮。

而丹麦人和那些北方的民族，则依照焚葬死者的礼俗变迁，来划定时代、创立纪年。有人说这起源于翁归努斯[130]，又有人说这起源于弗罗托大帝。因为这位大帝曾经立下法律，要王公与大将们投身于火，而庶民则采用通常方式加以土葬。因此老英雄斯塔卡特鲁斯[131]是被焚化的，林戈（Ringo）也依照王家的礼俗，将他杀死的哈罗德国王加以焚葬[132]。

这一民族[133]的火葬之风，是在何时彻底消失的，我们尚无确切的年代可考：是在基督教进入以前，还是当查理大帝的儿子路德维库斯·庇护时代[134]——他们被高卢人奥斯伽里乌斯（Ansgarius）改宗之时，火葬之风才消歇了下来的；或者说，早在他们不辨青红、把异教与正教一体接受的一百八十年间，有人就不再采用火葬的风俗了。如今还没有可靠的结论。这个时期，大约正是丹麦人在英国忙于战事并蜂拥而入的时代，许多城堡和坚垒修筑起来，有的是他们造的，有的则为了抵抗他们，如今尚存的许多姓氏和家族，正是源出于这些人。由于他们（丹麦人）在入侵或征服之前，便已经废弃了这种葬俗，而罗马人在占领该岛之后，仍然沿用火葬，所以，把丹麦人占领该岛之后入土的葬瓮，归之于罗马人或归化罗马的不列颠人，就是万全之策了。

这一说法虽没有诬枉之处，但所装的遗骸绝无罗马血统的葬瓮，还是经常出土于挪威和丹麦两国，那位博学的医生沃尔谬斯[135]，对此曾精加描述，并将它们摹画下来。而据那些精于丹麦舆地的作家们称，在这个国家的某些地区，葬瓮的出土也是屡见不鲜的。里面不仅有遗骨，还有许多其他的葬品，比如小刀、铁片、黄铜和木头，在挪威出土的一口葬瓮中，还有一把铜质的、犹太式的竖琴。

在处理显贵者的尸体时，他们绝不浮草了事，他们在葬瓮和被掩埋的尸体四周，摆下一圈巨石来，这近乎英国的那座由洛里奇巨石圈成的纪念碑，或可能是由罗洛[136]竖起的那座墓碑（日后征服诺曼底的罗洛）。此地会有些东西出土，当是不无可能的。然而阿什伯里出土的那口大瓮，则装有硕大的骨头和一只盾牌，它属于什么人，哪一民族？在蕶尔小城马兴翰（Massingham）[137]发现的那些巨大的葬瓮，又属于何人？而盎格尔西亚（Anglesea）的葬瓮，何以瓮口朝下？这些事，在今日是莫可究诘的。

第三章

在尸腐肉烂的土葬中,古人爱用石灰把坟墓涂成白色,即使刻板的犹太人,也喜欢修饰义人的坟陵[138]。《赫卡柏》中的尤利西斯不以生活之朴陋为怀,好在死后有一座堂皇的陵寝[139]。伟大的君主,喜爱宏伟的墓碑,巨大而精美的葬瓮,绝不装贱民的遗骨,而我们身边所发现的这些葬瓮,面对它们会相形见绌的。我们眼前的这些葬瓮,容量参差不等,最大的在一加仑以上,还有一些则不足此量之半,而且形状不一,这在同一地区或其他地区里,本是没有一定之规的,卡萨流斯[140]和博西奥[141]等人描绘的葬瓮,可以作为佐证,尽管它们出土在意大利。许多葬瓮有把手、瓮耳和长长的瓮颈,但多数的葬瓮则呈球状,它们气度沉稳,有似圆形。这样做是出于耐久或容量的考虑,还是别有深意?我们只能付之悬测。而带有瓮颈的常见式样,则是颇得葬瓮之当的,因为这样一来,我们最后的床就同于我们最先的床了。它有似于我们的初生之瓮,我们躺在地底下[142],就好像躺在我们那微型宇宙的穹庐之下[143]。许多葬瓮是红色的,这些却是黑色,瓮面还算光滑,敲击之下,发出嗡嗡的闷响,这难免让人怀疑它们是烧成的,还是在炉子里或阳光下烘烤成的,在古代,许多砖瓦、盆罐和带壳的家什就是这样烤成的。testa[144]一词若不加词缀,其本意也正在于此。普林尼推荐人们使用两年的陈砖旧瓦，而且让人们在春季造砖瓦，他的用意也主要在此。[145]不仅是藏于土穴的丧器，即便天光下的庙堂，古人也常是用泥土经之营之。毛瑟鲁斯[146]的住宅就是泥土版筑的，卡皮托山[147]上的朱庇特神像也是如此，而塔克文·普里斯库斯[148]御世时所造的赫拉克勒斯雕像，则保存到了普林尼时代。不取火化或瓮葬的人，则喜欢土制的棺椁（依照毕达哥拉斯的成式），如钟意于这种葬法的瓦罗[149]便是。但贵人的灵魂，却并不幽闭于土穴，所以常常使用银的、金的和斑岩的葬瓮；比如哪一种葬器，方盛得下塞维鲁呢？人们在细加斟酌以后，便把他装进一口金瓮之中[150]。有一些葬瓮，人们以为是用数口坩埚中冒起的气泡和一些微细的箔片涂成银色的，它们是否是泥质的，或是否混有泥土，则不得而知。

对于这些葬瓮的盖子，我们尚无可靠的了解。似乎只有一口葬瓮曾盖有某种弯拱的陶片。布克斯顿出土的葬瓮里，有一些是盖有燧石的，出土于其他地区的葬瓮，则盖有瓦片，而雅茅斯的卡司托镇所出土的那些，却是用罗马式样的砖封口的。有一些则封着与瓮口严丝合缝的陶盖。但在《荷马诗史》里，帕特洛克罗斯的葬瓮盖子无论如何坚固，紧盖在骨灰上的，却是一层薄绸[151]。那些未见盖子的葬瓮，原有的盖子大约是挤成了泥土，在这一堆葬瓮里，有一些可能正是如此；其中的残骨与尸灰，已和瓮壁和泥沙黏结起来，化作了腐泥，狗尾草的长长根须，缠绕在骨头的四周。

献给魅尼兹的祭物，或表达未亡者之感情的物品，如灯盏、酒囊和泪壶等，并未伴随着这些村野的葬瓮。但他们用熊熊的烈火，用受雇来哭灵者的眼泪，使得丧礼肃穆庄严，在令人悲不自胜的墓碑上，洒下一片铭记。有人发现葬器里还装有美酒，由于年久岁长，已经化成了琼浆。因为在泪壶和华美的灯盏以外，还常有装油和美酒的容器伴随贵人的葬瓮。在一些酒器里，尚留有葡萄酒的残香余沥，假如有谁尝一尝，则口福之盛，一定是古人望尘莫及的。可以数记陈酒之年的，不是逐岁更换的执政官之年代，而是逻辑的乘数，和王国兴衰的周期[152]。以执政官当政的年代来记数的陈酒，和这些残香余沥相比，则只是未熟的酒而已，即使奥皮米安（Opimian）的美酒[153]，也只算是新酿。

在各种不同的坟墓中，我们见到了指环、钱币和高脚酒杯；古人厉行薄葬，不许以金银陪葬尸体，除非是用以拴固牙齿的[154]。这一口葬瓮里的蛋白石，不论是戴在死者的手指上焚烧的，还是不胜悲情的亲友投入火里的，都合乎古人的葬俗。但另一些焚烧物却如新的一般，似乎是不受火的。那些乍看起来是木头的物品，却在水中下沉，并禁得住火烧，最终我们发现它们是骨头或象牙。它们质地坚硬，呈黄色，酷似黄杨。这种木料，在古人的辞藻中，是享有"不朽"之大名的[155]，也许正是在这样的存器里，它们才历经多年，未成腐壤。

在圣胡伯[156]的墓里，有一束月桂树的叶子，虽然历经一百五十年，仍然是一派青葱，这一点，曾经被人们视为奇迹。黛安娜神庙中的扁柏尽管历经了数百年，却翠色如新，古代的看客们，一定也叹为奇绝。在犹太人被囚于埃及时，方舟的木板和亚仑的橄榄树枝[157]，就已经称得上古木了。但最老的古木,却是造方舟用的扁柏,因为到约瑟福斯时代,方舟的残片尚有留存(假如他所言不诬的话)[158]。至于英国许多地方出土的沼木(moorlogs)和火杉,毁于暴风、洪水和地震的那些年代失考的残木,我们则按下不表;在佛兰德,也时有古木出现在它们倒下的地带,这通常是在东北地区的某处。

乍看起来,这些残片并不是木头,但木质的东西也并非全然乌有,因为骨头捡得并不是很干净,而是常有木炭混杂在里面。这自是一种使木头存之久远的办法,在以弗所神庙的庙基上,木头也是金属的合适辅料,作为古人的地界和路标,它们也是经久耐用的,然而我们看到这些如新木一般的木炭,却不必叹为奇绝。在一座久被废弃的民居点上[159],甚至出土的蛋壳都是新鲜的,未见有丝毫腐烂之迹。

在希尔德里克大帝的陵墓里,铁制的葬器都已经锈迹斑斑并成了碎片。然而我们这些小小的铁质别针,则依然牢牢拴固着象牙葬品,未失去磁性,虽然已经少了使各部分更加牢固的黏湿之气。铁器难以熔冶,却易于生锈,易于腐碎。我们钟意于黄铜,不是因为它们耐久,而是因为它们可免于锈蚀和难闻的气味。悉心擦洗过后,在锐如利刀的空气原子中陈放数月,那绿色的内脏便剥露出来。照我们的猜想,这些葬瓮在入土时,并不像它们出土时这样,是裸然一身的,或者说,在归葬土穴时,没有依照古人的习俗,有鲜花陪伴,菲洛派曼的葬瓮,曾满带着鲜花与彩带,人们竟然都看不到葬瓮了[160]。朴素的吕库古[161],也允许橄榄枝和桃金娘陪伴于他。雅典人反对德谟克利特以蜂蜜灌体的做法,也许是合乎情理的,因为他们担心国家的财货、这欧洲最好的蜜种,会鲸吞于死人。但柏拉图的葬制,却又显得过俭,他所可许的墓碑仅容得下四行英雄体的铭文,并指定最贫瘠的地作坟场[162];虽然以良田作墓(比如那块价格不高于犹大之薄薪的墓地[163])也不是人情所许的事。这些葬瓮里的骨灰已经混同于泥土,但由于焚烧过烈,某些细薄的铜盘子也半融化在遗骨之中了。我们由此可以推测说,当初的尸主必不是鄙恶之徒,也就是说,尸体的焚烧并不敷衍了事,如行伍中一时为之的或瘟疫时常常如此的那样,或是像罗马贱民的尸体,被胡乱堆于一处,抛置在埃斯奎林港口的外面[164]。罗马人羞辱提比略,就采用了这套手法,他们按照处置奸犯科者的旧俗,在圆形剧场中将他烤过,然后暴尸于野外[165],而死亡之于尼禄,并不如割头更可怕,因为这样一来,他就不能身首完整地焚烧了[166]。

有人从这些葬瓮里,发现了许多颅骨的残片,于是怀疑其中混有多人的遗骨。我们搜遍这些葬瓮,却不见这种悬测的根由,尽管有时候,古人也并不拒绝这种做法。图密善的骨灰,就是与朱里娅的骨灰合在一起的[167],阿喀琉斯和帕特洛克罗斯的骨灰也是如此[168]。天下的葬瓮,没有仅装一抔骨灰的,尽管不并做一处焚葬,残骨却要混在一起,好让生前同泽同枕之人,死后得以共穴而居,但假如关山道阻,合烧无由,则殷勤未展之下,也要在墓穴中两瓮相邻,以名字的相接来自解自慰。还有许多人,乐于延续生前的亲情,故造出了合家人共用的大瓮,亲友中凡有死葬者,便不断地延纳到里面[169],至少要纳进几包骨灰去,其余的葬物,则装进较小的容器里,摆放在大瓮的四周。

对于死人之物，古人是过于纵诞了。有的人用人骨取乐，耍把戏的人，则耍弄死人的骷髅[170]。当琴师和剑客均不足以取乐时，人们就看着上吊的表演，踞地宴饮，胃口无伤[171]。把骷髅和骨头刻在墓碑上以为昭鉴，是古人不曾想到的。在埃及的方尖塔和象形文字里，人们很难见到骨头。能透露此中消息的，不仅有坟墓，更有墓里的灯盏，上面的那些呆板图案，往往是一些淫秽而离奇的画面。但在刻有 D.M.[172] 两字的墓碑处，人们一定能见到献祭时用以奠酒的盘子和装奠酒的容器。在犹太人建于罗马的地下灵堂和墓穴里，除了各式各样的灯盏和那支常见的圣烛台[173]图案以外，其他东西是很少见到的。在那些据实描述安东尼[174]和哲罗姆[175]的画面中，我们可以看到股骨和骷髅头，而在古代基督徒和殉道者的墓穴里，却布满了《圣经》故事的画面，这些图画，并不拒绝扁柏、棕榈和橄榄枝的华饰，以及孔雀、鸽子和雄鸡的神秘形象。但古人爱之不衰的，却是埃诺、拉撒路和约拿的画像，以及上帝显灵于以西结[176]。这些画面充满着希望，暗示着复活，是坟墓里的生机，并使我们寄结在鼹鼠和蝼蚁之境的寓庐中，布满了芬芳的气息。

异教的碑铭，对人一生的行状有准确记载，但死亡的方式却少有提及。即便是青史留名的人，史册中也常常是语焉不详。在拉尔修的《名哲传》中，很少有哪个哲学家不是死过两三次的；普鲁塔克笔下的名人们，死过两三次的也为数奇多。这使得先贤们的悲惨结局，更乐于被情动于中的读者所接受，因为从不同的死法中，他们可以去取选择，聊慰愁怀。

和死亡之确然并辔而来的，是时间、方式和地点的不确然。多处树碑，往往掩盖了真正的墓所，衣冠冢便混同于藏尸地了。因为在真正的墓地之外，许多人还发现了一些纪念性的空坟。荷马的墓碑多方出现，使他名列于数国之籍。欧里庇得斯的墓地虽然在阿提卡[177]，但他的衣冠冢却在马其顿[178]。此外还有塞维鲁皇帝，他真正的墓地是在罗马，而高卢却有他的空坟一座。

那位身居金瓮却赫然在地面上停尸的人，看来是不愿像这些遗骨那样，过上太平的日子。[179]许多葬瓮被捣坏，是由于盗墓贼们觊觎瓮里的财宝。马塞卢斯的骨灰在地上丢失，也是由于类似的缘由。[180]利之所趋，任何时代都少不了这类采矿者，那位最野蛮的盗墓贼，竟为此想出了一套最文雅的说辞。[181]一旦出于泥土，黄金就不再属于泥土；悖入于泥土的，要被合理地收还。所以说，人们的骨灰，最好是用墓碑和华服加以美饰，而不要用财宝。生前的买卖，不会转移到死后。取走那些没有人会因失去它而叹苦的财宝，算不得不义之举；在财物无主之地，没有人会受到不公。

在这 terra damnata（可恶的土灰）[182]和古老的灰烬里，蛰伏有何种效能呢？这是无聊的魔法术在过去常加试验的。这些崩散的遗骸、多年前烧透的粉灰，斥退了这种昏聩的盼想。死人的骨头、毛发、指甲和牙齿，在古代曾是巫师的宝物，但如今，我们却又狂悖地复活了这套伎俩；我们祖先的愚蠢，因当今的迷信而久久不消；这一套陈旧的法术，这个岛国真是做得尽善尽美，大可以指点波斯人呢[183]！

在柏拉图笔下,另一世界的历史学家停尸了十二天,却没有腐烂,在这期间,他的灵魂巡查了亡人的大半遭逢[184]。然而以我们的葬习之精雅,如不去除内脏而单靠涂膏与洗洁,欲使尸体保持七天不腐坏,却是要端赖运气的。在火烬之余,他们如何分得开骨与炭,史册中并没有解答。尽管看起来,他们倒是也能分别去取,不曾漏下彼勒斯的一根脚趾[185]。他们也许是在尸体的身上和四周,覆以陶器、外封、瓦块或石板,以资防范。在同一块田里,距这些灰瓮不远的地方,曾出土过许多石头,也许是在用叉子平整和翻挑焚烧的尸骨时,被细心分离出来的覆盖物,如那只著名卡尔凡努斯灯盏上所描绘的[186]。出土于罗马埃斯奎林田野中的那口 Vas Ustrinum(烧尸器),曾经为马连努斯所目睹,也许他能提供更加清晰的解答。但这些器皿却不尽如人意,因此在焚烧一些君主的尸体时,便产生了那种更著名的发明,即火浣布——它是由石棉、拒燃的金属丝或蝾螈毛织成的,可以保护遗骸,不被炭灰混杂进来。

不曾措意于人体的构成或在火的烧炼之下,肉身能剩下多小的一堆,那么目睹七尺之躯竟化缩为几捂骨灰的人,一定会感到奇怪的。甚至骨头也会大比例地减缩,化成灰烬。由于骨头里含有许多挥发性的盐分,因此在盐分烧尽之后,骨头就变成了一种很轻的灰渣。虽然它的体积与重量不成比例,因为在盐这种重元素烧去之后,所剩下的就几乎是土灰了。在这一点上,山毛柳可以作为佐证,它比橡木能烧出更多的灰来,卖灰用斗量、不用秤称的奸商故伎,也可以说明这一点。

有的骨头能做成最好的骨架,而有的骨头[187],却会在顷刻之间化成灰烬。有谁指望在患水肿的赫拉克利特身上，能扬起旺盛的火焰[188]？在普鲁塔克的书中，那位中毒死去的士兵在肚子爆裂之后，竟浇灭了两堆葬柴[189]。而当瘟疫肆虐于雅典时，一堆私家的葬柴上，竟闯进了三个不速之客[190]。卡斯提尔王用于焚化萨拉辛人的那一大堆葬柴，也说明了燃料是无须多有的。尽管帕特洛克罗斯的葬柴占地一百码[191]，而一块破船板子，就烧掉了庞培[192]；假如以撒的覆身的木柴[193]足可以供一场燔祭之用，则可以说人的身上便带着自己的葬柴。

从动物身上，我们可以抽取上好的燃油，也可以抽取防燃的良药。就人的根器来说，似乎是不容于火的，但在长成肉身之后，便成了一堆可燃的质料，甚至从骨头里面，也可以逗起火苗来，好像是全身都有燃油似的。但湿气的都邑[194]，却最不易火攻，因此这些瓮中的灵魂，比起其他的骨头当是烧得最不彻底。但在葬火之前，身体中的一切都须升入天上，或沉沦于地上。当形神的纽带被斩断时，清者化为烟缕，升入空中，浊者便沉沦于地上，托体于炭渣与灰烬了。

将以东国王的遗骨焚化成灰[195]，似乎也算不上残酷，然而饮啜亲友的骨灰[196]，则是哀情的淫滥。保存亲友的骨灰，就是保存了永恒的宝物；当葬火离去，便有腐坏潜来，而在烧透的遗骨里，葬火已经筑起了一道防火之墙。镀有金属釉子的陶器中，就含有防火之质，这也是可以作为佐证的。太阳所合和者，火则分离之，但不会使它变质。这种血口大张的元素，往往要给泥土留下一点冷炙残羹，万物是泥土的侨郡。如果假以时日，则元素之母会使它们返归初身的。[197]

那些寻找葬瓮或葬物的人，不该去扒抉庙宇的废墟。因为古代的教民们，从不在庙里存放葬器。这些葬瓮出土在田野中，是合乎古代葬习的，不论是贵族的还是庶民的。比如迦南人和亚伯拉罕家族的古老做法，以及约书亚葬于自己的地界边上。[198] 这也合乎罗马人的风习，因为他们在路边上埋人，好使墓碑招来过路人的瞩目，既可以作为自己的纪念，也好提醒路人们人生之有涯。即使伟人的碑铭，也不惜降尊纡贵，恳求他们停脚看上一眼。有一种碑铭虽然经常使用[199]，但用在教会的碑上却不大合体。纪念死者的一番美辞，本来是为了树立善良生活的楷模，因此最初只允许教会围墙内的虔敬者和殉道者的遗骨使用，可在往后的年岁里，却流为一种良莠不分的做法。承得特惠的，是君士坦丁，他被准许放进了教会的门厅，第一位享受这一哀荣的英国人[200]，则死于卡特布雷德当政之日。

在墓穴中如何摆放自己的尸体，是基督徒们聚讼不休的；而放进葬瓮里掩埋，则可以免去这一番争论。尽管不是出于宗教的考虑，但在逼仄的葬地里，为避免混杂和以脚加首的事情，一定的姿势还是允许的；即使在异教的礼俗中，人们也是这样做。波斯人南北摆放，墨迦拉人和腓尼基人头东脚西；而在某些人想来，雅典人却是头西脚东的，这一点仍为基督徒们所沿用。照比达的看法，这也正是我们救世主当初的姿势。关于他被钉死时是脸朝西方的，我们不应该置难于传说和大体无差的记载。但我们却不能恭维那位画师的手笔，他把基督的十字架，画得高于左右两侧的那些，因为这种画法是于史无征的，甚至海伦娜发现的那只[201]，在长度与宽度上，也未显出任何不凡之象。

被盗墓的蟊贼请出棺材，头颅做了酒具，骨头变成了笛子，供我们的敌人们快活消遣，这种倒霉的事，火葬是可以避免的[202]。

尸骨在焚烧之后敛进瓮里，就不用担心蛆虫或变成蛇虺的遗产了。而在掩埋肉身的土穴里，人的整个身体，似乎都成了烂腐之物的自留地，有人说起过从骨髓里，曾经爬出蛆来。而在土葬中我们常常想起的蛆虫，在葬瓮中是难以看到的；新腐烂的肉体中虽然常有蛆虫，但在深于一码的教会墓园里，蛆虫却是少见之物，在教堂中则更为罕见，或者完全没有。最不易腐烂的，是牙齿、骨头和毛发。十年以前埋在某教会墓园里一位患有水肿病的死者（在坟墓打开之后），我们看到它身上有一层肥腻的尸油[203]，泥土中的硝石、尸体水分里的盐和碱，已经把这些块状的油脂，变成了坚硬无比的肥皂，有一块我们还保留了下来。在与波斯人的一场鏖战之后，罗马士兵的尸体在寥寥几天里就腐烂了，但波斯人的尸体则保持着干燥，未曾腐烂。在同一方水土里，尸体的消解也并不是整齐划一的，骨头朽坏的时间，也是或长或短，至于因那种耻于言说的疾病而死去的人，则不该指望他们的尸体久而不腐。多塞特侯爵的尸体似乎很干净，他的尸衣也很考究，因此在七十八年以后，人们看到他的尸体仍没有腐烂[204]。就保存尸体而言，普通的坟墓并不优于粉尘，因为尸体之坚实、肢体之紧凑而不支离四散，须求诸尸体的干燥、深加掩埋以及炭化的结果。最古老的肉身，也许是在腐烂的尸骨里。即便我们不考虑罗德的妻子所化成的盐柱或奥特留斯的变形[205],在洪水时期留下的腐烂物中,也应当有比金字塔更古老的尸体。当亚历山大打开居鲁士的坟墓时,他可以根据残骨来推测居鲁士的身材,而瓮里的碎骨则使人推测无由,因而便少了土葬的这一优点,我们也就无从得知墓主的身宽体长了。骨头不但直而坚固,而且是肉体的间架,根据骨相来揣测曾经附丽在上面的血肉,以及在骨肉相连时,肌肉和那些肉质的器官是以怎样的形状,粘挂在间架之上的,并不是悠忽难凭的事。一根完整而宽大的马臀骨,可以表明马的后臀是雄健的,而一颗形状漂亮的马头,也可以使人推知附着在上面的肌肉。对骨头精加审看,也能辨清尸主的性别。即使是肤色,也并非渺不可测。因为尼禄的头骨之异于常人[206],我们是绝不会弄错的。但丁笔下的人物,我们既可以从头骨,也可以从脸庞上辨认出来[207]。若想认出赫拉克勒斯,不必单看他的脚。尝一脔而知全鼎,睹一发而见全身,由头骨的尺寸,可以知道整个身体,而由身体的间架,又可以推知主要的器官。骨相的寿命,是远比我们的寿命要长的,它并不随着坟墓而安息。

那些刻板的人,看到这些久而不腐的遗骸以后,会认为它们对逝者来说,尚不失为好的纪念物,但对于来生来说,却不见得有什么益处。在他们看来,既然纳万物于自身的神力,能够重新聚起散落的微尘,或辨清万物的身份,那么从遗骨中复活,就是多余之举。而不朽的灵魂,和那些被身尘所蔽的本质,自然会解救一己之身,可我们却看到圣城附近的圣徒们,仍然升起于坟墓和墓碑之下[208]。还有人以为,那些古代的族长热望于把自己的遗骨埋葬在迦南[209],是希望分享复活的杯羹,虽然这里距圣山有三十里之遥，但毕竟是在同一个地区里，而迦南一地的亡灵，则是要产生第一批果实的。如果照博学者的猜想，人的复活之处，是在大部分遗骨所存的地方，那人们自然不愿意错认复活的舆图，尽管他们的遗骨或尸体，死后已经被天使们移到了以西结想象中的田野，或照另一些人所说，移到了约沙法山谷，即审判之谷。

第四章

通过对肉体的细心思索，并以文明的典仪取代野蛮的殡葬，基督徒们润饰了死亡的怪丑之态。尽管他们认为经由复活，一切皆可以修复，但对于殡殓之事，也并非漫然无心。既然上帝祭坛上焚烧的牺牲之灰烬，曾经被祭司们小心地搬到洁净之地、倒灰之所[210]，既然他们认定自己的身体是耶稣的寓庐、圣灵的神殿[211]，因此便没有把一切托付给灵魂，或以为有灵魂在，就可以万事大吉了。所以，临终的丧礼，总是伴随着繁缛的仪式和一派庄严的气氛。而在各种不同的丧礼中，希腊人的似乎又最为隆重。[212]

基督徒的巧慧，主要是着意于仪式的，这些仪式所道出的，是来生的希望和复活的暗示。假如古代的异教徒们不相信自己的身上有不朽之质或死后尚有生命的话，则许多仪式、风俗、行为和说法，就与他们的观念相抵触了。这些观念，德谟克利特曾经造其堂奥，甚而想到了复活，正如普林尼以不屑的口吻所做的记载[213]。在佛西里底斯的表述之外，还有什么未尽之意[214]？或者说，谁曾指望卢克莱修的嘴里，会说出《传道书》里的话来[215]？在柏拉图有言之前，荷马诗篇里的灵魂便有了翅膀，它并没有铩羽落地，而是飞出了肉体，进了死者的屋厦；他还分辨出了 Demas 与 Soma 的重大区别，即与灵魂相连的肉体，和与灵魂分离的尸体。[216]琉善则说，在赫拉克勒斯的身体中，来自阿克梅的部分消失了，而出自朱庇特的部分，则保持了不朽[217]，此话虽是戏言，却也颇合于真理。因此，苏格拉底乐于让朋友们土葬自己的尸体，如此一来，他们就不以为所埋葬的是苏格拉底了，他只顾念他的不朽之质，是烧是埋，他是不以为意的。[218]第欧根尼蔑视坟墓，也是心同此理。人若满足于灵魂不死，那么对于肉体的殡殓，自然会漫不经怀。斯多葛派认为，智者的灵魂是在月亮上，因此对于归藏土穴的事，他们视之甚轻，而毕达哥拉斯的门徒和那些持有轮回之念的哲人，则对于丧葬之事非常在意，因为自己是要被经常掩埋的。柏拉图学派的人，虽然对于自己的骨灰在迢递的归期与漫长的迁转[219]中抱有不情之想，但适当地顾念于坟墓，他们并不拒绝。

人们失去理性，是以宗教为甚的，在这里，石头与利箭往往会造成殉道者。既然一个人的宗教，在他人看来是狂悖之举，那么讲述古人的葬仪及其根由，是需要读者不以苛刻为心的。他们在点燃葬火时的不忍之态（脸背过葬柴去），是他们不愿举行殡仪的绝好象征；他们用酒和奶洗洁遗骸，死者的母亲将他们抱进胸膛——这当初哺育抚养他们的地方，使他们变干；在点火之前，他们打开死者的眼睛，使他望着天上，即他的希望之地，或他的老家。所有这些，都不失为得体的葬仪。送葬者的三重道别[220]也是异常庄重的，其嗣响也多少见诸基督徒中，因为在他们看来，假如不向入殓者抛下三锹黄土，便是过于寡情了。罗马人喜欢将玫瑰撒向坟墓，希腊人则选取不凋花与长春藤；用芳香的燃柴、丝柏、杉树、紫杉和长青的树枝搭起的葬堆，在无言地表达着他们再生的希望。基督徒们用月桂装饰棺材，则是找到了更优雅的象征。因为这种树在形同槁木之后，根部又将活转过来，它那干枯的叶子，又是一派青葱。假如我们没有弄错，则金雀花也是如此。在教会的墓地里种植紫杉，是否根源于古人的葬仪，或者说，是不是取其长青以象征复活呢，也是可以令人存想的。

依照乐声之不同，他们用音乐来激起或抚慰亲友的悲伤。然而此处所隐然象征的，却是灵魂的和谐本性，它在出脱于肉体之后，又将去享受天堂中那本初的和谐，当初它正是从这里坠落凡尘的。根据古人追寻到的蛛丝马迹，它是由巨蟹座落地，从山羊座升天的[221]。

他们不焚烧没有长牙的儿童，因为担心他们身体过嫩，经不起火的一吞，他们的骨头过脆，经葬火烧过之后，留不下可以清检的遗骨。在火葬过后的数天里，他们家不举炊，以纪念近日的那场伤心之火。由于心里哀伤，又无法寄望于来生，他们便说哀毁过甚会惊扰亡灵[222]，以这种自欺之谈，权且自慰。

死者被埋葬时，是背地朝天的，这种姿势，似乎与人酣睡时的样子相同，却不同于人出生时的姿势，也不同于人在子宫之未决状态中所取的悬垂姿势。第欧根尼总是有怪想，他喜欢俯卧在坟墓里，而这两套姿势，有些基督徒[223]却都不中意，他们不取睡姿，而选中了立态。

古人把死者双脚朝前地移出尘世，倒也于理无伤，因为它正相反于人的本态，也和人初落尘世时的姿势相反。这也与他们的信念相合,即永诀了尘世,不再瞻顾于它了,但那些异教徒们,却抱有重续来生之念,因此在搬抬死人时,他们让死人的头朝向前方,好让他回首故园。

他们合上死人的双眼,是因为它们是最先死去,或最早看到死神之愁容的。但他们想靠不停的哭号,来激醒气息淹微或已经咽气的亲友,或者说,借此召回死人的魂魄,却是感情用事了。因为对于死亡的验定,他们恐怕并不是一无所知,比如他们在死者的眼前晃动羽毛、玻璃和反光之物,只是这双死去的眼睛映不出任何东西了。这种办法,对于新死去的、尚有余温的尸体不尽奏效,而对于停放四五日之久的陈尸,这种办法却是不大失手的。

他们吸走临终亲友的最后余息,却是一种不合医道的做法,而只见其信念的迂阔:即在他们看来,魂魄是通过这种途径脱离身体的,又据毕达哥拉斯的说法,人体中的灵魂可以移往他人的。因此,出于对亲友的感情,他们希望这灵魂能成为自己的。[224]

在葬柴堆上洒油,倒是一种合乎情理的做法,其本意在于燃旺葬柴,而以旺火为吉兆,或在焚烧尸体时给风献祭,以便把魂魄尽快地送走,则是一种俗恶的迷信。

而让倡优们参加送葬的行列,并模仿死者的言谈举止,对于如此庄重的场合来说,则过于轻浮,也有悖于他们的丧礼演说和坟前的那场凄苦的仪式。

给死人埋下几文小钱,以作为冥河渡夫的费用[225],这种做法是无比愚蠢的。然而古人在体面的葬瓮里放置钱币,和今天的欧洲人在世家旧族的墓基下埋进徽章,却不失为保存史证的可赞之道,据此,我们可以得知其行状、为人以及年代。对于这种做法,后人将会交口赞赏的。

我们不考求《圣经》中的古老律法,它们豁免了某些人被烧或被埋。我们这里所指的,也不是那些命犯灾祟或天火所殛者的尸骸;也不是叛国犯、自杀者[226]和亵渎圣物的奸徒之残骨,或那些在古人眼里不值一抔黄土的人,或被打入地狱之九重、冥府之深渊而无望出脱的人。

不仅在殡仪方面,古人有许多尚待推敲的风俗,而且关于死后的光景,也有许多驳杂不纯的做法、臆念和揣想,或是各相龃龉,或是语焉不详。比如说,在八具男尸里掺进一具女人的尸体,能使葬火燃烧得更旺,因为女人是体质多油的,这一种做法,是否有合理之处呢;又比如说,佩里安德的妻子所发的抱怨[227]——按照冥王阴窟的本性,酷寒是亡灵们所受的主要折磨,由于没有火葬,她在地狱里冰冷难挨——这是不是合于情理呢;对于这类问题,不做考求我们是不能轻易放过的。

为什么出现在尤利西斯面前的,先是女人的幽灵,而后才是英雄和孔武者的魂魄?[228]为什么泰端西阿的精魂,是赳赳武夫的样子?[229]这位尘世中的盲人,比地狱里的任何人都看到得更多。为什么丧礼中食用的晚餐,尽是芹菜、扁豆和莴苣?是因为亡灵爱吃福国草地上的长春花吗?[230]为什么没有死神悦纳的祭品,或奉上邀宠之物来求得黄壤的地契,人们就树起摩尔塔[231]的神偶,对没有耳朵的神灵大施口惠呢?这些事,总是让人心起疑窦的。

在荷马的笔下，冥府是不脱人间气象的，那里的亡灵似乎都活着，却不能说话、发预言或结识活人，除非是饮下了血，因为血是人的生命[232]。所以佩涅洛佩的情人们的幽灵，在墨丘利的指挥下，像蝙蝠那样发出唧啾的声音，那些追随赫拉克勒斯的亡灵们则唧唧唧唧，活像一群鸟[233]。

这些亡灵可以溯往知来，但对眼前的事却一无所知。尤利西斯未来的遭遇，阿伽门侬是有所逆料的，而自己儿子的当下光景，他却要槽然发问。荷马笔下的幽灵害怕剑锋[234]，而在维吉尔的诗里，西比尔却告诉埃涅阿斯说，精魂们虽然衣衫单薄，却非兵器所能加害。精魂之间的仇怨，是与肉体俱灭的[235]，因此在拉丁人的地狱中，恺撒与庞培握手言和，但荷马笔下的埃亚却不堪忍受和尤利西斯对话[236]。代佛布斯也被维吉尔的幽灵们砍得遍体鳞伤[237]，而在荷马的那些受伤的幽灵里，我们却看到了一个毫发无损的鬼影。

在琉善笔下，卡戎为自己在亡灵中的处境而得意扬扬[238]，但对于活着时敌视死亡，死后却宁做耕夫之家奴，而不做冥界之帝王的阿喀琉斯[239]，这么说是不是允当？赫拉克勒斯的灵魂既在地狱，为什么又出现在天堂[240]？尤利乌斯[241]的灵魂既然在一颗星星上，埃涅阿斯又如何在地狱里看到它？除非是照古人说的，人有肉体、灵魂和幻影之分，天国之厦延纳了灵魂，幽灵只是灵魂的魅影[242]。来生的详情，在古人眼里必是一团漆黑的，即使是基督教哲学，也只能在意见的乱云中加以判断。我们对来生的无知，可以拿两个胎腹里的小儿讨论今生来比喻，在我看来，我们是在柏拉图的洞穴[243]里讨论着下界的事，我们至多是一些胎腹里的哲学家而已。

在但丁杜撰的地狱里，哲学家是如过江之鲫的，而毕达哥拉斯却逃过了[244]，我们反遇到了柏拉图与苏格拉底[245]，加图的住处则在炼狱[246]。在这一群人中，伊壁鸠鲁是最惹眼的，人们把他放到福地[247]之外，倒也得其所值。他虽然未受永生的鼓舞，却能小视生命，虽然认为一死百了，却也不把恐怖之王放在眼里。

假如对来生之幸福的理解，能像我们对今生之快乐的理解这样准确，那活着就是一场苦难。对那些认为死后百了的人来说，死去一定不是"死亡"一词所可了之的[248]，因此，那些不怕身后之乌有、竟敢于重返混沌的大胆之徒们，真是让我们吃惊不已。在无望于死后有更好的生活时尚能蔑视死亡的人，一旦得知死后还有福乐，当然是不屑于活着的。所以，我们不能苟同马基雅维利的断言[249]，即基督教令人变成了胆小鬼，或者说，由于看重半死不活的生命，忍耐和谦卑这两种可鄙的品德，便使人的精神归于卑琐了。异教的教义煽扬人的血气，而基督教则调伏了人类的狂蛮，因为在不恤性命、对死亡的见解以及死亡之永久后果这些事上，最大胆的人往往是非常鲁莽的。而那些暮年殉道的古人，固然是在凄惨的光景下蔑视死亡的，在来日无多、生命不值得一活时告别了生命，但我们却不能低估他们的勇气。因为虽然去日苦长，却不妨寄望于无多之来日，此外，年老气衰，对他们也是颇为不利的，它自然会让人变得胆小，并把盛壮之年的勇气消磨一尽。但出于血气之性而蔑视死亡，则无法增进我们的福乐。坐在天堂之贵人席上的，是那些在火中举起发抖的双手并以人之道来求取光荣的人。[250]

而伊壁鸠鲁却落在了但丁地狱的深层[251]，在那里，我们还遇到了一些坟墓，囚禁着那些拒绝永生的人。但这位德高行洁的异教徒，言虽不精，却立身端方，不过是自己的一家之言有所秒败，但立身行事，却好于那些满腹精言的哲学家，他是不是反被置于地狱之九重呢？甚至在升天的道上，反不及那些虽然心知真理，但立言行事却背乎真理的基督徒呢？这样的发问，是让人气短的[252]。

然而，关于来生的某些臆想，其中的全部或大部分见解，人们曾经盲目地、漫不经心地加以信服，并由此产生了那些邪曲的观念、仪式和说法，对此，基督徒们是抱以怜悯或轻嘲的。那些其生也早、不受后代（观念）之约束的人有福了，在那时，人们对来生还很少有什么成说，只是根据理性加以论断。因此那些最高贵的心灵，往往以理性来攻打那暧昧的死亡和使人忧郁多思的形神消解；苏格拉底正是以这样的希望，温暖他那摇摆不定的灵魂[253]，以抵御那一杯冰冷的毒酒，而加图在横下心来，做出那致命的一击之前，则花了半夜时间翻阅柏拉图对于永生的论述，这坚定了他那颤抖的手，使他做出了那桩豪侠之举[254]。

忧郁多思是砸给人的最重的石头，或对他说：他形神将尽了，或者说，来生是没有的，好像是通往来世的今生，其实只是一场空忙；但如果不能转进来世，那么人本性中的对于来生的期盼，就只是天性之缺误，那些未得到满足的沉思者，会置难于自己的本性正义安在，即使亚当堕落得更深，他们也会恬不为意，因为这样一来，他们就不会知道自己是另有所种的了，并对自己的本性更加无知，进而享受到低等造物的幸福。也就是说，恬然地保有自己的身质，也没有心智为自己的本性叹苦。由于禀承于上帝的，是在来生的希望之外，或者说，想不到还有更好的来生，因此上帝的智慧，必要使他们知足常乐。但是我们自身之中的精纯元素和那暗昧的部分[255]，却由于无法满足于今生的快乐，因此在临终的时候，便往往对我们说，我们不仅是今生之我，并把我们今生的希望，疏散到它们所结出的累累果实之间。

第五章

    这些死人的骸骨,早已经超过了玛士撒拉的年寿,埋在地下一米深的地方和一堵薄墙之下,上面坚固而华贵的大厦早已倾颓,它仍完好,地面上三次征服军[256]的战鼓和脚步掠过,它仍静静地安息,若能保证自己的遗骨能如此长久,哪一位君主不会高兴地说:

    Sic ego componi versus in ossa velim.
    (当我只剩下残骨时,我愿这样静静地安息。)[257]

时间是先于古物的,它可以把万物化为土灰,却保存了这些微不足道的遗物。我们指望大庭广众下的纪念碑为我们扬名,却是徒然之想,因为湮没无闻反能延续,不为人知倒成了保护。倘若他们是死于非命并被塞进瓮里的,则这些遗骨就惹人遐想了,古代的哲人也会礼赞他们[258],因为在他们看来,这些被暴力掠走的灵魂是最纯洁的,它们保留着更不同寻常的倾向,它们带着一丝形神重聚的盼想,疲倦地离开了枯萎的肉体。假如他们是耗尽了岁月,年老体衰,却仍被时间包裹着,那也就无从辨认,而与婴儿合成一摊墨渍了[259]。假如说,人打有生起就开始了死亡,那长寿就只是死期的延长,生命就成了一件可悲的作品。我们活着是与死亡相伴的,我们并非死在某一时辰;多少次脉搏的跳动,才构成了玛士撒拉的一生,这是阿基米德的事[260],普通人则计算摩西所说的人之寿命[261]。我们的年寿是很可观的,正像微数累加起的一个小数额,在这里,无数个分数才可以凑成一个小小的整数。我们那一拃宽的寿命,还凑不满一根小拇指呢。[262]

假如那必然的末日之临近,能给我们带来乐天知命的心境,那么苍苍白发也是幸福,半傻不呆亦非灾难。但我们长期习惯于活着,因此厌见于死亡,贪欲使我们视死亡如儿戏,甚至大卫也播权弄柄,残酷杀人[263],所罗门也难以称得上最智慧的人[264]。

但许多人却老得太早,还远不到老耄之年呢。苦难拉长了白日,而悲惨的生活,则造成了阿克梅的暗夜[265];对于这一种生活,时间是不插翅膀的。但最令人厌烦的生活,是那种但愿自己之无生,而甘心于乌有的生活,这超过了约伯的不满;他所诅咒的,并非他活着的日子,而是他的出生;他满足于现有之态,以便能有来生的权利,尽管他在尘世的生活只是一种胎腹般的黑暗生活,像一个流产的胎儿那样。[266]

塞壬[267]唱的是什么歌?阿喀琉斯躲藏在女人中间时叫什么名字[268]?这些问题虽然费解,却还可以推测。这些瓮中人何时进入那著名的死亡国度[269],与君主、谋士们一同安眠[270]?也可以约略索解。而这一堆骸骨的尸主是谁,这骨灰又会变成谁的尸体,却是博古之士也无法回答的。不仅凡人,即使是精灵也难以了断,除非我们去叩问本地的保护天使,或是死者的监护神[271]。假如他们的名字，能像他们的骸骨那样保存完好，那么在不朽的路上，便不是这样跋前踬后了，但托身于遗骨，不过如金字塔之空存那样[272]，是垂世的歧途。这些无谓的尸灰，空存于天地之间，名字、身份、时代以及性别，都已经湮没不存了，即使落在后人的眼前，也不过是人生虚幻的象征，骄傲、虚荣和丧心病狂的解剂。虚荣的异教徒们，认为天地是永存的，人的永世大名，没有哪位神灵可以剪断，于是纵容自己的野心，从不因湮灭不存的必然命运而心灰意冷。甚至古人的雄心，也在我们之上，为满足虚荣，他们早试身手，在时间的亭午[273]之前，就已经大遂其志，因此那些古代英雄，虽然早已是碑版荡然，尸首无存，名字却流传到了今天。到了这晚近的时代舞台上，雄心则害怕伊利亚的预言[274]；查理五世[275]也不能指望自己的声名，活得过赫克托尔的两个玛士撒拉之年寿[276]。

所以，在今天看来，为名垂久远的事而恓恓惶惶，似乎是过时的虚荣，一宗墓木已拱的愚蠢。我们不能指望像某些人年寿久长那样，想靠名字永寿：雅努斯的两张面孔，是不成比例的[277]。抱有雄心大志，已经为时过晚。人世浮沉的戏剧，早已经演完，虽然人意恒多，却已是世日苦短了。我们想靠纪念碑延续声名，却又天天祈祷碑版荡然的事，我们不希望它永存，以免在末日来临时，破坏我们对来生的期望，所以想借墓碑垂名，是和我们的信仰相抵触的[278]。既然我们落生于日落时代[279]是出于天意，则天命就不许我们抱有非分之想。我们行将目睹的，是所余无多之来日，所以出于天性，我们就得寄希望于来生，也没有理由不去考虑一下它的长短，而对于它来说，金字塔是雪做的廊柱，逝去的百代光阴，不过如白驹过隙而已。

圆和直线拢束着一切，而圆加直线，则必然要结束一切[280]。时间的鸦片是没有解药的，尽管在短期里，它会留意于万物。我们父辈的坟墓在我们短暂的记忆里，而且还凄凉地告诉我们，我们将怎样被埋葬于后人的记忆。墓碑能讲实话的时间，不会超过四十年[281]；一代代人过去，有些树却依然屹立，古老的家族活不过三棵橡树[282]。指望别人来读我们干巴巴的墓铭，像格鲁特[283]书中的许多墓铭那样，或想靠那些谜一般的绰号，以及名字的起首字母来获得永生，或指望博古者来考求我们是谁，或像对付木乃伊那样[284]，为我们重新起名，这对研究永恒的人来说，只是冰冷的安慰，即使它们使用了永恒的语言。

只满足于让后人知道曾经有过这么一个人，而不计较他们是否了解得更多，这是卡尔丹的僵冷的野心[285]。命星所定的性情以及他对自己的判断，他一笑了之，只愿像希波克拉底的病人[286]，或荷马诗中阿喀琉斯的骏马那样[287]，单靠一个光秃秃的名字垂世，而不计功业与懿行，但功业与懿行，却是涂在我们名声上的香膏，是我们存在的 entelachia（贞实）与灵魂。立下伟业却无声无臭，要比遗臭万年好得多。与有名有姓的希罗底[288]相比，那个无名的迦南女子[289]是更幸福的。谁愿做彼拉多[290]而不愿做那名善良的小偷呢[291]？

然而不公正的遗忘，却盲目播撒它的罂粟，不加区别地对待人的身后之名。谁不可怜金字塔的建造者？建造者声名无存[292]，而焚毁狄安娜神庙的希罗司特拉图斯，却留名千载[293]。时间保存了哈德良的坐骑之碑铭，反倒湮没了他本人的名号。我们靠英名来计算幸福的多少,其实是徒然,因为秽名同样永存;特尔西特斯[294]之名垂千古,恐怕是不下于阿伽门侬的。谁知道好人定能扬名?谁又知道被人遗忘的俊杰,一定多于载入史册中的人?假如没有那永恒的记录[295],则第一个人恐怕和最后一个人一样,都不会为人所知,玛士撒拉固然长寿,却也只会名随身灭。

遗忘是不受雇佣的。多数人只能安心于在上帝的记录簿里,而非人类的记载中找见自己,聊当没有过自己。二十个名字构成了第一部历史[296],而其后见于记载的人,尚不足百人之谱。死人的数目,已远远超过了未来的活人。时间的暗夜长于白昼,有谁知道昼与夜的平分点[297]在什么时候?每一个时辰,都在汇入算术的川流,而它却一刻不停。既然死必然是生的鲁齐娜[298],连异教徒[299]都会认为,有生如此,岂不等于死吗?既然亘古以来的太阳也要垂落下去,只能造成冬天的穹庐[300],因此我们躺在黑暗里、灰中插蜡的日子也不会太远了[301]。死亡的兄弟[302],既然每天都以死的提醒物来追逐我们,而时间自己也在变老,让我们别抱永生之念,所以长存永生就只是一场梦,只是愚蠢的期望。

黑暗与光明平分了时间之流,遗忘和记忆,都在暗设着罗网,分头捕捉我们生命的大部。自己的快乐,我们只有朦胧的记忆,蚀骨铭心的痛苦,也只留下了短暂的伤痕。感觉是经不起大喜大悲的,悲哀不是毁灭我们,就是毁灭自己。哭成一块石头,只是神话而已。[303]苦难导致麻木,悲哀是飘忽的,像雪花一样落在我们身上,但也未尝不是一种幸福的麻木。昧然于将来的罪恶，忘记了过去的罪恶，是我们天性中的仁厚的资粮，我们那为数不多的罪恶的日子，因此得以消化，我们那解放了感觉，才不老病复发，去回忆剜心之痛，我们的悲伤，也不因来回的切割而露出骨头。有许多古人，希望借助于灵魂的轮回而永生，因此心中泰然。这诚然是一种好的办法，可以延续自己的记忆，另一个好处在于，由于转生多途，他们大可以用不同的身份，做出惊天动地的事情，并享有着他生之我的英名，这样渐积渐累，直到最后的世代。另一些人，则不愿消失在虚无的苦夜里，而甘心隐退于共同的存在，充当万物总灵魂的一分子，也就是说，仅是回到自己那不可知的、神秘的初身。聪明的埃及人却不以此为满足，想凭借着香膏来保存尸体，恭候灵魂返回。哪知一切都是虚空，是捕风，是愚蠢[304]。冈比西斯[305]和时间固然手下留情，但埃及的木乃伊，如今却毁于贪婪。木乃伊变成了商品[306]，麦西[307]做了狗皮膏药，法老当香膏卖。

  人们渴望永生，或从遗忘手里得一纸特许，以便长存于月亮之下，无奈是徒然。即使为讨自己的欢心，幻想住在太阳之外，或是浮念联翩，想在天上大名永垂，也只是自欺而已。那一部分的宇宙图是变化多端的，那些神造的星座，早已因此改换了名字；宁录已消失在猎户座里[308]，俄希利斯消失在天狼座中了[309]。我们在天空中找寻不朽，却发现它们和地上没有两样。就整体来说，它们是江流石不转，但就部分而言，却变幻如沧海桑田；除了彗星和新星以外，望远镜已开始讲述天上的故事[310]，太阳上的那些游移的黑点（请法厄同原谅[311]），即是明显的证明。

严格地说，除了不朽，世上没有什么东西是不朽的。凡没有开始的，也一定没有终结。其他的一切，都是依附性的存在，都在毁灭的范围里，不朽是那种无法自毁自灭的必然本质之特性；是"万能"的最高品类，它体质强健，即使它自身的力量也不能克伐。而相对于基督教之"不朽"的圆满自足，尘世的荣华是一文不值的，死后不管是天堂还是地狱，其性质都使人的身后之名显得愚蠢可笑。只有上帝能摧毁我们的灵魂，也只有他才保证了我们的复活，至于我们的肉身和声名，他却从未以"永存"相许诺。肉体与声名的永存，主要是靠运气，因此奢望最高的人，也遇到过不幸的挫折。而所谓永存，不过是避免被遗忘罢了。但人是一种高贵的动物，增饰其骨灰，盛大其坟墓，无论生与死，都忘不了举行堂皇的仪式，使之绚丽庄严，以此来表现他天性的丑劣[312]。

生命是一朵纯净的火，我们生活，靠的是身体中的一颗看不见的太阳。一丝火焰，就足以维持生命了，而到了死后，一片大火是仍嫌太小的，但人们却出于虚荣，专爱华贵的柴堆，像撒尔达纳帕鲁斯那样焚烧[313]，只是在明智的人看来，这种一掷千金的焚葬是愚蠢的，因而定下了丧葬的法律[314]，消减了化解形神的葬火，以遵从薄葬之规，当然，也很少有人是过于吝啬的，连木柴、沥青、一个哭丧人和一口葬瓮也不准备[315]。

五种语言都未能保全格尔底亚努斯的碑铭[316]；上帝的人[317]，即使没有坟墓，也比有坟墓的人活得更久，天使将他悄悄地掩埋，不让人知道，当然也还留下了标记，以供后人发现。以诺和以利亚没有坟墓或没有埋葬，却以不寻常的方式活着，成为不朽的伟大典范,久久地活在人们的记忆里,严格地说,他们还没有死,还要在尘世的舞台上,扮演他们后半部的角色。[318] 如果说,到了天荒地老之际[319],我们并不是彻底死掉,而只是蜕变,只是按照前规移往他所,则末日所造的坟墓,就是寥寥无几,至少可以说,复活来得很快,赶在了坟墓的前头,坟墓也不必永垂了。还有一些坟墓尚未培土,却又将被人打开,故拉撒路也算不得奇迹[320]。当许多怕死的人,为自己只能死一次而叹苦时,这苦况无异于第二次的死[321],和活着的死,因为生命把绝望压在了这个受诅咒的人身上,他渴望的覆身之物是大山,而不是墓碑,他所寻求的不是复活,而是形神俱灭[322]。

有人研究墓碑,也有人刻意地拒绝墓碑;有的人呶呶嚷嚷,却是虚张声势,连自己的坟墓也不敢承认;在这一件事上,阿拉里库斯[323]最是狡猾,他让一条河弯将过来,把他的遗骨藏在了河底。甚至是苏拉,自以为钻进瓮里就高枕无忧了,却也没有躲过复仇之舌和砸向墓碑的石头。能称得幸福的,是那些息影尘外、过清白日子的人,他们在尘世里待人,总是以仁恕为心,故不怕在来世与他们相逢,在过世之后,也不去打搅已死的人们,也没有染上以赛亚赋诗讽刺的作风[324]。

古人的金字塔、拱门和方尖碑,只是虚荣的恶道,是流于淫邪的自我高尚。最高尚的胸怀,却是在基督教内,它把骄傲踏在脚底,将野心挽于轭下,怀着谦卑之心,追求那可靠的永恒,与此相比,其他的永恒只得缩小直径,即使从最小的角度[325]去看,它们也是拙劣不堪的。

虔诚的人,怀着对来生的陶醉,度过了今生的岁月,他们不以此世为怀，也不以前世为怀，因为在那时，他们躺在命定的混沌和前生的暗夜之中，一切都是昏昧的。如果有谁是这般的幸运，能真确地理解基督教中的寂灭、出神、销魂、配偶[326]之吻、上帝之味和进入神荫，那他们便是在很大程度上预见了天堂。尘世的荣华定已结束，大地对他们来说，只是一堆土灰。[327]

在永久的纪念碑上寄托生命，在子嗣的身上存活，在自己的姓氏中和契摩拉的范畴[328]里延续命脉，是古人之期望的极大满足，也是他们死后之洞天福地里的一部分。但在信仰的真道中，所有这些都是虚空。真正的生，就是再度成为我们自己，对于高贵的信徒来说，这不仅是希望，也是凿凿可证的。埋在圣英诺森教堂的墓园里[329]，埋在埃及的沙漠中[330]，并没有区别。人有准备，就可此可彼，都为永生而陶醉，六尺黄土也好，哈德良的陵墓[331]也罢，都要感到满足。卢坎有言：

> Tabsene cadvera solvat
> An rogus haud refert.
> （尸体在柴堆上焚烧，
> 还是随时间腐烂，都无所谓。）[332]

注释：

1　Thomas Le Gros，布朗爵士的一位密友，也是他的一个病人，住在诺里奇北部。

2 "庞培的儿子们埋在亚洲和欧洲的泥土下面,庞培本人则埋葬于非洲。"(布朗手稿边注,引用罗马诗人马提亚尔的拉丁文原诗)

3 指本书里讨论的骸骨。

4 "其实很近,只是在您的府邸和格陵兰之间隔着大海。"(布朗原注)格罗斯居住的克罗斯特威克府距离海岸不足二十英里。

5 "是由客蒙带回来的。"(布朗原注)见普鲁塔克《希腊罗马名人传》中的"客蒙传"第八节。忒修斯是古雅典的一个英雄,曾经被放逐,被杀于他乡。

6 "罗马竞技场中放置的大瓮,据说可以回荡出观众的喝彩声。"(布朗手稿边注)

7 指诺福克郡的雷恩翰府邸,是由伊尼格·琼斯于1630年修造的。"主人是我尊贵的朋友、一位地道的绅士霍拉旭·汤申德爵士。"(布朗手稿边注)

8 指罗马铸币上的帝王像。

9 "加入于大多数人中。"(布朗手稿边注,引自拉丁诗人佩特罗尼乌斯的诗歌)这句话是说,当时创世不久,死去的人尚没有几个。

10 "他们认为世界是很古老的。"(布朗手稿边注)但照文艺复兴时期的人们看来,世界是创造于公元前4000年,公元2000年便要毁灭,时间并不很长。

11 指医生职业。

12 "在这部书中,杜格代尔先生做出了很出色的工作,很值得那些高贵而有天才的人继续下去。"(布朗手稿边注)这里是指当时的古物学家威廉·杜格代尔对于古物的研究,而《不列颠志》则是卡姆丹的一部关于不列颠的经典作品。

13 应该是海伦(根据西塞罗的《论创造》第二卷第一节)。

14 "根据卡姆丹的《不列颠志》,亚瑟王尸骨的发掘是在亨利二世时代。"(布朗手稿边注)

15 指不列颠族。

16　指罗马人统治不列颠,并使他们走上开化之路。

17　语出贺拉斯《诗艺》第471行。

18　Potosi,"秘鲁境内的一座银矿山。"(布朗边注)比喻地下的宝藏。

19　据传说,亚当被造时所用的泥土是来自大地四方的。在希腊文中,从他名字里的四个字母即可以看出这一点。

20　指大洪水时期(见《圣经·创世记》7.17)。

21　见《圣经·创世记》25.9。

22　《圣经·申命记》34.6:"耶和华将他(摩西)埋葬在摩押地,伯毗珥对面的谷中,只是到今日没有人知道他的坟墓。"

23　《圣经·犹大书》1.9:"天使长米迦勒为摩西的尸首与魔鬼争辩的时候,尚不敢用毁谤的话罪责他,只说,主责备你吧。"

24　据希腊神话,他焚葬了Argeus。

25　见《伊利亚特》第23卷;又见《奥德修纪》第24卷。

26　见1世纪的拉丁诗人斯塔提乌斯(Statius)根据希腊神话中七英雄远征底比斯的故事创作的诗史《底比斯战记》第12卷。

27　见《圣经·士师记》10.3-5。

28　《伊里亚特》第24卷。

29　Julian the Apostate,又译作朱里安,东罗马帝国的皇帝,统治时间在4世纪中期。

30　"波斯附近的基奥尼亚国(Chionia)国王加姆布雷特斯(Gumbrates)。"(布朗边注)

31　Herulians,早期日尔曼人的一支。

32　Getes,定居在今日罗马尼亚境内的一个古代民族,我国曾经进口过的"达契亚"牌汽车的名字就是出于此。

33　Sarmatians,定居在今日中欧一带的一个古代民族。

34　见普林尼《自然史》第10卷。

35　Numa,传说中的第二任罗马国王。他的传记可以参看《希腊罗马名人传》。

36 传说中的罗马始祖罗穆路斯的双胞胎弟弟,也是罗马城的奠基者之一。

37 Cornelius Sylla,罗马将军,独裁者。

38 见塔西陀《编年史》第16卷。

39 古希腊早期哲学家。

40 "他的墓铭正是用的这句话。"(布朗边注)这一故事的来源出自希腊历史学家、大马士革的尼古拉。

41 未详。

42 Scythians,中亚的一个古代民族。

43 参看希罗多德的《历史》第2卷。

44 见《奥德修纪》第4卷。

45 Balearians,居住在今日西班牙的一支古代民族。

46 未详所指。

47 见《圣经·撒姆耳记上》31.12。

48 见《圣经·阿摩司书》6.10(布朗原注)。

49 见《圣经·耶利米书》34.5,《圣经·列王纪上》16.14和21.19。

50 见苏维托尼乌斯的《罗马十二帝王传》中的"神圣的朱里乌斯传"。

51 见约瑟福斯的《犹太古事记》第10卷。"直至约瑟福斯时代,监管这所陵寝的仍然是犹太的祭司。"(布朗原注)

52 见《圣经·诗篇》16.10,《使徒行传》2.31,以及《约翰福音》19.36。

53 文中提到的前两位是被直接接去天堂的,约拿则是从鲸鱼的肚子里被救去的。见《圣经》中的有关章节。

54 见《圣经·撒姆耳记下》18.33。

55 指凤凰自焚以求再生的神话。

56 "该瓮由我的朋友、华兴翰地方的托马斯·维瑟雷博士收藏。"

（布朗原注）

57　Manes，罗马人的冥神。

58　据现代人的研究，这些葬瓮并不是罗马人的，而是撒克逊人的。

59　Constantine，第一位改宗基督教的罗马皇帝，306—337年在位。

60　Dalmatian，住在今天塞尔维亚和克罗地亚地区的一个古代民族，奥古斯都时期（公元前14年—公元27年）即被罗马人征服，并被编入罗马兵团到其他地区驻扎。

61　Claudius，41年—54年的罗马皇帝。

62　Vespasian，69年—79年的罗马皇帝。

63　Severus，222年—235年的罗马皇帝。

64　Ostorius，47年—51年罗马驻守不列颠的总督。

65　Iceni，居住在今天英国诺福克、萨福克和剑桥郡的一支古代民族。

66　普拉苏塔古斯（Prasutagus）是伊凯尼人的国王，为了讨好咄咄逼人的罗马人，他将自己王国的一半送给了罗马皇帝，结果还是未能免于覆灭，关于这一段历史，参看塔西陀的《编年史》第14卷。

67　这一段历史可参看塔西陀的《阿古利可拉传》。

68　迦马人（见《圣经·以西结书》27.14）据说是安孔尼亚地区的居民，而"安孔尼亚"（Anconia）依照希腊文的原意，则是"弯肘"的意思。这里并不是说伊凯尼人与迦马人有什么血缘关系，而是指他们都是居住在一块肘状的海岸。

69　意思是"肘"。

70　"居民很多，简直难以记数，他们的房舍建得很密集，大部分跟高卢的相像。"（布朗原注，引自恺撒《高卢战记》）

71　参见塔西陀《编年史》。

72　"在我的朋友罗伯·耶根老爷家的地里，其中的物品现为尊贵的威廉·帕斯顿爵士收藏。"（布朗原注）

73　即著名的马克·安东尼。

74　Trajan，98年—117年在位的罗马皇帝。

75　Commodus，180年—192年在位的罗马皇帝。

76　Antoninus，161年—180年在位的罗马皇帝，即撰写著名《沉思录》的马可·奥勒留。然而据上文的排列次序，也许是指埃拉伽巴路斯（他也有"安东尼"之名，在位时间是218—222年）。

77　Dioclesian，284年—305年在位的罗马皇帝。

78　Constans，337年—350年在位的罗马皇帝。

79　Valens，364年—378在位的东罗马帝国皇帝。

80　Victorinus，269年—271年在位的高卢皇帝。

81　Posthumius，260年—269年在位的高卢皇帝。

82　Tetricus，271年—273年在位的高卢皇帝。

83　Gallienus，253年—268年在位的罗马皇帝。

84　当时谋篡皇帝宝座的三十位暴君。关于这段历史，可参看吉本《罗马帝国衰亡史》第10章。

85　Adianus，117年—138年在位的罗马皇帝。

86　布朗原注中有关于这些钱币的收藏情况，文繁，故略去。

87　Cuthred，740年—756年在位的西撒克逊王国的国王。

88　Canutus，11世纪的英国、丹麦国王。

89　Matilda，1102年—1167年在位的英国王后与女王。

90　不详，大概均是当时的部族名字。

91　Sueno，985年—1014年在位的丹麦国王，正是他带兵攻入不列颠，并最终征服了这里。

92　Ulfketel，东盎格鲁王国的将军，曾抵抗丹麦军队的入侵。

93　"据说，因为是用醋给赤热的铁淬的火，使它失去了韧性，因之变得易碎而难派用场，也就没有其他用处的价值了。"（普鲁塔克《希腊罗马名人传》中的"吕库古传"）布朗认为是铜显然是误记。

94　恺撒《高卢战记》卷5.12。

95　Britannicus，克劳狄乌斯皇帝的儿子。

96　Geta，209年—212年在位的罗马皇帝。

97　Caracalla，也称"安东尼"，211年—217年在位的罗马皇帝。

98　Macrobius，生活在4世纪末、5世纪初的罗马哲学家、语法学家。

99　从公元138年起，直到公元222年，罗马曾经出了三位以"安东尼"为名的皇帝，其中的马可·奥勒留即是最著名的一位。

100　即马可·奥勒留。

101　罗马皇帝去世以后，除非是生前民愤极大，否则都会被帝国封为神的。

102　Tertullian，大约生活在160年—220年之间的神学家，基督教早期的教父。

103　Minucius，生活于3世纪的罗马修辞学家。

104　"他们灭弃葬柴，谴责火葬。"（布朗原注，引自米努修斯的作品）

105　Sidonius，生活在432—480年间的诗人、书信作家，曾经做过法国克勒蒙地区的主教。

106　大概指合葬数人。见《圣经·创世记》23章。

107　见普罗佩提乌斯《挽歌》第4卷。

108　法纳查（Famesse）家族是中世纪后期到文艺复兴时期的一个意大利著名家族，曾经显赫一时，这里的法纳查枢机主教可能便是这一家族的成员之一。

109　Childerick，5世纪的法兰克人国王。

110　Pharamond，传说中的法国第一位国王。

111　在法国。

112　此说出自希腊文《圣经·约书亚记》，詹姆斯王钦定本《圣经》中未载。

113　其实据现代人的研究，布朗在此谈论的葬瓮却正是撒克逊人的。

114　西塞罗的作品中有"致昆图斯书札"数式，或是对昆图斯来信的答复，或是有"盼覆"的字样。

115　Scriboniu Largus，1世纪的古罗马历史学家。

116　语出的罗马历史学家底翁·加西乌斯（Dio Cassius，155—235，用希腊文写作）的作品。

117　指不列颠、高卢地区之古代宗教的巫师和祭司。

118　Pomponius，1世纪的拉丁地理学家。

119　Polydorus，14、15世纪之交的意大利人，曾撰写过关于英国历史的著作。

120　见恺撒《高卢战记》卷6。

121　见塔西陀《阿古利可拉传》第21节。

122　Sarmatia，约略相当于今日的欧洲东北部。

123　Gagunius，16世纪的意大利历史学家。

124　即瑞典人与哥特人。

125　Saxo，11、12世纪之交的丹麦历史学家。

126　Olaus，15世纪瑞典历史学家。

127　见塔西陀《日尔曼尼亚志》。

128　盎格鲁-撒克逊人中的一支。

129　即今日德国的石勒苏益格州。

130　Unguinus，传说中的瑞典国王，大概就是后面所说的"弗罗托大帝"。

131　Starkatterus，瑞典传说中的一位英雄。

132　出自瑞典传说，未必真有此事。

133　指不列颠族。

134　即历史上称的"虔诚者路易"，执政时期在8世纪上半页。

135　"见他的《丹麦碑志》"（布朗原注）；沃尔谬斯（Wormius）是17世纪丹麦物理学家、学者。

136　Rollo，北欧部族首领，后成为第一代诺曼底大公，约生活在860—931年。

137　"位于诺福克郡。"（布朗原注）

138　见《圣经·马太福音》23.29。

139　"见欧里庇得斯《赫卡柏》第 2 幕。"（布朗原注）

140　Casalius，17 世纪意大利文人、古物学家。

141　Bosio，17 世纪意大利考古学家。

142　《圣经·诗篇》63.9："但那些寻索要灭我命的人，必住在地底下去。"

143　即子宫，见《医生的宗教》第一部第 39 节。

144　拉丁语"陶片"，也有"陶罐"的意思。

145　见普林尼《自然史》23 卷。

146　Mausolus，公元前 4 世纪加里亚（今利比亚一带）的国王。

147　Capitoll，位于古罗马城内，罗马元老院所在地。

148　Tarquinius Priscus，公元前 616 年—公元前 579 年在位的罗马国王。

149　Varro，公元前 2 世纪的罗马学者；布朗的说法出自普林尼的《自然史》第 35 卷。

150　"天地都盛不下他，你去盛吧！"（布朗原注，引底翁·加西乌斯的作品）

151　见《伊利亚特》第 23 卷第 254 行。

152　大约是 500 年，见柏拉图《理想国》第 8 卷。

153　"公元前 121 年奥皮米安做执政官时的一种著名的酒。"（布朗原注）

154　"见《十二铜表法》。"（布朗原注）

155　"见普林尼《自然史》第 16 卷。"（布朗原注）

156　S.Humbert，8 世纪的马兹特里克特主教。

157　见《圣经·希伯来书》9.4。

158　见约瑟福斯《犹太古事记》第 1 卷。

159　"在埃姆翰。"（布朗原注）

160　见普鲁塔克《希腊罗马名人传》"菲洛派曼传"第 21 节。

161　古希腊时期的斯巴达立法者。

162 见柏拉图《法律篇》。

163 见《圣经·马太福音》27.5-8。

164 位于罗马郊外,那些作奸犯科的人或被视为贱民的人往往在这里被焚烧,或暴尸给野狗。

165 见苏维托尼乌斯《罗马十二帝王传》中"提比略传"。

166 见苏维托尼乌斯《罗马十二帝王传》中"尼禄传"。

167 见苏维托尼乌斯《罗马十二帝王传》中"图密善传"。

168 见《奥德修纪》24卷。

169 "见最博学的卡索邦先生论安东尼的文字。"(布朗原注)

170 见罗马诗人佩特罗尼乌斯的讽刺诗第34首。

171 "宴会中的一种野蛮游戏。人们站在一个滚动的石球上,脖子则套进一根固定在杆子上的绳子,手里拿着刀子,当石球滚动时便割断绳子,如果失败,那么就在看客的笑声里一命呜呼了。"(布朗原注)这一说法源出于2、3世纪之交的希腊学者雅典纳乌斯(Athenaeus)的作品。

172 "Diis manibus"(布朗原注),意思是"致冥神",罗马墓志中的一句惯见的开场白。

173 《圣经·出埃及记》25.31:"要用精金做一个灯台,灯台的座和杆,与杯、球花,都要接连一块锤出来。"

174 Anthony,2、3世纪之交的一个隐士,是第一位住在墓穴里的人。

175 Jerome,基督教早期最著名的教父之一,生活于4、5世纪之间。他时常出入于罗马的地下墓穴。所谓"罗马的地下墓穴",是指基督教在早期受迫害的时候,信徒们在罗马所建的地下陵墓,一般很大,既可以安放殉道者的尸体,也可以作为逃避迫害的避身处,有时候也在这里举行礼拜和宗教仪式。

176 见《圣经·以西结书》37.1。

177 原文是"Africa(非洲)",当系"Attica(阿提卡,古希腊一地名)"之笔误。

178 "见鲍桑尼亚（Pausanias，2世纪的希腊旅行家、地理学家）的著作。"（布朗原注）

179 "图拉真皇帝。"（布朗原注）

180 见普鲁塔克《希腊罗马名人传》中的"马塞卢斯传"。

181 "哥特王西奥多里克的偷坟掘墓。"（布朗原注）

182 炼金术中的用语，指把炼金用的原料烧过后剩的灰渣。

183 "见普林尼的作品第30卷。"（布朗原注）

184 见柏拉图《理想国》第10卷。

185 "它是无法烧透的。"（布朗原注）彼勒斯（Pyrrhus）大概是指希腊神话里阿喀琉斯的儿子，曾经杀死特洛伊的国王普利阿摩斯；阿喀琉斯的脚后跟是可以烧坏的，但他儿子的脚趾却烧不坏，则未知所指。

186 "上面有殡葬仪式的画面。"（布朗原注）

187 "据莱塞路（Lyserus，17世纪德国医生）说，那得是老骨头。又据哥伦布（16世纪意大利解剖学家，并不是探险家哥伦布）说，须是不高不胖的年轻人。"（布朗原注）

188 据第欧根尼·拉尔修的说法，赫拉克利特是死于水肿的。

189 见普鲁塔克《希腊罗马名人传》中的"提比略·哥拉楚斯传"。

190 见修昔底德《伯罗奔尼撒战争史》第2卷第5章。

191 见《伊利亚特》第23章。

192 见普鲁塔克《希腊罗马名人传》中的"庞培传"。

193 见《圣经·创世记》22.6："亚伯拉罕把燔祭的柴放在他儿子以撒身上。"

194 "指脑部，希波克拉底的说法。"（布朗原注）

195 《圣经·阿摩斯书》2.1："耶和华如此说，摩押三番四次地犯罪，我必不免去他的刑罚，因为他将以东王的骸骨焚烧成灰。"

196 "如阿蒂米希娅，便饮下了她的丈夫毛瑟鲁斯的骨灰。"（布朗原注）关于毛瑟鲁斯，参见本章脚注148。

197　元素之母指的是火，照基督教的说法，万物的复活需要经过末日的大火。

198　分别见《圣经·创世记》23.5-20 和 49.29-32，以及《约书亚书》24.30。

199　"Siste viator"（布朗原注），拉丁文，意思是"过路的人，请驻足"，这是对西塞罗一句墓铭的改写。

200　邱特伯主教，758 年埋葬于坎特伯雷大教堂。

201　见《医生的宗教》脚注 163。

202　布朗在这里也许是受了莎士比亚的启发；参看《哈姆莱特》第 5 幕第 1 场中那两位盗墓的小丑的对话。

203　动物脂肪中一种不易化解的酸质物；埋在潮湿地带的尸体，由于水对脂肪的慢慢化解，最后会剩下这样的东西。据说这是布朗最著名的科学发现之一。

204　"多塞特侯爵的尸体埋葬于 1530 年，1608 年他的尸衣被割开以后，人们发现他的尸体完好，没有腐烂，也没有变硬，就好像是新入殓的尸体。"（布朗原注）

205　"见他的俄罗斯地图，上面画着一个可以变成石头的东方部族。"（布朗原注）奥特留斯（Abraham Ortelius）是 16 世纪佛兰德绘图家、古物学家。关于罗德的妻子化成盐柱的事，见《圣经·创世记》19.26。

206　"其厚无比。"（布朗原注）

207　"诗人但丁在他描述的炼狱场景中，发现以前的饕餮之徒，而今瘦得皮包着骨头，所以他认为他们曾在被围的耶路撒冷城（耶路撒冷被罗马人包围时，城中食尽，一位名叫玛丽娅的犹太妇女曾经烹子而食之——译者），而且很容易在他们脸上看到 Homo 与 Omo：他们的两个脸颊从眉毛处弯下来，构成 M 形，两个眼睛深陷进去，像是 OO，构成 Omo。

> Parean l'occhiaie anella senza gemme:
> Che nel viso degli huomini legge huomo,
> Ben'havria quivi conosciuto l'emme.（布朗原注）

译者按：Homo 系拉丁文，意思是"人"，其音与"Omo"同。中世纪的好事之徒们，将这个字写成ᴍ，以表示两目一鼻和两个颧骨。如果两眼无光，就只能成一个 M 形了。上面的那三句诗出自但丁的《神曲·炼狱篇》：他们的眼窝像没有宝石的指环；若把软弱人的面相读作"哦莫"，那么这里的灵魂很明显地表示出一个"爱姆"来。（王维克译）

208　见《圣经·马太福音》27.52-53："坟墓也开了，已睡圣徒的身体，多有起来的。到耶稣复活以后，他们从坟墓里出来，进了圣城，向许多人显现。"

209　见《圣经·创世记》49.29。

210　见《圣经·利未记》4.12。

211　《圣经·哥林多前书》6.19："岂不知你们的身子就是圣灵的殿吗？"

212　指东正教的丧葬仪式，尤其指它在煽动人的哀情方面的效果。

213　"正像那他将复活的许诺那样；这一许诺是德谟克利特做出的，但他自己却没有复活过来。居然认为生命是死后的重新开始，真是疯到家了！"（布朗原注，引普林尼）

214　"我们希望，死者的遗骸会从地底下重返天光。"〔布朗原注中引用的是希腊文；佛西里底斯（Phocylides）是公元前 6 世纪希腊哲学家、诗人〕

215　"凡从前从大地来的，同样又归于大地。"（布朗原注中引用的是卢克莱修《物性论》，方书春译）。《圣经·传道书》12.7："尘土仍归于地，灵仍归于赐灵的上帝。"

216　见《奥德修纪》第 11 卷。

217　见琉善的《赫尔墨提穆斯》（Hermotimus）第 7 节。阿克梅是赫拉克勒斯的母亲，她与宙斯交合生下了赫拉克勒斯；朱庇特即希腊神话中的宙斯在罗马神话中的名字。

218 见柏拉图《斐多篇》。大概指当时的希腊风行火葬。

219 见《医生的宗教》注 23。

220 "再见，再见，再见。我们也将依照自然所允许的步骤，跟随在你的身后。"（布朗原注中引用的是拉丁文）

221 据马克罗比乌斯的说法，巨蟹座是天堂的出口，山羊座则是天堂的入口。

222 "莫要伤害我的魂魄。"（布朗原注引用公元前 1 世纪的拉丁诗人提布卢斯的作品）

223 "俄罗斯东正教徒。"（布朗原注）

224 "根据波鲁齐（Perucci，17 世纪意大利作家）的记载。"（布朗原注）

225 根据古希腊神话，死人在去地狱的时候，需要渡过一道冥河，冥河的渡夫叫卡戎，他往往是收取摆渡费的。

226 基督教反对自杀，称自杀为一种罪恶。

227 即梅里莎，事见希罗多德《历史》第 5 卷。

228 见《奥德修纪》第 11 卷。

229 布朗是根据荷马诗史用词的阴阳格来推测的；泰瑞西阿是底比斯人，盲预言家。见《奥德修纪》第 1 卷。

230 "见琉善。"（布朗原注）

231 死神、命运之神。

232 见《奥德修纪》第 11 卷，其中的鬼魂们饮用的是羊血。又见《圣经·利未记》17.14："论到一切活物的生命，就在血中，所以我对以色列人说，无论什么活物的血，你们都不可吃，因为一切活物的血，就是他的生命。"

233 见《奥德修纪》第 11 卷。"佩涅洛佩的情人们"指她的求婚者，因为作为奥德修的妻子，她是很忠贞的。

234　幽灵害怕利剑以及阿伽门侬的事，也见《奥德修纪》第11卷。

235　但丁的《神曲·地狱篇》第10卷。

236　见《奥德修纪》第11卷。

237　见维吉尔《埃涅阿斯纪》第6卷。

238　见琉善《卡戎》，可参看周作人翻译的《路吉阿诺斯对话集》中的第5篇。

239　在《奥德修纪》第11卷中，阿喀琉斯的幽灵对奥德修说道："我宁愿活在世上做人家的奴隶，伺候一个没有多少财产的主人，那样也比统率所有死人的魂灵要好。"（杨宪益译）

240　见《奥德修纪》第11卷。

241　即尤利乌斯·恺撒，事见《埃涅阿斯纪》第6卷。

242　见贺拉斯《颂歌集》第1卷。

243　柏拉图在《理想国》中的一则比喻。

244　即被漏过了，没有引起但丁的注意。但丁的《神曲》中没有提到毕达哥拉斯。

245　见但丁《神曲·地狱篇》。

246　见但丁《神曲·炼狱篇》。

247　希腊神话中死后的福地。

248　指更加可怕。

249　见马基雅维利《李维史论》第2卷。

250　关于此处的说法，也可以参见布朗的《致友人书》。

251　见但丁的《神曲·地狱篇》第10篇。

252　在《流行的谬误》一书第17章里，布朗写道："谁不可怜那德高行洁的伊壁鸠鲁呢？按照常人之见，他把感官的快乐，视为自己主要的幸福，因此留下了千载骂名。这个说法有几多真实呢？人们看一看他那七十岁的一生，读一读他那三百多篇作品就明白了……他满足于面包和水，即使是吃天帝约夫的宴席、叨陪一场大筵，他的非分之求，也只是多加一片奶酪而已。塞涅卡说，'我并不附和我们这一派中的多数人,说什么伊壁鸠鲁学园是一所罪恶的学园,我要说的是,它这个坏名声是得非所值的'。想一想塞涅卡的这番话,读一读他生平,他的书信,以及他在拉尔修《哲人传》里的遗嘱,这些常人之说,我们就斥之为诽谤了。"

253　事出柏拉图《斐多篇》。

254　指的是小加图,他因反对恺撒独裁而遭追杀,最后用剑自裁。事见普鲁塔克的《希腊罗马名人传》中的"小加图传"。

255　指灵魂。

256　指盎格鲁-撒克逊人、丹麦人和诺曼人(人们通常认为这些灰瓮是罗马人的,故称这三个后来的民族为"征服军")。19世纪作家德昆西,对第五章的这一句开篇话不胜赞叹:"从辉煌的泥土、从神圣的坟墓中唱出的这首饱含激情的安魂曲,其前奏的乐音由低转高,何等悦耳!这一番言辞,真是美轮美奂!时间的注脚,并非一代代人或数个世纪,而是时间漫长的征服与朝代;是法老们、托勒密们、安东尼们和阿尔撒西德们的此盛彼衰!那漫漫的时间之更迭,其标志,是登基大典上回旋出的喧闹声;是被人遗忘的死人的墓庐上掠过的战鼓声、杂沓的脚步声——是时间与受难的人类之战栗,是尘缘暂了,是坟墓中漫长的安息日。"(见 De Quincy, Thomas: Rhetoric, in his *Collected Writings*, ed. David Masson, pp104-105.)

257　语出罗马诗人提布卢斯(Tibullus)的《挽歌》III, ii, 26。

258　古代占星家有此说(杨周翰注,见《十七世纪英国文学》,下面的杨周翰注释均出自该书,不再一一注明)

259　未知何解,大概指昏聩到忘了自己是谁。杨周翰先生的注释说:"神秘主义,不可解。"

260　阿基米德曾经探讨过数学中的无限,如他的《数沙者》一文。

261　"见摩西的《诗篇》"(布朗原注);《圣经·诗篇》90.10:"我们一生的年日是七十岁,若是强壮可到八十岁。"

262　"按古代的手指算术,屈右手小拇指,为一百"(布朗原注);

关于西方古代的手指算术，有兴趣的读者可以参看丹齐克的《数：科学的语言》。

263 杨周翰先生的注释："《圣经·撒母耳记下》第 8 章，大卫依仗耶和华的支持战败非利士人和摩押人，对被征服的摩押人，他'使他们躺在地上，用绳子量一量，量二绳的杀了，量一绳的存留'。布朗认为这是大卫的贪欲引起的死亡。"

264 杨周翰先生的注释："《圣经·列王纪上》第 11 章，大卫之子所罗门贪恋女色，以致树敌无数，在他死后上帝夺国。"

265 "一夜有三夜长。"（布朗原注）在希腊神话中，宙斯与凡妇阿克梅交欢，却碍于春宵苦短，故延长了黑夜。

266 杨周翰先生的注释："见《圣经·约伯记》第 3 章。约伯经不住上帝对他的考验，诅咒自己，他恨不得从娘胎里生出来就死了，因为出生后过黑暗的生活，与死无异。"

267 希腊神话里半人半鸟的海妖，用美妙的歌声引诱海员，使之触礁，参看荷马史诗《奥德修纪》第 12 卷。

268 阿喀琉斯是特洛伊战争中的希腊将领，幼年时，他那天神母亲不愿他参加战争，把他扮成女孩子与妇女们生活在一起，见荷马史诗《伊利亚特》。上面的两个问题，是"提比略（罗马皇帝）用来刁难语法学家们的"（布朗原注）。关于这件事，可以参看苏维尼托乌斯《罗马十二帝王传》中的"提比略传"。

269 "语出《奥德修纪》卷 10，526 行。"（布朗原注）

270 《圣经·约伯记》3.13-15："不然，我就早已躺卧安睡，和在地上为自己重造荒邱的君主、谋士，或与有金子、将银子装满了房屋的王子，一同安眠。"

271 可参看《医生的宗教》第一部第 33 节；又，杨周翰先生的注释："布朗相信死后有天使保护，相信毕达哥拉斯的轮回说（故云骨头制成躯体），也相信巫（故云精灵不能解答），布朗曾在审问二女巫一案时做证，处女巫死刑，引起舆论不满，自此英国不再绞死'女巫'。"

272　杨周翰先生的注释:"物存名亡,金字塔下的法老其名不可考。"

273　约指公元前 1000 年,按当时人的说法,这是世界历史的中点。参看下注。

274　"世界也许只能存在 6000 年"(布朗原注);即从公元前 4000 年开始,到公元 2000 年。以利亚即《圣经》中的先知,但《圣经》中并无此语。

275　西班牙国王(1500—1558)。

276　"这位著名的君主在世时,赫克托尔的声名,已经超过了玛士撒拉两倍的寿命(2×968=1398 个年头)。"(布朗原注)而查里五世的声名至多能延续 500 年,因为此后就是世界的末日。

277　雅努斯,见《医生的宗教》注 391。所谓不成比例,是指过去的年月为 5000 多年,未来仅剩下几百年了。

278　在英国国教的《公祷书》(The Common Prayer)中有这样的祈祷:"愿您的国到来。"而上帝的国到来,便是末日,是审判日。

279　杨周翰先生的注释:"世界已到衰落期,这是当时流行的思想,培根等人均有此看法。"

280　"θ 是死亡的字符"(布朗原注);它由一个圆和中间的一道直线组成。希腊字母 theta(θ)是希腊文 thanatos(死)的起首字母,希腊的法官们在判决投票时,假如判人死刑,便在票上写下这个字母。

281　杨周翰先生的注释:"教堂墓地埋葬 40 年的尸首掘出,以便埋新死的人。参看《哈姆莱特》5.1,又邓约翰《遗骨》(Relique)3-4 行。"

282　《世说新语》中桓温面对一棵树赋诗道:"昔年种柳,依依汉南,今看摇落,凄怆江潭,树犹如此,人何以堪。"可与此语相发明。

283　"格鲁特的《古代铭文集》。"(布朗原注)格鲁特(Gruter),15、16 世纪之交的荷兰学者。

284　"人们在许多国家里展览,并随意为他们起名字;其中一些木乃伊,则被命名以希罗多德书中的古埃及王的名字"。(布朗原注)

285　杨周翰先生的注释:"Giro lamo Cardano(1501—1576),意

大利数学家、星占家。他在自传中说：Cuperem notum esse quod sim, non opto ut sciatur qualis sim. 我只望人家知道我，因为我存在。我不想让别人知道我是怎样一个人。又，他为自己占卜，发现自己将成大事业，故勃顿（当系勃朗[即布朗]之误）用 horoseopal inclination 一词。"卡尔丹的这句话，其实是套用塞涅卡《论恩典》中的说法。

286　在古希腊名医希波克拉底的许多论文里，病人的名字往往是根据病状起的。

287　见《伊利亚特》第16卷，第149—153行。

288　出自《圣经·马太福音》14.1-12；此人是希律王的弟妇，她怂恿女儿要施洗者约翰的头。

289　《圣经》中送水给耶稣喝的妇女（见《马太福音》15.27-28）。

290　处死耶稣的罗马总督。

291　指与耶稣一同钉死的那些人。见《圣经》中的四福音书。

292　按普林尼的说法，建庙者名叫 Chersiphon。

293　杨周翰先生的注释："Herastratus 为了名垂不朽，烧了埃菲索斯（Ephesus）的狄安娜女神庙。"埃菲索斯按通常的译法，当为"以弗所"。

294　杨周翰先生的注释："荷马史诗《伊利亚纪》（即《伊利亚特》——译者）中的人物，是希腊阵营中的一个丑陋、粗鲁、喜欢吵闹、说大话的角色。"

295　指《圣经》。

296　"大洪水之前"（布朗原注）；洪水之前生活的人，见于《圣经》的有二十七个。

297　大概是指世界由盛到衰的转换点。

298　杨周翰先生的注释："罗马神话中的助产女神，此处引申为'解脱'。"

299　"见欧里庇得斯的作品"（布朗原注）；指柏拉图《高尔吉亚篇》中引用过的一段剧文，此剧如今已佚。

300　大概指冬季夜长。

301　"犹太人风俗,在死尸旁置一燃着的蜡烛,烛插在灰钵内。"(布朗原注)

302　指睡眠;在希腊神话里,死亡和睡眠都是夜的孩子。

303　杨周翰先生的注释:"希腊神话,Niobe 生了七子七女,十分骄傲,神惩罚她,把她的子女都杀死,她恸哭不止,宙斯把她变成石头。"

304　《圣经·传道书》1.14。

305　杨周翰先生的注释:"坎比希(通译为'冈比西斯'——译者),波斯皇帝,居鲁士之子,曾经征服埃及,事见希罗多德的《史记》。Thomas Preston 据此写成悲剧(1569),对以后历史悲剧影响甚大。"

306　作为药物来卖。

307　杨周翰先生的注释:"麦西 Mizraim 系含(Ham)之子,诺亚后代,见《创世记》10,在《希伯来书》中指埃及。十七世纪犹太人把木乃伊粉末当药物出售。"

308　杨周翰先生的注释:"Nimrod(宁录)是《创世记》中含的儿子古实(Cush)之子,用以名星,但此名已被猎户座(Orion,希腊神话中的猎人)所代替。"

309　杨周翰先生的注释:"Osiris(俄希利斯)是埃及神,Dog-star 即 Sirius(罗马神——译者)。"

310　在布朗时代,望远镜证实了人们以前用裸眼所看到的天象,即彗星和新星曾冲犯月亮的上空,而照亚里士多德的说法(见他的《论天体》第 2 卷),这一带天空却是金刚不坏的。

311　杨周翰先生的注释:"希腊神话中的太阳之子,他驾着父亲的车乱跑,几乎使宇宙焚毁。见奥维德的《变形纪》2.1,勃朗(即布朗——译者)此处用来比喻黑点,不规则的移动,法厄同后来不幸被烧死,故勃朗用此比喻表示歉意。"

312　在布朗看来,有生有死,相对于不朽而言,是不光彩的、是可耻的。可参看《医生的宗教》第一部第 40 节。

313　杨周翰先生的注释:"Sardanapalus 是尼尼维最后的君主,死于公元前 376 年。据说他死时把整座王宫连同其中的太监、嫔妃、财宝全部烧光,用以殉葬。"

314　西塞罗《论法律》Ⅱ,23。

315　杨周翰先生引用布朗的原注说:"格鲁特的《铭文集》中载鲁弗斯与贝隆尼卡(Rufus and Beronica)的墓铭:

> nec ex
> Eorum bonis plus inventum est, quam
> Quod sufficeret ad emendam pyram
> Et picem quibus corpora cremarentur,
> Et praefica conducta,et olla empta.
>
> (在能找到的好东西里面,最好的无过于一个合适的正规的柴堆、焚烧我们这两具尸体的沥青、请来的哭丧妇和买来的瓮。)"

316　"用希腊文、拉丁文、希伯来文、埃及文、阿拉伯文;却被里奇纽斯皇帝抹掉了。"(布朗原注)格尔底亚努斯(Gordianus)是 3 世纪的罗马皇帝,里奇纽斯(Licinius)是他的继承人。

317　指摩西。

318　以诺和以利亚是《圣经》里的两位先知,他们是直接被送入天堂的(见《创世记》5.24,《列王纪下》2.11),故曰"没有掩埋";而《圣经》中所谓目睹启示的"两个见证人"(见《启示录》第 11 章),有的人以为就是他们两个,故曰"扮演后半部的角色"。

319　即末日审判。

320　在《圣经·约翰福音》第 11 章里,基督曾使拉撒路复活。

321　《圣经·启示录》20.14:"死亡和阴间也被扔在火湖里,这火湖就是第二次的死。"

322　杨周翰先生的注释："受诅咒的灵魂嚎叫着要高山盖住他们，保护他们，免遭上帝的谴责，见《路加福音》23.30，《启示录》6.16。"

323　即阿拉里克（Araric），入侵罗马的哥特族首领，死后葬于布森托河底，怕被罗马人发现。

324　在《圣经·以赛亚书》14.4-17中，先知以赛亚作诗讽刺世上的霸主们即将堕入地狱。

325　杨周翰先生的注释："勃朗自注：'Angulus contingentiae, the least of Angles.' Contigency '相接'，又有偶然之意。其他小小的永恒都带有偶然性。"

326　指教会。

327　这一段话是典型的布朗的神秘主义风格。

328　契摩拉是希腊神话中的一个女怪，所谓"契摩拉的范畴"，大概指离奇的幻想。

329　"在巴黎，此处之尸体腐坏甚速。"（布朗原注）17世纪的另一位英国作家伊夫林在他那著名的日记中，有一段这样的记载："我转道去了圣英诺森墓园，在那里，花了许多时间，听人讲此地土性的贪婪（在24小时内，就可以化解一具尸体），并参观了巨大的停尸堂、坟墓、金字塔和地下墓冢。"（Diary, ed. E. S. de Beer, Oxford, 1955, II, 131）

330　埋在沙漠中的尸体不易腐烂。

331　"一座壮丽的陵寝，或葬堆，由哈德良建于罗马，现在位于圣安吉洛城堡。"（布朗原注）

332　引自卢坎《法尔萨利亚》7.809。

致友人书[1]

不要含怒到山羊座中的太阳落下山来,要用水书写你的过衍。

噩耗的翅膀是如此沉重,阁下对自己密友的事,竟至于一无所知,闻听之下,深感诧异。故我强打精神,把此事重叙一遍:Ad portam rigidos calces extendit(他那僵冷的脚跟伸到了门边)²;他已经死去,入土为安了。在那死人的国度里,他此刻已算不得幼龄之身。因为他辞别尘世虽不多几日,但如阁下所知,每过一个时辰,阴曹地府中都要增添大量的亡灵。念及人类的不断死亡,阁下断不会认为在普天之下,每个时辰内的死者仅有数千人之微。

虽然关山道阻,您未能及早得知他过世的详情,但您的爱友之心,却也不必惊诧于他的过世,何以未能通过您的睡梦,暗通隐秘的灵机、多思的低语、神差鬼使或心有灵犀的暗示,而许多人在自己的密友过世时,似乎都有过这样的朕兆。比如在那则著名的故事中,我们发现那些灵魂乐于告知他们远方的伙伴:伟大的安东尼奥死了³。这类事固然是有,但对于朋友的死浑然不觉,却也有足够的理由,因此我们须满足于康庄通途和传递讯息的阿庇安之路⁴。天地的完结是难以明了的,这固然沮挫了人类的所有预言,但那些在有生之年将看到日月变黑、星辰陨落的人,却难以在"末日到来"一事上出现差池;而那些不知死之将至、还希望活下去的痨病患者常有的谬想,竟也能传到健康、清醒的朋友身边,真可谓一桩奇怪的事。普劳图斯的病容[5],阁下当少有所知,希波克拉底的脸孔[6],也难以令阁下更加骇然失色了。目睹他的憔悴之态,您会对他的生命感到绝望的,在这一点上,亦如某些严重的疾病一样,医生的预言是不会有错的。他的判决如同法官的判决一样,都是异常凶险的。

我第一次探望他时,还曾有人对他的康复抱有不死之望,当时我就不揣冒昧地说,以我的悲观之见,他怕再也见不到一头蚱蜢,更别说去采摘一颗无花果了。此后不久,我在他的身上似乎又看到了那种奇怪的、致命的症候,而这是希波克拉底不曾提及的,也就是说,他丧失了自己的本相,容貌酷似他的一位本亲,因为他不再保有原来的相貌,而变得像他的叔叔。在以前健康的时候,他叔翁的尊容,在他的脸上是隐而不彰的。因为从我们出生起,我们的容貌总要变来变去,直到我们的脸相固定下来。因此在我们临终之前,由于病痛之功,我们往往会露出一副新脸,当我们退隐到了泥土,从前潜伏在我们脸上的先人之容,这时会突然浮现出来。

为了有益于他的身体,人们曾徒劳地让他改换空气,以使他摄入此地[7]空气中的硝酸成分。因此在困顿之下,他很快在提沃里发现了萨丁岛[8]。最健康的空气,却收效甚微,死神在此刻下了他的宽箭[9],因为他未能活到5月中旬,由此也证明了希波克拉底的所见不诬:在这致命的季节,无花果的叶子如同寒鸦的利爪[10]。一个人所生活的地区,假如空气与水土不会加重他那些残弱器官的疾病,或是及早移居到能疗克它们的地方,此人便是居得其所、三生有幸的。易患脊髓痨的人,在葡萄牙度日可谓不智;患有胆酸的人,在奥地利或维也纳也难见舒坦;腿脚不便者,是绝不该喜欢罗马的[11];头脑庸弱之人,则不当钟情于威尼斯和巴黎[12]。不仅天上有死神的灾星,地上也有它的险地,它会找出我们的疾病来,并打击我们的薄弱器官。在这一点上,候鸟是颇见优长的,它们的身体天造地设,生来适宜在遥远的地区生活,它们不为大海和高山所阻,每到既定的季节,便从格陵兰岛和阿特拉斯山上,(或照某些人猜想的那样)甚至从澳洲飞来拜访我们。

他的生命,我们固然是无力保全,而他的安然辞世,却令我们未失所望。他气息已尽时的样子可谓少有。在他身上,生命的结尾与生命之初是并无不同的,那颗凸起的圆点[13],在当时看不出一丝跳动的痕迹,而他的辞世也如同入睡一般,几乎不需要操办一场仪式,来合拢他的双眼,而睡眠之垂下人的眼睑,是与死亡到来的惯有方式决然相反的。我们费了多少辛苦与周折,才来到世间的,我们并不清楚,但离开世间,却往往不是轻而易举的事。易于出生者,往往艰于死亡,假如此言不诬,则以他辞世的安详,我们可以合理地猜测说:他的出生当是另一种光景,该是有某一位朱诺,在他出生时交叉双腿坐着[14]。

除了安然死亡,他的病入膏肓也多少可以解慰您的悲伤之情,既然您知道在医学里,异常的事只是偶有发生,而奇迹又是寡之又寡[15]。安吉卢斯·维克托里乌斯[16]曾郑重其事地描述过一位身患痨病的异教妇女,曾因伊格纳修斯[17]的祈祷而霍然痊愈;在《圣经》里,则未见有任何人以这种疾病求治于我们的救主,虽然某些疾病已经包含在这句宽泛的经文里了:他走遍加利利,医治百姓各样的疾病[18]。驱邪的灵符、咒语、图谶和祈祷,常常用于其他的疾病,却很少有尝试于痨病的。在帕拉塞尔苏斯的《大外科学》一书中,我们也不曾发现有治愈晚期痨病或消瘦病的灵咒,即使其他的疾病做不到,单是这一种疾病,也足以给一颗长寿的肝脏划上句号,并使一切化成土灰。所以斯多葛派的门徒只好认为,火元素将耗尽其余的所有元素,并最终结束这个世界[19]。虽然上帝是随心所欲的,他覆灭天地,也许用不着这样拖拖拉拉,他结束地上的万物,以及我们这个世界中的行星系统,只需把太阳吹灭而已。

我并不是好事之人,不想把他的死与星宿牵扯在一起,但我注意到,在他死时,月亮正离开天顶。许久以前,一位意大利老人曾使我相信,大部分人正是在这个时辰死去的。但平心而论,在这种事上,我的好奇心从未得到过满足。尽管退潮开始以后,海洋附近的地区总有大量的人死亡,而关于退潮时人与动物的死,普林尼则有一段惊人的妙论[20]。但无论如何,他死时正当沉寂的深夜。根据古代的创世神话,我们可以最得体地说,正是在这个时辰,纽克斯做了混沌的女儿、睡神与死神的母亲[21]。所以说,他离开尘世的时刻,正是我们的救世主降临尘世的时刻,而且据许多人的推想,他[22]返回尘世也将在这个时辰。关于人的手,卡尔丹有自己的一套不太繁难的观察办法,借此可以推知他生于白天还是晚上,我承认在我本人身上,这办法还算是灵验。斯卡利杰也有一套办法,但所依据的是人的耳垂[23]。大多数人生在晚上,而动物则生在白天。但生于晚上和白天的人，到底何者为多呢，却又是难以了断，尽管暴死于白天的人要多于晚上。可就寿终正寝而言，时间并不厚此薄彼，至少可以说，参差不等只是偶然的事。时间的整个行程，是贯穿于万物的生与死的，不管生死相续，还是生死巧合，我们都应该用自然的时日，而不要以人为的时日来计算时间。

查理五世的加冕，恰逢自己的生日，这对于上面的说法并不构成反证，因为指定哪一天加冕，完全是他权利所及的，而在他生日那天俘获弗朗西斯国王[24]，则是意外的巧合，值得大笔特书。每逢生日就发一遍高烧的安提帕特[25]，根本用不着掐算星辰的运行，来推定自己的末日。当固定的星辰返回自己的发轫之处，照一些古人看来，世界就接近尾声了[26]，这也算是"死于生日"之一种吧。而假如一出生就病魔缠身，而且病情急剧恶化，那在某些人看来，他的生日便是忌日，但这种病[27]是一种迁延性的疾病，事前看不出或预料不到任何危相，他患病不过十五日，便撒手归天了。对婴儿来说，最常见的现象，莫过于死于出生的那天，仅目睹一线天光和世界的片屑，甚至等不及善良的天使来保护他们[28]，就死在娘胎的隐秘天地里了。但那些已经活了多年的人，既然每年都有不少于三百六十五天的时间，能决定他的生与死，那么生日与末日重叠、蛇尾变成蛇的嘴巴恰在同时[29]，或在自己的生日里命尽归西，就可谓是离奇的巧合了。关于这一点，星相学家们虽然耗尽才思，欲求解答，但在预测生死时，他们还是慎之又慎。

由于身患痨病，他变得形销骨立，体重仅及原来的一半，从而将肉身的大部遗蜕在了身后，而没有携带到坟墓里面。约翰·恩涅斯图司·曼斯菲尔德公爵在死的时候，心脏只有一粒核桃的大小，这话虽不便轻信，但假如一具结实的骨架只有二十磅之重，那么余下的内脏与血肉，就算不上一道疗饥的美食，只是坟墓的一碟小菜而已。但丁笔下的瘦癯之容[30]，我见于活人脸上的当以他[31]为甚。假如阿鲁斯佩克斯[32]用他来讲解一篇讲义，怕是根本不需要开膛破肚的，因为他的血肉已经耗尽，用不着开膛就能看到内脏了；用sexta cerviee（六个扛尸夫）[33]把他抬去坟墓，只是出于礼俗，不是事出必须的，而棺材作为附庸，也比坐镇其中的尸主要重。

在诊断那些要掉儿童性命的痫疾时，奥姆尼布斯·费拉里乌斯（Omnibonus Ferrarius）[34]是在耳后寻找斑点的，而诊断痨疾，有人以面色为准；卡尔丹则急于要看人的指甲，还有人则观察手纹和拇指上的肌肉，有人更是别出心裁，竟要查看喉坑的深浅、小腿与腿肚的比例，或脖子与脑袋的比例。但所有这些症候以及诸如此类的其他症候，全都淹没在希波克拉底的凶兆之容和临终的脸上[35]了，即使是入道不深的骨相学家一眼扫去，也会脱口说出：这是一张土灰之脸，玛尔塔[36]已经把自己的戳子，重重钦在了他的太阳穴上了。因为他不难看出在这张憔悴的脸上，死神在信手涂鸦[37]，也不难看出此人的生命是要江河日下了。

尽管胡须是两性的唯一区别，而且被乌尔姆斯[38]看成是阳刚之气的象征，但他的早熟，并过早地长出胡须来，却很难说与长寿有任何关联。在莫哈兹战争中丧生的路易斯[39]，这位有德有行，却无命无运的匈牙利国王，据说在出生时，身上是寸肤不见的，在十五岁上，他就长出了胡须，到了弱冠之年，就已是早生华发了。占卜者们则据此推测说，他将有丧国之痛，而且会寿命不永的。但以头发推断寿数，也只是凿空之言，有许多颠发早白的人，却长于《赞美诗》的作者划定的寿期[40]。最让我疑惑的毛发，倒不在脸上或头上，而是在后背上，也不是成人的，而是孩子的，比如好久以前在朗格多克[41]，当一种名叫"毛吉龙"的地方病肆虐于小孩们中间时，便有粗硬的毛发从他们的背上冒将出来，它解除了这种疾病的不安症状，使他们免受了咳嗽和痉挛之苦。

我见过的埃及木乃伊，总是张嘴做哈欠状，这给人提供了一种良机以观察他们的牙齿。牙缺齿蠹的事，是很难看到的。所以说在埃及，既然人只会操作一种手术[42]，或者说，疾病只生在一种器官上，那么仅仅以拔牙为务，医术之道就是一种无趣的职业了，比起做派鲁斯王的拔牙师来，绝好不到哪里[43]；而印度的班雅人如何保持这些器官的完整，我则未见确切的记载，但他们保护牙齿，自有得天独厚之处，即禁绝肉食，而只吃那些似乎与牙齿的形状与构造天然相配的食物。而腐蚀性的、尖利的黏液[44]，既然从早年开始便蠹坏着这一排岩石和身上最坚硬的器官，因此一个人觉得寿将不永、无望活到自己的两倍牙口[45]，也就是情在理中了。腐蚀对于牙齿的克伐，有甚于葬火和烈焰对古人尸体的严酷，因为我探察过灰瓮中焚烧过的残骸，虽然难以发现门牙，但犬齿和嚼牙却明显地抗过了火焰。

在童年时，他曾苦于本国的地方性疾病，即软骨病，但我看到许多人在此病过后，却变得很强壮，而且生气勃勃，可是否活到了高年，则这种疾病还不够古老，难以提供足够的证据，而生活在英国种植园里的孩子们，是否也忍受这种疾病之苦呢，倒是一个值得观察的问题。在伊斯特里亚的罗维哥诺居民里，跛残的现象是否还在与日俱增，我们不得而知，但在近二十年以前，迪鲁瓦尔[46]先生曾经说，那里有三分之一的人是一瘸一拐的。还可以肯定的是，软骨病在我国仍在蔓延；比起梅毒大疮来，小小的水痘更是为害匪轻；而"国王的恶疾"[47]之变得愈加寻常，也是国王的钱袋所深知的。在爱尔兰，三日疟只是陌路之客，而在英格兰，却是一张要命的熟面孔。尽管古人对这种疾病轻描淡写[48]，而为丧命于此病者所敲的丧钟，如今却使人见惯不惊了。

有人认为在古代世界里，痨病是很少见的，因为当时的人们食用大量的牛奶，并认为该岛居民在赤身裸体、穴处巢居之时，比起如今的华屋美床，要更少地遭受咳嗽的侵扰，柏拉图也说，像腹胀、痢疾之类的疾病，只是新起于他当时的希腊，而在荷马时代，可以说是闻所未闻[49]。波里多尔·维吉尔[50]则说，在英国，胸膜炎是很少见的，但此人只生活于亨利八世当政之朝，故不足为凭。有人认为天下没有新病，还有人认为，许多古老的疾病已经根绝，而人们所称的新病，也会适可而止的。但无论如何，都可见上帝以仁慈为心；疾病的巨堆，被他抛撒开来，以免使任何一个国家独负重载；一国之新疾，或许是别国之旧病，发现了新的土地，也便发现了新的疾病，因为除了常见的病群以外，特定的地区还有自己特有的地方病，就全球来说，这样的地区并非小数。假如列入亚洲、非洲和美洲，则潘多拉的盒子会横溢出来，一种奇怪的病理，也是必将出现的。

在这具枯瘪的尸体中，发现一张干焦的肠膜，空空的、膀胱似的内脏，两片铁青的、坚硬如石的肺叶和一只枯萎的心包，对许多人来说倒是在意料之中，而他的两只肺尖和两肋粘连，却有人大惊小怪。类似的情况，在那些未有痨病和呼吸困难之症的尸体中，我也是常常看到的。这种事见诸于人的，要比见诸动物的为多，而且在某些人看来，见之于女人的要甚于见之于男人的，但我遇到的最奇特的一例，则是在一个男人的身上，此人大咳小喘将近五十年，肺尖与肋骨全部粘连了起来，两个肺尖也粘到了一起；此人还破了卡尔丹的规矩[51]，也就是说，他还为结石所苦，并死于膀胱里的结石。为什么有的动物像人一样咳嗽，有的则否，而是像公牛呢？这是亚里士多德曾经追问过的[52]。咳嗽是一种自然的、自愿的运动，吐痰也是咳嗽的一种，假如我们做如是观，那么咳嗽之于人，亦如流鼻涕那样，便称得上人类的专属，然而另一方面我们却看到，维吉修斯和农艺作家们之留下大量的医方，以治疗牧畜的咳嗽，也不是无的放矢的。这样说来，因咳嗽而丧命的人，则又是在追步羊、猫和狮子的死法。尽管鸟类没有横膈膜，可我们在阿里安努斯[53]的书里，却发现了治疗猎鹰咳嗽的各种医方。人们可能认为，凡是有肺的动物都会咳嗽，但有着强壮而庞大之肺部的鲸鱼，则未见有咳嗽的症候，卵生的四足动物也是这样，就其中的庞然大物——鳄鱼来说，我们多有它流泪的记述，却未见过咳嗽的记载。

据古人看来，在睡眠里，人的灵魂是最近于神灵的，所以他们根据睡梦中的所思，创设了一套占卜之术，而当他们以迂远无根之词妄测吉凶时，希波克拉底则明智地认为[54]，睡梦预示着身体的变化，是以羚羊挂角之迹，在暗示人如何保持健康、防止疾病，并在郑重地建议人们改换饮食、运动、出汗、沐浴并呕吐的方式，他还甚为虔诚地要人们将祈祷和求告，奉献给各有职司的天神，比如做了好梦，要祷求太阳神、朱庇特·凯勒斯提斯、朱庇特·奥普仑图斯[55]、密涅瓦、墨丘利和阿波罗，做了噩梦，则要向泰卢丝[56]和英雄们求告。

所以，他的女友们[57]之不近情理、过于胶执，竟要急切地查验他的睡梦，在那钟鸣漏尽之际还指望健康的幻影，真是令我瞠目结舌。在那时，明丽经天、循其故道的日月星辰之梦影，早已经弃他而去；梦到飞鸟、清泉、静水、白衫以及累累多实的绿树，也已经为时过晚了，而这些，才是健康的梦影，远离坟墓的朕兆。

他会不会梦到自己死去的朋友，也曾令她们惶惶不安，（她们）并毫无根由地预言说，这样一来，他离他们就会不远了。而一个常常用心于死亡的人，偶然梦见死人也绝非什么怪事，此外，梦见死人，只要他们未着黑衣，没有从我们手中取走东西，也是不值得大惊小怪的，在希波克拉底看来，人的神志即是一种好的表征。因为我们就生活在死人的身边，若使万物成为我们的养料，它们必须是已死的或必死的。卡尔丹曾经梦见他与先父在月亮上交谈，却没有把此梦解释为恶兆；即使梦见自己死了，依照古人的占梦术，也并不是可怕的幽影，反而兆示着优哉游哉，不为尘劳所苦，不为灾难所困，而这些好处，是死人无从品味的。

平心而言，有些梦是容易破解的。梦见看不到自己右肩的人，自会担心右眼失明；旅行前梦到自己的脚被人剁去，则是被明明告知：切莫照原来的计划出门了。而梦见莴苣，何以昭示着要患疾病？吃无花果，何以见得要蠢言蠢行？吃蛋怎见得有大灾？而梦见失明，照阿斯特拉姆菲楚斯[58]和尼斯菲罗斯[59]《占梦谣》的说法，为什么大受称道呢？这得请阁下去卜一卜了。

孤身弃世、一死百了是他的本愿，故不曾为腐烂和墓后的生涯预留定金[60]；常人的大愿，是生活或复活于他人之身，对此他却不以为得，而只愿病随身灭，不再复起于后代的身上以作难医学，成为先人之遗产的悲惨遗证。麻风病的苏醒，很少在四十岁以前，而结石则往往更晚，但肺结核和脊髓痨的病根，却萌发得更早，不等我们活到这个年龄[61]，我们在生命的十七年中[62]，便会因这种疾病而生死难卜。祖病随身而降临尘世，亦如原罪随身那样，不仅使我们难逃死亡的常劫，更会因疾病之遗传而丧命，人们往往因此而性命危浅，年寿不永，难至眉寿之期。所以说，比起自然出生来，健康的、恺撒式的落世[63]也许更加长寿，就披荆断莽、以通往经久的果实而言，一柄刀子，有时实在是胜于收生婆。她们使得如今的婴儿，已很少耐得住河水的古老考验[64]，假如生逢斯巴达和那些究心于强健之后代的精明国度，有些人本来是无望成亲的，但现在，他们却生下了许多孱弱的孩子。这种事情，只会反常地出现在以钱财为宗的婚姻，或蜡烛促成的婚姻里[65]；而纠正其弊窦，却又难以指望占星术士和律师们，如果找顾问的话，则一个明辨优劣的良医，或许是更见佳效的。

在某个不眠之夜，朱里斯·斯卡利杰因结石发作而难以入睡，便一气写下二百篇佳什，但在自己的墓碑上，他却只愿有五个平淡的词语[66]。而这位严肃又不失风趣的才子[67]，则把自己墓碑上的铭文托付给了他人；或是不想自颂谀辞，或不愿别人光凭一句对子，来论断他的优劣，或是有鉴于那些伟大的诗人在自撰碑铭时的拙笔。比如彼特拉克、但丁和阿里奥斯托自撰的诗铭，就有忝于他们各自的高才，而假如他们的坟墓长寿于其伟作，那么后人从他们的诗铭里，就很难看到阿波罗所授之彩笔，还会把他们误作为西塞罗[68]一流的蹩脚诗人呢。

在这一缓慢的、爬往坟墓的途中，他还过于年轻，头脑也过于高贵，故不曾染上许多人在临近旅途之终点时惯有的蠢态，而这一蠢态，可以算是他们临终疾病的致命症候之一：也就是说，变得越发心肠狭窄，怨天尤人，并过于胶滞。本该舍去一切了，却不愿割舍任何一物，本来没有时间花钱了，还生怕有所匮缺，而医生们则清楚，许多人的疯症，往往只见于一端，即颠倒妄想和年老昏聩，假如舍此不记，则我们纵然去了疯人院，也大可以看到清醒的言止。所以说，当他们看到病者的后代和亲戚们，为亲友神志清醒地过世而庆慰时，当他们得知病人的亲友，尽管目睹了他在病程中的疯狂与贪婪，却还恬然认为他死得神志清醒、头脑冷静时，他们不禁会莞尔一笑的。

贪婪之为恶，不仅是渎神的，更是一种偶像的崇拜，这或是家传的，或是受了以敛财为宗的教育，而在他心里，却没有贪婪的根；他用善行表达信仰，满腔的欲望，只在于泽惠众人。当好心与慈怀有余而能力不足时，便是空抱善心，也不能比之为梦想。地上修造教堂的人，天上不建堡垒，尘世不留广厦者，或许在天堂里树下了良基。总之，他的生与死，俱称得上本色之人，因此那些欲肖其身者，我是不能责备的，至于我自己，也是恨不得成为他本人才好。所以说"恨不得"是因为，他人见之于外的优点，我们固然也期之于自己，别人生逢幸事时，我们也总想以己身易人身，但一个人的本性却是牢不可破的，所以，人能不能自易身胎，或实实在在地成为别人，则是大可怀疑的。

在生前，他曾经纵其天慧，周览了海内与海外的万事万象，因此，人们在追逐世间的乌有之物[69]时的种种虚诞，他是深有所知的。对于凡尘中人们所激赏的乐事，他虽然并不看重，也知道人们看重这种快乐，是悖理不通的，但他的厌世之情，却自制而冷静，从未沾染上德谟克利特和犬儒派的慢世作风，不对尘世冷嘲热讽，也深知对一颗严肃的心灵来说，凡尘里是没有赏心乐事的。所以，为使我们的生命之流变得柔甜，我们乐得引入那些人所共知的凡尘之乐，分享庸民的幸福，与他们忘形尔汝，并以汩泥扬波、混迹于十丈红尘而取乐。因为自克自俭，避世尘外，远离俗常的幸福，自拘于现实的严酷，便是裁缩生命的慰藉，自放于逼仄的边鄙之地了。

不怕死，但也不求死，这一种胸怀他是没有的。他的自挽之歌，是形神离散，伺坐于基督的身旁。在年寿尚浅，还没有活过拉撒路的第二遭生命时[70]，他就感到已经活得久了，足以追步他的救世主的寿命，照救世主自己的安排，他的肉身是不想终老于尘世的。

但恬然于死，比起求望于死来，或许是更好的。人因生活的悲惨，往往对死亡望眼欲穿，然而德坚道笃的人，却只是安于死亡。那些坚定的基督徒，其长处也正在于此，死亡在他们眼里，不仅是罪孽的叮蛰，也是罪孽的了结，是此生和来生的地平线和巴拿马地峡。此世之死，只是来世之生而已，他们任运随天，淡然于这必然的常劫，绝不妒忌以诺和以利亚的高寿。

不安于生命，是那些自残自毁者的苦态[71]，他们害怕生活，就盲目冲向死亡，因为谁也没有死的经验，故没有人是怕死的。对于消除死亡的恐惧，斯多葛派有一套著名的教理，也就是说，一旦身临绝境，难免一死，便去亟亟求之，越是害怕，便越要求望，这样一来，劫难就是自招的，恰中了自己的心意，劫难的恐惧，由此就化为乌有了。

而古代的殉教者们，却未受这套谬论的煽惑，他们虽然不怕死，却怕做自己的行刑吏，所以在他们看来，在十字架上钉死自己的欲望而非肉体，对心灵施以割礼而不去刺穿，抑制情欲而非杀死自己，是更称得上明智之举的。[72]

在多数人认为可以尽享生命的盛壮之年，他却愿意告别尘世，在俗人听来，这固然有些反常，但照我看却并不奇怪，因为我见有许多人，虽然上了年纪，却贪恋红尘，像卡库斯的牛[73]那样，用尽浑身的解数倒步却行，不愿走进坟墓里。长期习惯于活着，会使人更加难以割舍余生和行将成为虚空的一切，却唯独愿意割舍来世。活到天荒地老，已记不起年轻时的事，比起适可而死来,并不能更好地消化死亡。在许多人看来,若能生逢过去的盛世,那真是一种福分,但由于来事不可知,故面对将来,很少有人是食指大动的。世风的堕落将何以底止?凌跨到绝顶的人,自是心里有数的。所以,他不会嫉妒生活在下一代的人,更不用说三四百年之后的人了,那时的世界将是哪副嘴脸,想象起来,绝没有人心安[74]。每一个时代,莫不向万物之终劫迈进一步,《圣经》对末日的描述[75],又是如此可怕,所以心志恬淡的人,只会满足于自己的时代。他们赞美过去,但不妄求将来。

他的脸上虽没有钦下衰老之印,但纵使目力微渺的人,从他的立身行事之中,却仍可以清楚地看出知命之年来。所以说,智慧即是盈颠的白发,白璧无瑕的生活,就是老年。尽管他寿命不长,但我们却可以说:他和长寿者是在伯仲之间的,而且已现出了所罗门笔下的寿者相。假如从我们的生命里,减除那些我们但愿没有经过的岁月和眼下这令人败兴的日子;假如我们只计算生命之中为上帝所欣悦的年轮,那么良好的一生,就很难有一柞一谱了[76]。在这个意义上说,儿子可长于父亲,能活到天年的人,天下没有。少年老成者,则有着老年之福,却没有随老年俱来的苦痛;少成若天性,便是年高德重了,活到白发盈颠,只是多此一举。总之,假如与老人相比,自己的一生活到了好处,那么此人就不能被看作年轻的。早早进入耶稣之完美境界的人,即已实现了人生之大愿;遵循信仰的良规,活一日不为少,败德秽行,活万年也不算多。

他虽然没有活到其先人的年龄,然而在他的身上,则不乏垂世的品德，这些，足以坚固他那游丝般的命线了。待人以伪，反故作真诚，居心险诈，却道貌岸然，在他是从没有过的事；他的品德如连城之璧，晶莹透体，不见瑕疵；默念亡友之懿德，我禁不住要抽端引绪，聊奉如下之美愿，以起阁下见贤思齐之心[77]：

在善的羊肠坂径上，须脚步轻移，慎行慎止，要以德求德[78]；不易不偏，有节有度，切不可厚养身体，仆仆于放荡之途；不要吝惜你的钱袋，也不要像常人那样，表面上远避秽名，暗下里行不义的事；不要仅以健康为福，这会影响你为善，使你望德行而却步。总之，你服伺上帝须出于真心。每一种疾病都告诉你：没有健康，就服伺不好上帝。病人的供品，是残毁的供品。[79]虔诚之财，是在健康的日子里积攒的，等你呻吟床榻、无力奉神时，你敬神不周，会得它的宽免；否则，回首在健康的日子里所失去的为善之机，你定会忧心如焚。临终忏悔的作奸犯科者之结局，你只有嫉妒，轮不到怜悯。因为临终的言行，使他们走得一身清白，在归于赐灵的上帝时，他们是神清意朗的。

要想在塞布斯的目录或那部古老的关于人之生命的哲学图录中，你位于何处？[80]你是否还在十字路口上，是否还未进入那扇窄门[81]，还未攀上那一座山、踏上通往圣贤之厦的峥嵘之路，是否还未从粹儒通学的手里，取来除秽的妙药，使你走上修洁之途，通往幸福而有德的生活。

在这德行之旅中，切不可因失望而绝望，因困难而气馁。不要认为这一番航行是由利马去马尼拉，因此就捆起舵橹，迎风入睡[82]；要料见有惊涛、骇浪和逆风。历经风波而达到你的港口，才算得上幸福。不要混迹于常人，落于末座，而要位居品德的首席。不要仅以谢恩的供品，更要以全牲的燔祭供奉上帝。只服伺上帝或服伺自己，就虔诚来说，是过于狭促了，难以使我们高居光荣的顶厦。

忠贞克欲，却只为不伤身害体，或怕染上恶疾，这算不上崇高的品德；不要把品德延迟到加图可以租让老婆，或阳痿的讽刺诗[83]人们嘲讽情欲的年纪；忠贞守德，要在欲火高炽之年，即亚历山大不敢目视大流士的漂亮女儿[84]和许多人认为除了奥利金的办法别无他途[85]的年纪。

广施博济，要赶在财富使你变得贪婪之前，一文小钱的光荣[86]，也切勿漏过。钱财增加，心灵的步伐也要赶上；不要满足于心怀大度，还要行事慷慨。送上一杯凉水，自然有善报，而受难者的疮口需要抚慰时，也切勿吝啬酒与膏油。对哭饥号寒者，要效仿救世主之待众人，散尽筐子里的最后一粒粮食。

不要相信金子是万能的，或对它说：你是我的靠山。当你看到这颗凡尘里的太阳[87]，不要吻自己的手，也切勿做它的牛马。玛门[88]的奴隶，做不了上帝的仆人。贪婪会扭断信仰的筋，使灵智之物变蠢，使今生有保障，却使来世如浮云；使人安于一世，却不求望而害怕他生；使我们的死做了他人的甜食，却成为我们自家的苦酒；使我们的丧礼无泪，哭丧如做戏，墓前没有一双湿润的眼睛。

即使贪婪是你的恶德，也切勿让它带来惩罚；悲惨可怜的人，往往不体恤自己，对自己全无心肝、一副铁石肚肠。要让钱财结出善的果子，以使你因占有钱财而蒙受福惠。切勿得意于在死的时候家有万贯之财，而要满足于生前之富有；因为随你而去的，并不是良财美货，而是良德美行；因为财富是生命的附属，死人里没有阔佬；家有万贯，却忍饥号寒，活得穷困，却死得富有，是疯上加疯，蠢之又蠢。

在大度诚实的染瓮里，有的人一蘸辄出，不深加浸润，厚彰其彩；善的颜色，在他们身上是浅淡的，诚实的色彩也是稀微的。而你要坚持品德的本色，不要让滔滔人海，冲洗下你的良色来。要做一根磁针，固立在朴实将你安放的转轴上，不要让诱惑扭转你那诚实的针杆。假如对你来说，恶是顽梗的，不易疗克，甚至如恶魔一般难以招架，就让层出不尽的善行，和长期树立的习惯，来使品德成为天性，或者说，（成为）你的第二本性。若不是根器和天性里的良基，人很难或绝不会有过人的品德，因此，要尽早参究自己，以便尽早发现你的天性之所趋，或者说，得知自己的本色。若能这样及时地返璞归真，培育天性播撒在自己身上的良种，使其潜质发挥到完满，那么人所成就的，便不是一丛野莽，而是人中的秀木，落于品德之尾，他是绝不甘心的。

切勿让你本国的法律，做你诚实言行的 nonaltra（极顶），不要满足于礼法所定的善行。不要让慈悲、公正和仁爱的律法变得狭窄，要把福音书里的正直和法律的正直绾结起来；不要仅做信仰中的迦玛列[89]；要让登山之训，做你的西奈律法的 Targum（经解）。

切勿把德行的结果，当作德行的目的；做善事，别为了名声或喝彩的铙钹；与人交往，要严正守信；但不要图获信于他人的好处，它往往是与为人正直的名声而俱来的。因为这种善报，即便不求，清白的品德也自会带来，即便不经意为之，人人也都看重你。行善而别有用心[90]，往往会播下可赞的果实，它们一定有更深的根、更深的动机和刺激之力，足以在它们身上，按下品德的印记。

在浮浪之年，由于人性的弱点，你尽可以随波逐流，堕于放纵的恶道，却万不可让自己的堕落和世风的浊流，把你卷入言与行的滔天恶浪里。假如你已踏进了浊流之河，就不要再冒险深涉，万不可越过卢比孔[91]，不要一头走到黑，再也转不回身来，或是落进恶与不义的囚笼里，脱身无门，叫天天不应，叫地地不灵。

要谦卑，但不要出于对敌人的卑躬屈节。在别人仰视你时要不耻下顾；在举世滔滔、师心自好的日子里，你要静如处子，事事忍耐，即使别人的生活很少以理性为节度，反把激情奉若君王，即使每一个人都有力量改变你，使你丧失本色、一时发疯[92]。你纵不能效法约伯[93]，也切勿逊色于苏格拉底和那些坚忍的异教徒[94]。他们绾住了对手的舌头，因为他们发现，自己喷出的污言秽语，只落在了铜墙铁壁上。

让年轮不要让妒火，在你脸上犁下皱纹；要快意于被人嫉妒，而不是嫉妒别人。攀比是可赞的，羞恼是可许的；却不要与激情签约，这无论如何没有好处。别人有优点，就怏怏不乐，虽然自己并不缺少这优点，这种做法是邪僻可笑的，从始祖堕落的那天起，就已成了人性的痼疾。谁能疗克它，谁就是最伟大的基督徒，他也许有一只脚已在天堂里了。

你尽可以激烈地训斥魔鬼，但不要染上魔鬼的作风[95]，免得招罪于上帝；不要像那个污浊的天使那样，落一个恶名声，不要一边恨他，一边行他的勾当。也就是说，不要谴责、诽谤、背地里谩骂、嚼舌头、放冷箭或恶意度人。小肚鸡肠，行事堕落，不仅够不上圣保罗所说的高贵的基督徒之标准，离亚里士多德笔下的君子[96]，也是相去甚远的。不要像他人那样，相信《雅各书》是伪经[97]，因此要放开胆子，去阅读那刺穿人心的真理：即与这一罪恶为伍，你的信仰就白费了。摩西破了法表，却没有破犯律法，但假如破了仁慈，律法也就粉碎了，爱是律法的实现，没有爱，律法是破弊不全的。检视自己的品德，要怀有谦卑之心，虽然在某些品德上你算得上富有，却仍须认为自己是贫穷的，没有覆体的神恩，你就是赤身裸体。爱是不计算人的恶，不嫉妒；爱是凡事包容，凡事相信，凡事盼望，凡事忍耐。[98]有了这些牢固的神恩，虽然忙碌的舌头，在呼喊求盼着一滴凉水止渴，但沉默的人则幸福美满，在天堂里高唱起了"Trisagium"（三重圣歌）。

不要含怒到山羊座中的太阳落下山来[99]，要用水书写你的过衍[100]。让夜幕罩住你受的伤害，把它们关进遗忘之塔[101]，就像是从没有过。要彻底原谅你的敌人，求上帝来报复的希望，一丝也不要存。

要做一名实实在在的伟丈夫，并要高大于你在别人眼中的形象；要让世人错看你，如同他们错看天上的光[102]。在骄傲的脚跟上，要及早地挂下铅锤，在你的身体里，要只给野心留下立锥之地。衡量自己,不要靠早晨的身影[103],要凭坟墓的尺寸;计算自己在天上的大小,要凭借那根你在尘世里与之修短吻合的线。不要放纵野心和欲望,它们没有尽休。切不可认为人类活着只是为少数人,一些人生下来,只为做他人野心的牛马。这些人,只是人中的虫豸,万邦的荆榛。不要行事如秽草,纠纠蔓蔓,使大地荒芜,要做努力进入天国的人中的一员[104]。假如你必要御世治人,请做芝诺笔下的国王[105],并享用人人自有的帝国吧。基督再三教诲,要人谦卑、温良、忍耐,并恪守那些常人唾弃的般般美德,通晓历史的人,对此只有感慨唏嘘。因为历览往事,则只见骄傲、野心、虚荣所带来的大奸巨恶,而乱世,悲剧和拒绝所有宗教的行径,也正是由此而来的。

克服激情,不要小胜辄满,一定要大获全胜;要给你胸中的叛民们套上锁链[106];要在身内而别去身外找寻你的战利;要做自己的俘虏,还要做自己的恺撒。

在你内心的家族里有一些孽障,它们在你的性格中扎下根来,总是想当家做主,对它们切不要手软。要细细地省察你的性格,及早把大炮架起来,去攻打那些修筑在天性之山岩的要塞,并以此作为一生里的主要武功。恶是狡猾的,需要靠权谋对付,因此精明而诚实的人,在抵御罪恶时往往是兵不厌诈;而我们对付罪恶,也不该靠一定之规和陈旧的兵法。某一套战略,对某一性格的人或许管用,但换一种性格也许就无效了。在德行中是没有大同之国的,每个人都须研究自己的国情,以便因时因地,来立法施政。

最后,即使长寿是命中注定的,你也不要盼望它。不要指望长寿，活过自己的期望就成了。常以为命限在彼、实际却不止于彼的人，则是活过了多次生命，这样的人，是不会有人生苦短之叹的。过去的日子如影子；未来的日子，要如在目前；要视遐如迩，估算过去的日子，要根据如今对它们的理解。活着，就要像死神的邻居，时时想到来日无多。既然在我们身上必有某种东西要活下去，并绾结今生与来世，那就应该在你的思想和行动里，将它们联结在一起，并要活在今生，只想着来世。这样来确定生活之目的的人，离来世是绝不会太远的，而且就某些方面来说，他已经到了来世，因为他甘心遵循来世的一切，而且对来世有着真确的理解。

注释：

1 《致友人书》首次出版于1690年，布朗已经去世。据现代学者的考证，这一封书札当写于1656年11月之后不久；又据考证，布朗在这一年里，曾经给他的朋友约翰·皮图斯爵士写过一封信，通报另一位朋友罗伯特·拉夫得的死讯（死于痨病，时年35岁）；据这篇作品的内容推断，此信当是那篇书札。此信的后半部内容，与布朗的另一部死后出版的作品《基督教伦理》中的某些段落完全相同，相同的部分，译者将在注释里说明。

2 语出罗马讽刺诗人波修斯的作品。

3 据考证，这句话是指1621年乔治·桑狄斯叙述过的一件事，说"一位有'陶朱公'之称的安东尼奥，他的死曾事先得到了'某一声音'的预言"。

4 古罗马时期修建的一条著名的大路,是罗马通往希腊与远东的主要通路。

5 公元前三、二世纪之交的罗马喜剧作家普劳图斯,在他《俘虏》一剧中,曾用这样的话形容痨病患者:脸瘦鼻子尖,面红黑眼圈,头发变红色,结成一片毡。

6 指希波克拉底在《病状学》中对垂死者的描述。

7 英格兰东部,这里的空气含有硝酸,据说有益于健康。

8 "当死亡来临的时候,萨丁岛是在提沃里之中的"(布朗原注引罗马诗人马夏尔的《警策诗》Ⅳ,60,5—6);提沃里是罗马郊外的一个避暑胜地,气候宜人,古罗马时期许多显贵的别墅就建在这里,而萨丁岛的气候,据说是有害健康的。

9 "在王家森林里,往往在树干上刻下一根宽箭的标志,以表示该树将被伐倒。"(布朗原注)

10 见希波克拉底《传染病学》。

11 大概指那里名胜很多,人耐不住要去参观。

12 大概指那里人情险恶,生活腐化,呆头呆脑或自制力不强的人,会深受其害的。

13 指胎儿的心脏。

14 英雄赫拉克勒斯出生时,由于朱诺的嫉妒(交叉双腿坐着),曾经使他母亲经受了难产之苦;见奥维德的《变形记》第9章。

15 "匪夷所思地逃过死亡,医学里是偶有发生的。——希波克拉底"(布朗原注)

16 Angelus Victorius,17世纪意大利作家。

17 当是指罗耀拉,西班牙人,16世纪著名的修士,耶稣会的创始人。

18 见《圣经·马太福音》4.23。

19 当时西方的医学也和我们的中医一样,认为痨病是"火旺"所致,故布朗牵连到了火元素。

20 "亚里士多德补充道,动物的死,只有在退潮的时候。但这一结论是据高卢海边的观察得出的,而就多数情况而言,此说只适用于人类。"(布朗原注引普林尼《自然史》第 2 卷)

21 赫西俄德《神谱》:"夜神纽克斯生了可恨的厄运之神、黑色的横死之神和死神,她还生下了睡神和梦呓神族。"(蒋平译本)

22 指耶稣。

23 "耳朵上悬垂的部分称为'耳垂'(lobe),并非每只耳朵都有耳垂,生于夜间的人便没有,在多数情况下,只有生于白天的人才有。"(布朗原注引斯卡利杰对亚里士多德的评注)

24 16 世纪的法国国王,曾因神圣罗马帝国的皇位,与西班牙国王查理五世展开多年战争,可以说是屡败屡战。

25 公元前 3 世纪马其顿王国的著名将领;关于他每逢生日就发高烧的说法,见普林尼《自然史》第 7 卷。

26 参看《医生的宗教》第一部注 23。

27 指痨病,即布朗的朋友所患的疾病。

28 参看《医生的宗教》第一部第 31 节及注 184。

29 "据埃及的象形文字"(布朗原注);据意大利学者皮埃罗·瓦勒里亚诺(Piero Valeriano,1477—1558)的《象形文字》一书:"蛇往往吃掉自己的尾巴,以展示其生生不息与不朽,并表明开头可以变成结尾,结尾也可以变成开头。"一个奇怪的巧合是,布朗逝世那天也恰逢自己的生日,见约翰逊博士的《布朗传》。

30 见但丁的《神曲·炼狱篇》第 23 章。

31 指布朗的这位死去的朋友。

32 未知何人,据文意来推,应该是一名解剖学家。

33 语出罗马诗人尤文纳尔的《讽刺诗》第 1 篇第 64 行。

34 "见他的《论儿童病》。"(布朗原注)

35 指希波克拉底所描述的病容;这里是说:他的朋友临终时病容吓人,据此即可以判决是得了痨病,不需要再找其他的症候了。

36 "死亡与命运之神。"(布朗原注)

37 原文是 Caricatura,即我们所称的漫画:"当把人脸画得像某种动物时,意大利人便称之为'漫画'(Caricatura)。"(布朗原注)

38 "见他的《论胡须之应用》"(布朗原注);乌尔姆斯(Ulmus),16 世纪意大利医生、作家。

39 指 16 世纪早期在位的匈牙利国王路易斯二世,1526 年在抵抗土耳其人的入侵时丧命。

40 见《圣经·诗篇》90.10:"我们一生的年日是七十岁,若是强壮可到八十岁。"

41 位于法国南部,靠近比利牛斯山。

42 照布朗的意思,埃及人的医术是仅限于牙科的;不知出于何典。

43 "他的上腭与下腭异常坚固,似成一体,一颗颗牙齿几乎看不出来。"(布朗原注引普鲁塔克的《派鲁斯传》)

44 "此句系转述皮克图斯(Picotus,16 世纪法国作家)。"(布朗原注)

45 "就算数两遍牙齿,也到不了六十。"(布朗原注)

46 17 世纪法国旅行家、作家。

47 淋巴结结核。从忏悔者爱德华到安妮女王这一段时间里,这种病曾经肆虐于英国,由于国王有"神授的权利",所以凡经国王触摸过的病人,都可以痊愈,而且会从国王那里得到一枚小金币或银币挂在脖子上,以作为证据。著名的约翰逊博士在三岁时曾经患有这种疾病,并得到了国王的触摸,他得到的那枚金币上有圣乔治屠龙的场面。

48 "小病一桩,不必过虑。"(布朗原注引希波克拉底的《传染病学》)

49 见柏拉图《理想国》第 3 卷。

50 16 世纪研究英国历史的意大利学者。

51 "卡尔丹在他的《痛风颂》中,认为痛风给人的厚礼是:可以免受膀胱结石之苦"(布朗原注)。

52 见伪托亚里士多德的《疑窦集》第 5 卷。

53　布朗误记,应是阿尔德罗万迪(Aldrovandi,16世纪意大利自然学家)。

54　"见他的《论梦》"(布朗原注);对于睡梦,布朗有一种科学与迷信兼杂的兴趣,他的作品中常常提到梦,并有一篇短文是专门论梦的。

55　这两个名字未详,大概朱庇特因其职司而得的两个别号,比如在希腊神话里,宙斯有"布雷者宙斯"之称,在罗马神话里,朱庇特也有Jupiter Lucetius之称,即"引光者朱庇特"。

56　罗马的大地女神。

57　在布朗的作品中,很少出现"亲戚"的字样,在许多情况下,"朋友"一词常常含有"亲友"的意思,此处也当如此;之所以这样,也许只是行文的习惯,也许是布朗不屑于亲戚,而看重朋友,关于这一点,可以参看他在《医生的宗教》一书里的自白。

58　Astrampsychus,3世纪的占梦家。

59　Nicephorus,生卒年月不知的拜占廷占梦家。

60　大概指他没有结婚生子。

61　40岁。

62　希波克拉底认为,人的身体走下坡路,大多发生于18岁和35岁之间的17年间;见他的《格言集》V,9。

63　"剖宫产生下的健康孩子。"(布朗原注)

64　"孩子一生下来,我们就把他们抱到河边,放到彻骨冰冷的河水里,让他们坚强。"(布朗原注引《埃涅阿斯纪》第9卷[拉丁文],此处译文系使用杨周翰先生的译本;这段话是与埃涅阿斯交战的意大利人说的)

65　在拍卖行业的早期,出价是以一段小蜡烛为限的:在蜡烛熄灭时出价的人,即得到拍卖品。

66　"他瘗骨于此。"(布朗原注引小斯卡利杰撰写的《先父行述》)

67　指罗伯特·拉夫得,即此信因之而起的那位亡友。

68 "西塞罗,最不堪的诗人。"(布朗原注)布朗在《瓮葬》里也这样评论过西塞罗。

69 大概是指"真正的"幸福。

70 "据某些人说,在救世主使他复活之后,他又活了三十年。"(布朗原注)

71 "据卢坎称,伏尔太伊乌斯在一场酣烈的战斗中,曾这样鼓励他的士兵们相互残杀:'只要横下心来去死,一切恐惧就都没了,还是盼望那必然的命运到来吧。'"(布朗原注)

72 关于基督徒与斯多葛派对于死亡的态度,可以参看布朗的《瓮葬》第 4 章。以上三段话的意思,与我国春秋时代杨朱的学说颇有相似之处,即生命是没有什么乐趣而言的,但故意去戕害生命却也不必,顺其自然才好,见《列子·杨朱篇》。

73 见《埃涅阿斯纪》第 8 卷。

74 《列子·杨朱篇》里有类似的意思:且久生奚为?五情好恶,古犹今也。世间苦乐,古犹今也。变易治乱,古犹今也。既闻之矣,既更之矣,百年犹厌其多,况人生之苦也乎?

75 对于末日的描述,《圣经》中有多处,最主要的如《启示录》中的描述;关于末日前的各种世象,17 世纪的人认为,自己这一时代的世风便已证实了它们,故他们认为此去末日,已经不远了。

76 大概指五十岁,因为人的一只手有五个手指。

77 从下面开始直到结尾的文字,均曾出现于布朗的另一部著作《基督教伦理》。

78 也可以译为"为品德而品德"。

79 "你要趁着年轻和健康,当记念造你的主,多积攒虔诚之财;你爱护健康,当首先为了这目的。"(布朗手稿中的插语)布朗正文里的这段话,大概是受了《圣经·传道书》的启发:你趁着年幼,衰败的日子尚未到来,就是你所说,我毫无喜乐的那些年日未曾临近之先,当记念造你的主……(《传道书》第 12 章)

80　塞布斯（Cebe's）是苏格拉底的学生，关于他的这部作品，译者未详。

81　《圣经·马太福音》7.14："引到永生，那门是窄的，路是小的，找着的人也少。"

82　"越过太平洋，由东向西，一路顺风。"（布朗原注）

83　在17世纪的英语中，讽刺诗一词可以拼作satyr，这个词也指希腊神话中的森林之神，特点是长着人形，有马或山羊般的耳朵或尾巴，而且很淫荡，过度纵欲。布朗在文中使用这个词时兼用了这两层意思。

84　亚历山大征讨波斯王大流士时，正是在年轻的时候，可参看《亚历山大远征记》。

85　"据说他阉割了自己。"（布朗原注）奥利金，见《医生的宗教》注27。

86　典出《圣经·马可福音》12.42："有一个穷寡妇来，往里投了两个小钱，就是一个大钱。"

87　指金子。

88　《圣经》里提到的财神。

89　《圣经·使徒行传》里的人物，是一位严格遵守律法的教法师；见《使徒行传》5.34，22.3。

90　大概是指行善不为求报，而是为了蒙悦于上帝。

91　公元前49年，恺撒率军越过卢比孔河，标志着他与庞培内战的开始；见恺撒《内战记》。

92　"愤怒是一时的疯狂。"（布朗原注中引用贺拉斯《书札》）

93　《圣经》里的人物，关于他的坚忍，见《圣经·约伯记》。

94　从后面的文意看，"异教徒"大概是指以坚忍著称的斯多葛派。

95　大概指漫骂。

96　见亚里士多德《尼各马科伦理学》第4卷。

97　新教徒们［指抗议派（the protestants）］多怀疑《圣经·雅各

书》是伪经,还有许多人(特别是路德)厌恶它将功德看得重于信仰的提法。

98　这几句是套用《圣经·哥林多前书》第13章中保罗的话。

99　"太阳行经山羊座时白日最短。"(布朗原注)又,《圣经·以弗所书》4.26:生气却不要犯罪,不要含怒到日落。

100　指过后就忘。佛教示人无常,也有用水来写字的做法,因为用水写的字过后即干,不见痕迹。

101　"普洛科皮乌斯(《战争史》1,4—5)提到的遗忘塔,是波斯一座监狱的名字;人一旦被投进这所监狱,就好像是被活埋了,谁敢提起他的名字是要被处死的。"(布朗原注)

102　布朗在《医生的宗教》第二部第11节中,曾有这样的夫子自道:人们看我的外表,只观察我的生活状况,我的命运,就会错看我的高度。

103　因为人在早晨的影子是最长的。

104　《圣经·马太福音》11.12:"从施洗约翰的时候到如今,天国是努力进入的,努力的人就得着了。"

105　芝诺所描述的理想的智者;见西塞罗的《论目的》Ⅲ,22。

106　《医生的宗教》第一部第51节:魔鬼在我胸中坐朝,叛军复活在我身上。

布朗年谱

说明：这个年谱是根据C.P.Patride教授编辑的《布朗年谱》增删而成的，原年谱中所列的文化及思想界的大事，译者大体保留了下来，以便读者了解布朗所生活的环境，并更好地理解布朗。布朗在1672年3月写给约翰·奥伯雷的信中，对自己的身世也做过描述，今撮译如下：

> 我生于伦敦齐普塞大街的圣迈克教区，在温彻斯特中学接受教育，大学上的是牛津，并在海外度过了数年的时光；后被接纳为设在伦敦的医生学会的荣誉会员。1671年当国王、王后与朝臣们莅临诺里奇时，我受封为骑士。我用英文写成的作品有：《医生的宗教》，此书后被转译为拉丁文、法文、意大利文（？）、高地与低地德文；《流行的谬误》，在四五年前，此书被转译为德文；《瓮葬》以及《居鲁士的花园》；还有一些尚待出版的杂著。

詹姆斯一世时期（1603—1625）

1605　10月9日，布朗出生；"火药阴谋事件"；莎士比亚的《李尔王》首次上演；罗伯特·塞西尔受封为"索尔兹伯里伯爵"。

1606 莎士比亚的《麦克白》、本·琼生的《伏尔蓬》首次上演；法国戏剧家高乃依诞生。

1608 弥尔顿诞生。罗伯特·塞西尔并被任命为财政大臣。

1609 斯宾塞的《仙后》出版。莎士比亚《十四行诗》出版。

1610 本·琼生的《炼金术士》首次上演，同时还有莎士比亚《冬天的故事》；伽利略报告了他用望远镜所观察到的天体现象。

1611 《圣经》詹姆斯钦定本出版；莎士比亚的《暴风雨》上演；查普曼的《伊利亚特》英译本完成。

1613 布朗的生父去世；母亲嫁给了托马斯·杜顿爵士；玄学派诗人克拉肖以及宗教作家杰里米·泰勒出生。

1614 劳利著名的《世界史》出版；韦伯斯特的著名戏剧《马尔菲公爵夫人》上演。

1616 布朗进入温彻斯特中学；莎士比亚去世；本·琼生《作品集》出版。

1618 劳利被处死；培根出任英国法相；德国"三十年战争"爆发。

1620 英国移民首次在美洲的新英格兰开垦殖民地；培根《新工具》出版。

1621 培根受弹劾；玄学派诗人的魁首邓约翰出任圣保罗大教堂的教长；勃顿的著名作品《忧郁的解剖》出版。玄学派诗人马维尔和法国文人拉封丹出生。

1622 莫里哀出生。

1623　布朗被牛津大学宽门讲堂录取;莎士比亚的"第一对开本"出版;法国思想家、《思想录》的作者帕斯卡尔出生。

1624　红衣主教黎塞留出任法国首相。

查理一世时期（1625—1649）

1625　詹姆斯一世去世;查理一世登基;英国暴发瘟疫;戏剧家韦伯斯特去世。

1626　布朗获得牛津大学文学学士学位。培根去世。

1628　《民权请愿书》颁布;权臣白金汉公爵受议会攻击,并随即遭到暗杀。医生哈维出版了《血液循环论》一书。作家班扬出生。

1629　布朗获得牛津大学文学硕士学位;访问爱尔兰。

1630　布朗动身去蒙彼利埃、帕多瓦和莱顿学习医学。

1631　诗人邓约翰去世;桂冠诗人德莱登出生。

1632　伽利略的《两大世界体系的对话》出版。哲学家洛克和斯宾诺莎出生。

1633　布朗在莱顿大学获得医学博士学位;在牛津郡行医。威廉·劳德担任坎特伯雷大主教。邓约翰的诗集出版。玄学派的另一位重要诗人赫伯特去世;他的诗集《圣殿集》出版。

1636　"剑桥新柏拉图学派"兴起。

1637　布朗被牛津大学授予医学博士;定居在诺里奇。弥尔顿的《科马斯》出版。笛卡尔的《方法论》出版。本·琼生去世。

1638　弥尔顿出版《利西达斯》。

1639　法国作家拉辛出生。

1640　邓约翰《布道文》出版。作家勃顿去世。

1641　布朗结婚。英国长期国会开会。劳德主教与斯特拉福受议会弹劾。爱尔兰叛乱。

1642　《医生的宗教》出版，未经作者的允许。布朗儿子爱德华出生。查理一世在诺丁翰郡招兵；英国内战爆发。议会颁令关闭剧院。伽利略去世。牛顿出生。

1643　作者手定的《医生的宗教》第一次出版。

1644　弥尔顿的小册子《论出版自由》出版。

1645　亚历山大·罗斯写书攻击《医生的宗教》。劳德主教被议会处决。克伦威尔的议会新军成立。

1646　《流行的谬误》出版，诗人克拉肖出版《圣殿之阶》。主教制被废除。

1647　议会军进入伦敦。

1648　德国"三十年战争"结束。

1649　英王查理一世被议会送上断头台；王位与上院被废除。查理一世的儿子查理二世在苏格兰登基，并于1651年逃往法国。诗人克拉肖去世。

议会统治时期（1649—1660）

1649　克伦威尔平定爱尔兰叛乱。

1650　《流行的谬误》修订版出版。

1651　霍布斯的《利维坦》出版。
1655　克伦威尔担任"护国公"。爱萨克·华顿的《钓客清话》出版。
1657　哈维去世。
1658　《瓮葬》和《居鲁士的花园》出版。克伦威尔去世,"护国公"一职由他的儿子里查继任。
1659　里查·克伦威尔被迫退职;"护国制"时代结束。

查理二世时期（1660—1685）

1660　查理二世被议会召回。恢复上院。剧院开禁。皇家协会成立。《鲁滨孙漂流记》的作者笛福出生。
1661　法王路易十四亲政。
1662　《信仰划一法》颁布。帕斯卡尔去世。
1664　布朗当选为皇家医学会会员；为审理女巫的案子出庭做证。
1665　伦敦大瘟疫爆发。
1666　伦敦大火。
1667　弥尔顿《失乐园》出版。宗教作家杰里米·泰勒去世。
1671　布朗受封为骑士。弥尔顿出版《复乐园》和《力士参孙》。哲学家夏夫兹伯里出生。
1672　《旁观者》杂志的创办人、小品作家阿狄生和斯蒂尔出生。
1673　莫里哀去世。
1674　弥尔顿去世。

1677　德莱登的《一切为了爱》上演。斯宾诺莎去世。
1678　班扬的《天路历程》出版第一部。诗人马维尔去世。
1679　霍布斯去世。
1681　马维尔的《诗集》出版。
1682　10月9日,布朗去世,享年77岁。

图书在版编目（CIP）数据

瓮葬 /（英）托马斯·布朗著；缪哲译 . -- 太原：书海出版社，2021.6
ISBN 978-7-5571-0077-3

Ⅰ.①瓮… Ⅱ.①托…②缪… Ⅲ.①文学-作品综合集-英国-近代 Ⅳ.I561.14

中国版本图书馆 CIP 数据核字（2021）第 034639 号

瓮葬

著　　　者：（英）托马斯·布朗
译　　　者：缪　哲
责任编辑：李　鑫
复　　　审：贺　权
终　　　审：来普亮
出 版 者：山西出版传媒集团·书海出版社
地　　　址：太原市建设南路 21 号
邮　　　编：030012
发行营销：010-62142290
0351-4922220　4955996　4956039
0351-4922127（传真）　4956038（邮购）
天猫官网：http://sxrmebs.tmall.com　电话：0351-4922159
E-mail：sxskcb@163.com（发行部）
sxskcb@163.com（总编室）
网　　　址：www.sxskcb.com
出 版 者：山西出版传媒集团·书海出版社
承 印 厂：北京汇林印务有限公司
开　　　本：880mm×1230mm　1/32
印　　　张：10.75
字　　　数：300 千字
版　　　次：2021 年 6 月　第 1 版
印　　　次：2021 年 6 月　第 1 次印刷
书　　　号：ISBN 978-7-5571-0077-3
定　　　价：78.00 元

如有印装质量问题请与本社联系调换